木宮条太郎

水族館ガール9

実業之日本社

実業之日本社文庫

contents

主な登場人物・イルカ&用語集

嶋由香……アクアパーク・イルカ課担当。運営母体の千葉湾岸市から出向し、一年後、同館に転籍。
梶良平……アクアパーク所属。由香の先輩。館長直属にて、海遊ミュージアムとの姉妹館プロジェクトに従事。水族館の運営基準作りプロジェクトにも携わる。
兵藤(ヒョロ)……アクアパーク・イルカ担当。高校を中退してアクアパークに入館。
岩田……アクアパーク・海獣グループ統括チーフ。
磯川……アクアパークの嘱託獣医。同館の元職員。
吉崎(姉さん)……アクアパーク・マゼランペンギン担当。
倉野……アクアパーク管理部課長。魚類展示グループ課長を兼務。
今田修太……アクアパーク・魚類展示グループ担当。
内海……アクアパーク館長。
ニッコリー(X0)……アクアパーク生まれの子イルカ。オス。
ルン(F3)……アクアパークのバンドウイルカ。メス。
勘太郎(B2)……アクアパークのバンドウイルカ。オス。
赤ちゃん(X1)……アクアパーク生まれの子イルカ。メス。母親はルン。

奈良岡咲子……海遊ミュージアムの企画担当スタッフ。由香の後輩。
幣(ヘイ)……海遊ミュージアム嘱託。アクアパーク岩田の先輩。
沖田……沖縄理科大教授。海獣類の認識能力等を研究。
黒岩……映像企画制作会社『黒岩企画』の元代表。現在フリー。沖田の親友。
辰ばあちゃん……地元の名店、焼ハマグリ屋の先代。
井達(イタチ室長)……ウェストアクア(運営母体の一つ)の事業監査室長。
水族……水棲生物のこと。
海獣……海にすむ哺乳類等のこと。イルカやアシカなど。
給餌……飼育水族に餌を与えること。
アクアパーク……千葉湾岸地区にある中規模水族館。千葉湾岸市とウェストアクアによる官民共同運営。海遊ミュージアムとは姉妹館。
海遊ミュージアム……従前の呼称は関西水族館。日本有数の規模と歴史を誇る名門。自治体とウェストアクアによる官民共同運営。
ウェストアクア……水族館部門を有する中堅設備会社。海遊ミュージアム及びアクアパークの運営に参画。

前巻までのあらすじ

嶋由香は元千葉湾岸市職員。アクアパークへの出向を機に転籍。以来、多くの水族に接してきた。イルカ、ラッコ、ペンギン、マンボウ、ウミガメ、アシカ——葛藤と試練が続く。そのたびに、由香は思い悩んで試行錯誤。その傍らには先輩である梶良平がいた。二人は次第に互いへの思いを深め、結婚を誓い合う。

しかし、その喜びも束の間、二人に思いもしない問題が降りかかってきた。アクアパークの存続危機。千葉湾岸市が『沿岸エリア事業をゼロから見直す』と通告してきたのだ。そして、新規事業プランを一般公募。存続是非も含め、夏のプレゼンにて全てを決するという。

プレゼン準備スタッフは、由香と梶。そして、彼らの同僚、修太。アクアパークの存続を賭け、三人の試行錯誤が始まった。

水族館ガール9

プロローグ

ウェディングベルが鳴っている。カラン、カラン、カラン。

由香(ゆか)は夢を見ていた。

祝福の拍手。夢の舞台は、どこかの結婚式場らしい。自分は純白のドレスに身を包み、赤いカーペットの上を歩んでいた。むろん、駆け出したりはしない。おしとやかに一歩。上品に一歩。しかし。

「重……い」

どうしたことか、妙にドレスが重いのだ。裾が長いせいだろうか。しかし、この重さは、そんなレベルをはるかに超えている。桁違(けたちが)いと言っていい。まるで、前に進むのを邪魔されているかのような……。

ケ、ケ、ケ。

背後から、からかうような声が聞こえてきた。慌てて振り返る。ドレスの裾の上には、流線形の巨体。楽しそうに揺れていた。

「ニッコリーッ」

お姉さん、体、重そうだねえ。

「あんたが乗ってるからでしょっ」

まずい。せっかくの夢が、また変な夢になってしまう。

前へと向き直り、ゆっくりと深呼吸した。気にしてはならない。何も考えずに、進めば良いのだ。赤カーペットの先には、きっと、幸せが待っている。

「いい夢にしないと」

だが、この重さでは……簡単には進めない。腰を落として、下腹に力を込めた。もう格好には構っていられない。大股で、歩いていった。ドス、ドス、ドス。ニッコリーは裾に乗って付いてきた。ズル、ズル、ズル。

お姉さん、行け、行けぇ。

裾の上で、ニッコリーはノリノリになっていた。煽るように鳴いている。これでは、まるで、ソリではないか。ニッコリーがサンタクロースで、私が。

「トナカイかっ」

鼻を赤くしようかな。

「考えるなっ」

だめだ。頭が混乱している。

足を止めて、頭を振った。胸に手を当て、もう一度、深呼吸する。なんとしても、いい夢にせねばならない。別に、難しいことではないのだ。結婚自体は事実なのだから。既に結婚準備は始まっている。

「よし」

両手で両頰を叩き、前を見据えた。再び腰を落として、前へと一歩。力強くもう一歩。あとはゴールに向けて進むのみなのだ。もう結婚に障害は無いのだから……いや、待てよ。無い？　本当に無かったっけ？

「何か……あったような」

気づいてはならぬこともある。

つぶやいた瞬間、ドレスは破れた。勢い余って、つんのめる。慌てて赤カーペットに手をついた。が、勢いは止まらない。仕方なく体を丸め、体操のように前転した。赤カーペットの上を転がっていく。コロ、コロ、コロ。

何なんだ、この夢は。

だが、まだまだ、体は止まらない。転がり行く先には、大きな落とし穴があった。こうなれば、どうなるかは決まっている。吸い込まれるように、落とし穴の中へ。

「ああっ、落ちた」

穴の底は薄暗い。

由香は腕を組み、この夢の意味を考えた。

いくら夢とはいえ、これは無い。結婚式場に落とし穴なんて。いや、もしかすると『人生には思わぬ所に落とし穴』という示唆なのだろうか。確かに、何か落とし穴のようなものがあったような……。

よく思い出せない。頭を激しくかく。

上の方から声が聞こえてきた。

「何、やってんだ」

誰かが穴をのぞいている。

先輩だった。

「のんびりするな。俺達は忙しいんだぞ」

「いや、別に、のんびりしてるわけじゃ……あのう、忙しいって、なんでしたっけ？」

「アクアパークの存続危機で、だろ。アクアパークが危うくなれば、俺達の結婚も危うくなる。となれば、結婚も危機。俺達にとっては、ダブルの危機だよ。忙しくても仕方ない」

そうだった。

「それに、おまえの親父さんのことだって、まだ、残ってるんだ。これから、二人で何とかしないと。ともかく、穴から出ろ。つかまれ」

そう言うと、先輩は手を穴の中へ。その手をつかむべく、腕を伸ばした。だが、指先が絡むのみ。どうにも、つかめない。

「先輩、駄目みたいです」

「あきらめるな。あの日、浮き桟橋(さんばし)で約束しただろ。何があっても、そばにいるって。さあ、腕を伸ばせ。大丈夫だ、つかめる」

先輩は更に身を乗り出し、腕を穴の中へ。自分はつま先立ちになり、背筋を伸ばした。そして、思い切り腕を伸ばしてみる。指と指が絡(から)んだ。更に、手と手が絡む。

「先輩、届きました。これで……二人一緒にいられますね」

先輩の手を握った、強く。が、これが、まずかった。既に前のめりになっていた先輩は大きく傾く。そして、その身は揺らぎ、落とし穴の中へ。

ああっ、先輩まで落ちた。

「大丈夫ですか、先輩っ」

先輩は腰をさすっている。

由香は天を仰いだ。確かに、二人一緒になれた。けれど、穴の底。まさか、こんなことになるなんて。私達、いったい、どうすれば――

「先輩っ」

自分の声で目が覚めた。

伸ばした手を、先輩の手がつかんでいる。むろん、穴の中ではない。自分は布団の上で横になり、天井へと手を伸ばしていた。

「あれ」

由香は瞬きして梶を見つめた。

「先輩。どうして、ここに?」

「どうしてって、言われても……ここは俺のアパートだからな。泊まりに来といて、何、言ってんだ。もういいか。手を放すぞ」

黙ってうなずく。手を戻して、身を起こした。ベランダからは雀の声。朝日が差し込んでいる。どうやら、ねぼけていたらしい。だが、背にはまだ汗が滲んでいる。

「びっくりしたよ」

先輩は苦笑いした。

「いきなり腕を突き上げて、『先輩』って叫ぶから。のぞき込んだら、手をつかんでくる。まったく、どんなうなされ方してんだ」

「それが、その……変な夢、見ちゃって」

「変な夢?」

「結婚には落とし穴……というか、『人生には落とし穴があります』って言われてるような夢。いい気になって油断してると、えらい目にあうぞ、みたいな」

「随分と、意味深な夢だな」

先輩はまた苦笑いした。

「まあ、いい。ただの夢なら。ともかくシャワーを浴びて、目を覚ましてこい。おまえは、やたらと身支度に時間がかかるから」

「私だけじゃないですよ。女性全般、そういうものです」

「じゃあ、尚更だ。早く起きて準備しないとな」

「いや、私、今日は遅番なんで。まだ時間はあるかと」

「何、言ってる。もうギリギリだぞ」

先輩は顔をしかめた。

「昨日、スタッフルームで言ったと思うけどな。プレゼンに向けての初回打ち合わせ。修太（しゅうた）と三人、朝八時半開始でやろうって」

聞いたような気がする。

「人目につかないように、アクアパークの外でやるんだろ。『海岸通りのファミリーレストランで、どうですか』って提案したの、おまえだぞ」

「確かに、そんなこと、言ったような」

なにかと、せわしい現実が戻ってきた。これはこれで、ため息が出る。落とし穴に落ちたままの方が、気楽だったかもしれない。

「朝飯は向こうで食べればいい。ともかく早く支度しろ。でないと、置いていくぞ」

由香は慌てて布団から飛び出した。

第一プール　インドアの大自然

1

ファミリーレストランの窓は結露で曇(くも)っている。これより、三人で打ち合わせ。だが、まずは食べねば。

由香はご飯をかき込んだ。

自分が頼んだメニューはカツ丼。プレゼンに向けて『勝つ』をかけてみた。一方、修太さんは生クリームたっぷりのショートケーキ。向かいの席で嬉しそうに頬張っている。そして、先輩はトーストのモーニングセット。隣の席でコーヒーを飲んでいた。

先輩がおもむろにカップを置く。不思議そうに言った。

「朝っぱらから、ケーキやらカツ丼やら。よく食べられるな。大丈夫か」

「こんなの、普通だよ」

「そうですよ、普通」

先輩はあきれたように首を振る。「じゃあ」と言った。

「始めるか。食べながらでいいから、聞いてくれ。まずは、打ち合わせの進め方。何か提案ないかな。無ければ、俺が準備してきた書類で進めるけど」

「進めちゃって」

「進めちゃって下さい」

先輩は苦笑いしつつ、手を鞄へ。鞄の中からタブレットを取り出し、テーブルへと置く。「スキャンしてきた」と言った。

「プレゼンに関係しそうな書類を一式。大事なところだけだけどな。むろん、倉野課長から許可は取ってある」

「さすがだねえ、梶。用意周到」

「いいですねえ、この感じ。自動的に物事が片づいていくような。この調子で結婚準備の方も……」

先輩が「おい」とつぶやき、自分の方を見る。慌てて口をつぐんだ。

「調子に乗りすぎました。話の方、お願いします」

先輩は「まずは」と言いつつ、手をタブレットへ。

画面いっぱいに書類が広がった。

『アクアパーク運営業務に関する委託契約書』

「現状のおさらいから。俺達の職場は、千葉湾岸市立の水族館『アクアパーク』。市立と言っても、市本体が直接運営してるわけじゃない。日々の業務運営に関しては、外部に委託している。その外部とは官民共同設立の『共同事業体アクアパーク』。俺達はここに所属している」

どうにも、ややこしい話だが、水族館界隈ではよくある話。それに、官民共同運営化は、自分自身も経験してきたこと。理解できないことはない。

「この共同事業体に出資をしてるのは、千葉湾岸市とウェストアクア。ただし、市が三分の二以上出資してて、主導権は市側にある。まあ、実質、市の外郭団体と言っていいかな」

先輩は画面をスクロール。契約書をめくっていく。三ページ程をめくって手を止め、画面下部の文言を指さした。

『本契約の期限は十二月末日』

「運営の委託契約は自動更新。これまでは、毎年十二月末で更新してきたんだ。けれど、このたび、千葉湾岸市から通知があった。『次回は自動更新しない』って」

その通知書は、先日、館長室で目にした。あの書類から全ては始まったのだ。

「千葉湾岸市は『沿岸エリア事業を全面的に見直して、臨海公園の活性化を図りたい』と言ってる。で、新規事業プランを大々的に募集。ちなみに、この『全面的に見直し』は、かなり大胆な内容で」

先輩は画面を別の書類へと切り換えた。再び、指先を画面の文言へとやる。

『なお、本件の事業見直しについては、建て替え並びに更地化を含め、全ての可能性を排除しない』

「完全にゼロから考え直すと言ってる。要するに『何でもアリ』ってこと。当然、現状維持だってアリ。俺達はこれを勝ち取らなくちゃならない」

修太さんがケーキを飲み込んだ。フォークをケーキ皿へと置く。

「更地化もアリってことはさ……青空駐車場にしちゃうような案だって、ありうるってこと?」

「理屈としては、『アリ』だよ。けど、現実には無いと思う。駐車場に変えちゃうなら、市内部の検討で十分。大々的に新規事業プランを募集する必要なんて無いから」

「それも、そうだねえ」

修太さんは納得。先輩は画面を再度切り換えた。

『新規事業プラン公募要項』

「事業プランの募集は、もう始まってる。参加したい団体は二月末までに仮登録の申請書を提出。いわゆるエントリー登録ってやつだな。で、その一ヶ月後、三月末までに、事業プランの概要を書面提出する。つまり、まずは書類審査ってわけだ」

先輩は画面の書類をめくった。

「選考は二段階。一次選考は書類審査。ここで候補を数団体に絞る。二次選考は提案会形式の会議——いわゆるプレゼンだ。アクアパークは運営実績があるから、一次選考はパス。二次選考であるプレゼンに進むことは決まってる」

「じゃあ、先輩。アクアパーク、有利ってことですよね」

「そうとも言い切れない」

先輩は渋い表情を浮かべた。

「千葉湾岸市はわざわざ大々的な段取りを組んで、物事を決めようとしてるんだ。ということは……『変更したい』が本音なんだろう。それに、運営の実績ありってことが、プラスに働くとは限らない」

「あの、どうして?」

「アクアパークの運営状況は、当然、市もはっきりと把握してる。俺達が理由なく『創意工夫で、来館者が増加』なんて言っても、信じるわけがない。でも、新規事業者なら言えるんだ。夢のような企画をぶち立てて、『これで来館者は倍増です』って。市の担当者は気を引かれるだろうな」

言葉が無い。なにやら食欲が薄れてきた。

「じゃあ、次にいくぞ。書類選考以降の日程イメージ。確認してくれ」

先輩は再び、画面の書類をめくった。

「書類選考には一ヶ月半くらいかかる見通し。プレゼンの相手が決まるのは春以降で、たぶん、五月中旬くらいだろうと思う。で、プレゼンの本番は夏。七月下旬から八月上旬の見通し。参加団体数が多いか少ないかで、日程はブレる。だから、まだ、おおよその時期しか決まってない」

先輩はタブレットを前に腕を組んだ。

「春終盤くらいには、いろんな情報が飛び交って、どこがライバルになるか見えてくると思う。本格的に忙しくなるのは、そこからだと思うけど……冬の間に、プレゼンの基礎となる部分を固めておきたい。で、そのための役割分担なんだけど」

先輩は腕を解いて、顔を上げる。向かいを見つめた。

「修太。アクアパーク内部のことを頼めないかな。来場者や運営費用の見積もり——少なくとも十数年分の計画はいる。特に、設備周りの費用は重要かな」

「そこなんだよねえ」

修太さんは頭をかいた。

「ちょうど今、アクアパークは設備の更新期だから。その修繕に、かなりの費用がかかっちゃう。その内容で、大きく数字が変わっちゃうよね」

「市もそれが気になってると思う。だから、具体的な数字が無いと、絶対に納得しない。プレゼン資料の作成に入る前に、基本的な数字は固めておきたいんだ。できれば、三パターンくらい欲しいな」

「いいよ。スタッフルームとかを含む館全体で検討した方がいいよね」

「頼む」

「了解」

「俺はアクアパーク外部のこと、渉外関係をやる。出資者である千葉湾岸市とウェストアクア。姉妹館として協力関係にある海遊ミュージアム。どことも、今後、頻繁にやりとりすることになると思う。それと、もう一つ。俺達のような問題は、全国各地にあるんだ。似たような事例を調べ上げて、ポイントとなる事柄を押さえておきたい。先例があれば、プレゼンの対策も立てやすいから」

先輩は要領よく段取りを組んでいく。だが、内部の仕事も外部の仕事も、既に決まってしまった。もう自分の仕事は残されていない。

先輩はこちらを向いた。

「で、おまえの役割なんだけど」

「分かってます。応援ですよね。先輩、がんばれ。修太さん、がんばれ。皆、がんばれ。精一杯、全力で応援します」

「そんなことは頼まない。頼みたいのはコンセプトだ」

「コンセプト？」

「俺と修太は基礎となる実務面を固める。けど、それって材料でしかない。材料をどんな方向性で、プレゼン資料へとまとめていくか。コンセプトが無いと、うまくまとめられない」

「あの、言われてることの趣旨が、今ひとつ……」

「内海館長が言ってただろ。この地に本当に水族館はいるのか。いるとすれば、それは、どんな水族館なのか。それを突き詰めていかなくちゃならない」

由香は表情を曇らせた。自分が最も苦手とする分野ではないか。

「あの、そういうことって、先輩や修太さんの方が」

「俺も修太も、それっぽいことは、いくらでも言えるんだ。けど、全部、水族館内部の理屈なんだよ。誰の心も動かせない」

「あのう、また、言われてることの趣旨が……」

「いいか。おまえは役所本体にいた。その頃はどうだった？　『アクアパークなんて、市の関連施設の一つ。どうなろうと、大した問題じゃない』——そのくらいの感覚だったろう。今回、俺達がプレゼンで説得するのは、そういう人達なんだよ」

「そう言われれば、そうなんですが」

「外部の人が考える『水族館とは』を踏まえて、方向性を考えなくちゃならない。その方向性こそ、コンセプトってことになる」

「趣旨は理解しました。でも、私、そんな難しいこと考えたことが」

「考えなければ、負ける。資金力の勝負になれば、アクアパークに勝ち目は無いんだから。心配するな。修太と俺も、合間をぬって……」

先輩が言葉をのみ込んだ。携帯が鳴っている。

先輩は手を胸元へ。画面を見つめて「チーフからだ」とつぶやく。即座に、電話へと出た。

「ええ、今ちょうど、三人で打ち合わせを……いえ、初回ですから、全体の流れの確認と、役割分担くらいで……ええ、このあと、私と修太は予定通りに……分かりました。伝えます」

先輩は短いやりとりだけで電話を切った。そして、自分の方を見る。「戻ってくれ」と言った。

「チーフが呼んでる」

「あの、先輩達は？」

「ウェストアクアに、アポを入れてるんだ。二人一緒に行って、イタチ室長に状況報告。今後についても相談しなきゃな。たぶん、修繕でいろいろ無理を頼むことになるから」

先輩と修太さんは既に予定を入れ、行動へと移している。しかし、自分は……いったい、何をすれば良いのか。それすら思いつかない。

「悪いけど、先に出るぞ」

先輩は修太さんと一緒に立ち上がった。そして、目をどんぶり鉢へとやる。「どうした」と言った。

「カツ丼、残ってるぞ。チーフの電話は突然だったけど、用件は緊急じゃない。残りを食べる時間くらいはあるから。戻るのは、食べ終えてからでいい」

もう食欲は無い。

どんぶり鉢を見つめる。由香は黙って、ため息をついた。

2

小会議室の窓際、打ち合わせテーブルにはチーフの姿がある。

「よお、来たか。まあ、座ってくんな」

由香は軽く一礼した。足を打ち合わせテーブルへとやる。そして、向かいの席へ。腰を下ろして、一息つく。

チーフは「すまねえな」と言った。

「打ち合わせしてることは、知ってたんだけどよ。梶に様子を聞いたら、もう終わるって言うんでな。で、来てもらったってわけだ。俺も午前中のうちに出なくちゃなんねえんだ。入れ違いになると、まずいんでな」

そう言うと、チーフは手を胸元へ。封筒を取り出して、傾けた。中からは見慣れぬカード。チーフはそれをテーブルへと置く。こちらの方へ滑らせた。

『海遊ミュージアム入館証』

「そりゃあ、おめえのモンだ」

「私のもの？」

「来週から使えるようになる。むろん、勝手に作ったモンじゃねえぜ。アクアパークから正式に依頼をしてよ、海遊ミュージアムに発行してもらったモンだから」

「どうして、こんな物を。使う機会なんて無さそうなんですが」

「これから出てくらあな。海遊ミュージアムには経験豊富なベテランが多い。プレゼン準備でよ、そんな人達に意見をきくことも出てくるだろうから」

そんなものかもしれない。だが、まだ実感は湧いてこない。

「それだけじゃねえ」

チーフはテーブルに身を乗り出してきた。

「今月下旬、たぶん一月末付けで、辞令が出る。おめえは、アクアパークと海遊ミュージアム、二館兼務よ。ちなみに、梶と修太も同日付で兼務になっから」

「へ？」

「正確に言うと、アクアパークスタッフのまま、海遊ミュージアムの臨時スタッフにもなるっちゅう形態かな。就労に関することだからよ、今週中に倉野が詳しく説明してくれるから。まあ、心配はいらねえや。実質、何も変わんねえよ」

「じゃあ、どうして、こんなこと」

「正々堂々、海遊ミュージアムの名前を利用できるからよ。向こうは老舗（しにせ）の大規模水族館。外部の第三者と話をする時にゃあ、そっちの方が効く。プレゼンの準備作業でよ、思う存分、有効利用してくんな」

黙って、唾（つば）をのみ込んだ。どことなく、まだ他人事のような気分でいた。だが、次から次へと外堀が埋まっていく。

「ああ、それとよ。海遊ミュージアムからも一名、兼務者が出る。以前にも手伝ってもらった奈良岡（ならおか）よ。ただ、実際にアクアパークで手伝ってくれるのは、もう少し先。春くれえからかな。徐々に手伝いの日を増やしてもらってよ、最終的には常駐。全面的に手伝ってくれる予定になってる」

先程と同じ問いを繰り返した。

「あの、どうして、そんなこと」

「おめえが忙しくなるからよ。プレゼンの相手が決まる頃にゃあ、目が回る忙しさにならあな。けどよ、イルカプールの仕事は減らない。逆に増えていくから」

「増えていく？」

「イルカの赤ん坊のトレーニングをしなきゃなんねえや。健康管理のトレーニングをな。今のままじゃあ、磯川（いそかわ）が診察できねえだろ。接触トレーニングから始めて、体重測定や体温測定。最終的には、採血もできなきゃな。やることは山ほどある」

そのことについては、自分も意識していた。だが、これもまた……どこか、他人事のような気分でいた。

「それによ、夏に向けて、海洋プールの準備もしなくちゃなんねえ。今年は、やっておきてえんだよ。昨年、暴風で見送ったから。地元の人によ、今の海ん中を見ておいてもらわねえとな。最後の機会になるかもしんねえから」

「最後の機会？」

「プレゼンで新規事業者に決まればよ、新たに沿岸工事が始まるかもしんねえ。そうなりゃあ、沿岸域の環境は引っ繰り返っちまうからな」

窓からの冷気が頰（ほお）をさすっている。だが、額からは汗が吹き出てきた。

「徐々によ、ヒョロに仕事を移していきな。ヒョロが『主』、おまえが『従』の体制にもっていく。奈良岡が来てくれりゃあ、奈良岡にも仕事を引き継ぐ。遅くても、梅雨前くれえには、おめえがいなくても仕事が回るようにしな。そうしねえとよ、おめえ、体が幾つあっても足らなくなっちまうから」

チーフの配慮はありがたい。だが。

由香はため息をついた。気は重い。引き継ぎの必要性は理解できるのだ。だが、問題はそのあと。引き継いだあと、自分はいったい何をする？　見当もつかない。不安で不安で、たまらない。

「なんて顔してんでえ。こっちはよ、おめえがパニックにならないよう、支援体制を組んでいってんだぜ。ちょっとは『ホッとした』ってな顔をしてくんな」

「それが、その……今後、忙しくなるってことは、なんとなく分かるんです。でも、正直に言って……何のことで忙しくなるのか。チーフ、私は、いったい、何をするんでしょうか。さっぱり見当がつかなくて」

チーフは大仰に身をのけぞらせた。

「そんなこと言われっと、こっちの目ん玉が引っ繰り返っちまわあ。さっき、三人で打ち合わせしたんだろうが」

「したんですけど……かえって、わけ分かんなくなったような」

「妙なこと言ってんな。差し支えなきゃあよ、どんな打ち合わせをしたのか、その内容を話してくんな」

チーフに先程の打ち合わせ内容について話した。現状と大雑把な日程を確認したこと。そして、三人の役割分担を決めたこと。話し終えて、チーフの顔を見つめる。

「おめえの話を聞いてっと、情景が浮かんでくらあ」

チーフは頭をかいた。

「三人そろって席についたもんの、おめえと修太はノーアイデア。梶だけが準備していて、それぞれに役割を割り振った。おめえにゃあ、梶のような折衝事はできねえし、修太のような知識もねえ。で、残った役割がおめえに来た。が、それがあまりに抽象的なもんで、戸惑っちまった。ま、そんなところか」

「そんな……ところです」

「さて、どうすっかな」

チーフは腕を組み、天井を見上げた。そのままの姿勢で、何やら考えている。しばらくして、おもむろに姿勢を戻し、「まあ」と言った。

「おめえ達のやり方に口を挟むつもりはねえんだ。ただ、ちょいと感想を言わせてもらうとすれば」

胸の鼓動が速くなる。

「問題は、おめえだけじゃねえな。梶も修太も似たようなもんよ。これまでと同じように対応しようとしてら。なんだか、三人とも慣れちまってんな」

「あの、慣れてるって、何に？」

「梶は水族館外部の折衝事に、修太は水族館内部の実務に。経験や知識っちゅうのは大切なんだがよ、それが邪魔になることもあってな」

「でも、私は何にも慣れてません。いまだに全然です。別に、自慢してるわけではないんですが」

「そうかな」

チーフの視線が真正面から向かってきた。

「思い返してみな。アクアパークに来たばかりの頃の自分を。もう、何もかも新鮮で、驚きの連続だったろうが。あの頃の驚きが、今のおめえにあるか」

「それは」

何か言おうとした。だが、言葉が続かない。

「もしかすっとよ、アクアパークなんて、無用の長物かもしんねえんだぜ。内海館長は、そういった『そもそも』から議論を始めてもらいたかったと思うんだがな」

「でも、アクアパークは自分達の職場ですから。それを守るって当たり前のことかと。それを前提にしないと、議論のしようが」

「じゃあ、市からこう言われれば、どうする？『あなたの次の職場は用意します。

そちらへどうぞ。アクアパークは潰します』——別に暴論じゃねえぜ。こりゃあ、自治体が外郭団体を整理する時の常套文句なんだから」

　まったく返す言葉が無い。

「厳しい言い方にするけどよ。自分の仕事は、近い将来、消えるかもしれねえ――そういう危機感がまるでねえや。まあ、俺も偉そうなことは言えねえがな。だがよ、このままじゃあ……」

　チーフが途中で言葉をのんだ。胸元辺りで、アラームが鳴っている。チーフは手を胸元へ。携帯を取り出し、アラームを止めた。

「出発の時間が来ちまった」

　そして、携帯を手に立ち上がる。

「まあ、任せた以上、『あれしろ、これしろ』とは言わねえよ。ただ、三人とも、ちょっとショックを受けた方がいいかもな。何か考えといてやらあ」

「あの、何かって」

「これから考えらあな。おめえは、しばらく、頭抱えて悩んどけ。ただし、ルーティンに逃げるんじゃねえぜ。ルーティンちゅうのは、普段は面倒くさくて嫌なモンなんだがよ、こういうことが起こると、急に魅力的に見えてくんだよ。人間ちゅうのは、そんな状態になることがあってな」

まさしく今、自分はそういう状態にある。

「ともかく、俺はもう出発しなくちゃあなんねえ。海遊ミュージアムの入館証は無くすなよ。そんじゃな」

そう言うと、チーフは慌ただしげにドアの方へ。廊下へと出て行く。

ドアが閉まった。耳には、チーフの足音が次第に遠くなっていく。そして、静寂。一人、ため息をついた。

――あの頃の驚きが、今のおめえにあるか。

あるだろうか。

分からない。由香は入館証を手に取り、立ち上がった。

3

冬の朝、イルカプールには湯気（ゆげ）が立つ。観客スタンドに人の姿は無い。

「由香先輩、これから始めまぁす。そこで見ておいて下さぁい」

由香は手を挙げ、ヒヨロの声に応えた。観客スタンドの最前列に腰を下ろし、隣席のバインダーを手に取る。

『赤ちゃんトレーニング項目シート』

ため息をついて、プールへと目を戻した。

ヒヨロはプールの中。ドライスーツを着て、赤ちゃんに触れつつ、傍らで揺れている。これもまたトレーニングなのだ。赤ちゃんは様々な状況で『スタッフに触れられる』ということを、覚えなくてはならない。名付けて、接触刺激トレーニング。これは全ての土台となるトレーニングと言って良い。

だが、今、自分はプールサイドではなく、観客スタンドにいる。座席に座って、舞台監督よろしく見守っている。冬場のプールに入りたくないわけではない。それどころか、今、猛烈にプールに入りたい。プールの中で、厄介事を全て忘れてしまいたい。

――ルーティンに逃げるんじゃねえぜ。

二度目のため息をついた。

再び目をバインダーへ。取りあえず、赤ちゃんトレーニングにて、やらねばならない項目を書きだしていった。まずは、笛の音だろうか。笛の音は『いいね』を意味する合図。これを理解してもらわねば、赤ちゃんとのコミュニケーションがままならない。接触刺激トレーニングとあわせて、全ての土台と言っていい。けれど。

「赤ちゃん、まだ分かってないんだよな」

間違いなく、この二つは最優先事項だろう。問題はその先にある。

土台が出来上がれば、個別のトレーニングに入っていくことになるだろう。そこで、まず、何を目指すべきか。一番日常的で、かつ、役に立つ体温測定なんて、どうだろう。これができるようになれば、健康管理はぐっと楽になる。しかし。

様々な手順が頭の中を交錯した。

まずはプールサイドでの静止を、覚えてもらわねばならない。次いで、おなかを見せることを、覚えてもらわねばならない。更には、尾ビレをつかまれても、平気になってもらわねばならない。そして、体温計センサーの感触に慣れてもらわねばならない。

三度目のため息をついた。

先に、体重測定に取りかかった方が良いのだろうか。だが、そのためには、プール浅瀬への上陸を、覚えてもらわねばならない。地味な項目のわりに、トレーニング手順はややこしい。

では、一気に採血検査に挑んでは、どうだろう。だが、そのためには、ヒョロの訓練から始めなくてはならない。では、呼気検査は？　そもそも検査頻度が高くないから、優先度が高いとは思えない。では、採尿検査は？　上陸してもらってオシッコ。サインをしたらオシッコをしてもらうのだ。だが、そのタイミングを、どうやって理解してもらえばいい？　悩ましい。

――徐々によ、ヒョロに仕事を移していきな。

自分自身がやるとしても、悩ましいのだ。なのに、それを、他人でもできるように段取りを組まなくてはならない。悩ましさは倍増する。しかし、それをやらねば、プレゼン準備が本格化した際、自分がパニックになってしまうわけで……。

「あーっ、もう」

ボールペンをバインダーに置き、激しく頭をかいた。

なぜ、こんなことになっている？　予定では、結婚情報誌をめくりつつ、ウットリとしてる頃のはずではないか。『ウェディングドレスって、迷っちゃうな。ウフ』なんて笑いを漏らしつつ、寝転がってるはずではないか。

だが、現実はこれ。ああ、今日アパートに帰ったら、即、結婚雑誌を開いてやる。そして、思い切り『ウフ』って言ってやる。いや、帰るまで待てるか。今、ここで言ってやる。ウフ、ウフ、ウフフッ。

もう完全にヤケだ。バインダーでリズムを取る。

背後で、笑い声がした。

「なにやら、妙なことしてるな」

まずいところを見られた。誰だ？

「黒岩さんっ」

「近くまで来たんでな。寄ってみたんだ。カメラを回し始める前のご機嫌伺いよ。だが、まさか、こんな奇妙な光景に出くわすとはな」

「見なかったことに……して下さい」

「無理だな。強烈すぎる。夢に出てきそうだ」

黒岩さんは笑った。

「どうした？　あい変わらず、一人で空回りってやつか」

「仰せの通り……です」

「驚いた。今日は随分と素直だな」

黒岩さんは肩をすくめ、観客スタンドの階段を下りてきた。そして、そのままプールとの境の柵に手をつく。プールへ目を向けたまま言った。

「プレゼン対策スタッフ――梶、今田、嶋。内海さんの人選を聞いた時、最初は本気かと思ったよ。だが、よくよく考えると、悪くない。よく考えられてる」

「そうでしょうか」

「ライバルの立場に立ってみろ。梶、今田、嶋――何者だ？　誰も知らない。特に嶋って名の女性スタッフは、役所本体に三年間在籍してから、水族館へと転籍。経歴も不気味だ。プレゼンの場で、何を言い出すか分からない」

私が不気味？

「いっそのこと、言ってみればどうだ。『私達もあなた達も、いらない。この地に水族館なんて不要です』って。相手は腰を抜かすと思うがな」

「それじゃあ、プレゼンにならないです」

「そうだな。だが、盛り上がる」

「盛り上がる?」

さすがに、その発言は不謹慎(ふきんしん)というものだ。気に障る。

「そんなところを狙いにいって、どうするんですか。アクアパークが存続できなくなれば、何の意味も無いです」

黒岩さんは黙っていた。が、ほどなく、ゆっくりと身を起こし、柵を背にする。なんとも言えぬ複雑な表情を浮かべた。そして、小さく息をつく。「なあ、勘違いしてないか」と言った。

「自分達は運営実績があるんだし、きちんとプレゼンすれば勝てるって。そういう気持ちが少しでもあるなら、あんた達は甘い。今回の経緯を考えてみろ。千葉湾岸市の意向は明確だ。『変更したい』んだよ。あんた達はスタート時点から既に不利なんだ」

黙っていた。だが、そのことは、薄々、感じ始めている。

「となれば、勝ち目の薄い大バクチに賭けるしかない。そのために俺が呼ばれた……と思ってた。が、当のあんた達の思いは、違うみたいだな。三人そろって、枠の内から出てこようとしない。このままで行くなら、どうなるかは決まってる。断言していい。あんた達は負ける。何の波乱もなく、順当にな」

言葉が無い。

「だが、今回の件は、俺にとっても重要なんだよ。メディア関係者として、最後の仕事になるかもしれないから。結果は問わんが、淡々と負けてもらっちゃ、おもしろくない。で、だ。仕方なく」

黒岩さんは言葉を途中で止め、手を胸元へ。手帳を取り出してめくり始めた。

「岩田(いわた)の親父の話に乗ることにした」

「チーフの話？」

「岩田の親父がショック云々って言ってただろう？　その件のことよ」

そう言うと、手を止め、手帳のページを破った。差し出された紙片には、何やら住所らしきもの。その下には、最寄りの駅名も書いてある。

「再来週の金曜日、午後一時、ここに来てくれ。忙しいと思うが、プレゼンの件が最優先なら来れるだろ。都合がつくなら、梶と今田も連れてくればいい。まあ、無理にでも、連れてきた方がいいと思うがな」

「あの、ここって、いったい」

「きくな」

「は？」

「住所で検索すれば、すぐ分かると思うが、それもするな。岩田の親父の言う『ショック』を少しでも感じたいなら、何の先入観も持たずに行くこった。最寄り駅で下りて、タクシーで行くんだな。住所を見せれば、連れて行ってくれる」

「あの、現地には黒岩さんも？」

「あいにく、その日は別件があってな。現地には、俺の後輩で、岸(きし)ってやつがいる。岸あてに訪問して『黒岩の紹介で』と言ってくれればいい。話は通じるようにしておく。ああ、それともう一つ。その岸ってやつなんだが」

ここで、黒岩さんは少し間をとった。わざとらしい咳払(せきばら)いをする。

「変人だ」

「へ？」

「いや、かなりクセがある。天才肌の偏屈者といったところかな。物言いにカチンとくるかもしれんが、そこは適当に受け流せ。そこに突っかかると、本質が見えなくなる。そのことを含んだ上で行ってくれ。もっとも、嫌なら無理強いはせんがな」

紙片に目を落とした。

さほど遠いところではない。一時間半くらいで、行けるだろう。不安を感じないわけではない。が、プレゼン絡みとなれば、断るという選択肢は無い。

「行きます。ぜひとも、三人で」

由香は紙片を胸元にしまい、黒岩に一礼した。

4

自分達は、今、何の変哲もない薄暗い部屋にいる。ショックなど、まるで無い。

由香は室内を見回した。

「先輩、修太さん、これって、どういうことなんでしょ」

「分からないな」

「分かんないねえ」

指定された住所にタクシーで到着したのは、十分程前のこと。降車すると、そこは古い住宅街。正面には、苔(こけ)むしたレンガ造りの建物があった。そして、その玄関には板看板。厳めしい文字で『独立行政法人』とある。

『総合博物館　収蔵物保管センター』

板看板は、その横にもう一枚あった。

『付属技術研究所』

ここが指示された住所であることは、間違いない。首を傾げつつ、三人そろって建物の中へ。受付で来意を告げると、「お待ちしてました」と返され、部屋へと通された。応接室へ、ではない。この殺風景な部屋へ、だ。

そして、なぜか、扉口で、こう言われた。

「今の並びのまま、お席へと、どうぞ」

部屋の真ん中にはイスが置いてあった。言われるがまま、先輩、自分、修太さんの順で足を進め、イスに腰を下ろしていく。すると、また、言われた。

「あの、お立ちいただいたままの方が」

イスがあるのに、立つのか？

怪訝(けげん)に思いつつ、その場で立ち上がった。受付は安堵(あんど)の息をつく。そして、部屋を出ていった。かくして、三人そろって、イスの前で立ち尽くしている。いまだ『岸』なる人物は現れない。これがショックか。腹が立つ。

由香は息巻いた。

「一応、私達、訪問客ですよ。歓待してくれとは言いませんけど……立って、待ってろ。そうやって、岸さんとやらを出迎えろってことですかね」

「落ち着けって」

左隣の先輩が冷静に言った。天井を見上げている。

「俺達は黒岩さんの紹介で来たんだ。受付の態度を見る限り、話が通ってることは、間違いない。逆に通ってるからこそ、応接室じゃなくて、こんな部屋に案内されたんだろう」

「でもねえ」

　右隣の修太さんが怪訝そうに言った。首を傾げている。

「ここが水族館に関係あるとは思えないよ。これじゃあ、ショックなんか受けようがないよねえ」

「いや、修太さん、ショックですよ、ショック。もう失礼すぎて」

　憤懣（ふんまん）やるかたない口調で訴えた。が、先輩は表情を変えない。天井を見上げたまま、耳をすませている。そして、唇に指を当て「静かに」と言った。

「何か、聞こえた」

「聞こえた？」

　急に、周囲の薄闇が濃くなってきた。天井照明が落ちていっているのだ。程なく周囲は真暗闇に。もう何も見えない。

「何、これ。節電？」

「そんなわけない。取りあえず、動かずに」

　先輩が途中で言葉をのみ込んだ。

　はっきりとした物音が聞こえ始めたのだ。どこからかは分からない。どことなく、心安らぐ物音だ。その音が押し寄せてきては、ゆっくりと引いていく。また押し寄せてきては、ゆっくりと引く。

波の音か。

波の音は次第に大きくなっていく。

自分達を包む程に大きくなった時――左隅辺りの闇が揺れた。その奥底が微(かす)かに色づく。深く滲むような青色。それが次第に周囲へと滲んでいった。上へ下へ、左へ右へ。そして、自分達を包み込む。

おかしい。

先程まで自分達は部屋の中にいた。部屋を出た覚えは無い。だが、あったはずの壁が無い。天井も床も無い。無限の空間――そんなところに自分達は浮いている。こんなことはあり得ない。けれど、この肌を包む感覚には覚えがあって……。

潜水の時の肌感覚だ。

独特の浮遊感。特に、大水槽に潜った時の感覚に近い。くぐもったような音が身を包んでいた。そう、まさしく、これ。潜水してると、こんなふうになって……。

「何か来る。左奥から」

左奥の遠い所で、何かが揺れていた。やはり、おかしい。ここは部屋の中であって、あんな奥行きなどあるはずがない。だが、存在し得ない先の先に、確かに何かがいた。かなり、大きそうだ。謎(なぞ)の生き物が泳いでいる。

「こっちに、来るぞ」

　謎の生き物はゆったりと動いていた。だが、確実にこちらへと近づいてくる。そして、悠然と自分達の頭上へ。平たい巨体が、頭上を覆った。少し白っぽい。体長十五メートル以上はありそうだ。自分達との距離は十メートルちょっとか。

　ボンッ——鈍い破裂音がした。と同時、大小のきらめきが巨体を包む。

「ジンベイ……ジンベイザメだ」

　右隣で修太さんがつぶやく。

「僕達、今、ジンベイザメを見てる」

　ジンベイザメは世界最大の軟骨魚(なんこつぎょ)。海遊ミュージアムの大水槽で見たことがある。

「ジンベイザメって、青っぽい灰色ですよね」

「それは海面上から見た姿だよ。僕達は、今、ジンベイザメの腹部を見てるんだ。下から見上げてる。さっきのきらめき、きっと、泡だよね」

　見上げてる？

「僕達、今、海中にいるんだよ」

　馬鹿な。

　その時、足元で重低音が響いた。皮膚が震えている。と同時に、ジンベイザメが真下にいる自分達へと近づいてきた。いや、違う。いくらなんでも、そんな動きをするわけがない。自分たちが真上へと寄っていっているのだ。

「先輩、足元が……浮いてます。浮き上がってますっ」

「落ち着け。錯覚だ」

錯覚。だが、巨大なジンベイザメへと寄っていく感覚は現実だ。もう明らかに十メートルを切っている。七メートル、五メートル……三メートル。もう、すぐそこにいる。そして、揺れている。

背筋がゾクッとした。

何なんだ、この感覚は。まるで水圧があるかのような。胸奥から何やら込み上げてきた。乗り物酔いのような気分が身を包んでいる。口元を手で覆った。平衡感覚もおかしい。もう一方の手で、先輩の袖をつかんだ。

「それでいい」

先輩は微動だにしない。

「俺につかまってろ」

その瞬間、巨大なジンベイザメの陰から、何かが飛び出した。十センチ程の赤い何かが。ジンベイザメの周囲を戯れるように泳いでいる。いや、単に泳いでいるだけではない。泳ぎつつ、大きくなっていた。十五センチ、三十センチ、八十センチ、一メートル半。そして、体長三メートルへ。

金魚だ。巨大な金魚が泳いでいる。

巨大ではあるが、それ以外の容貌は何も変わらない。かわいらしい半透明の尾ビレを揺らめかしていた。そして、当たり前のように、ジンベイザメの周りを泳いでいる。

こんな光景ってあるか。

ジンベイザメは海に棲む。一方、金魚はもともとフナの変種。淡水でないと生きていけない。かつ、なぜか、巨体化した。もう、ありえない光景なのだ。だが、その『ありえない』が、目の前にある。ならば、自分が見ているものは、何なんだ。

袖をつかむ手に力を込めた。

それと同時に、ジンベイザメは静止する。巨大金魚もまた静止した。そして、二体そろって傾き、自分達の方へと向く。今度はジンベイザメが膨らみ始めた。次いで、金魚も負けじと膨らみ始める。二つの巨体が丸い風船のように膨らんでいった。膨らんで大きくなれば、当然、自分達との距離は縮んでいく。そして、迫ってくる。

膨らむ、迫る、膨らむ、迫る……だめだ。ぶつかる。

パァン。

水の中とは思えない派手な破裂音がした。

その瞬間、金魚もジンベイザメもモザイク状になった。幾つもの四角い欠片と化し、四方八方へと散っていく。そして、その欠片もかすれて薄れ、青い薄明かりの中へと溶けていった。更には、その薄明かりもゆっくりと落ちていく。周囲は再び真暗闇に。

マイク音声が流れた。

『パターンF5。映写テスト終了』

淡々とした音声と同時に、部屋の明かりがつく。その瞬間、壁が戻ってきた。天井と床も戻ってきた。先程までの部屋が、今、ここにある。むろん、自分達は一歩も動いていない。そんなことは分かっている。だが、それもまた、信じられない。

左奥の方で、靴音がした。内扉が開く。

「いきなりで失礼しました」

白衣を着た人が部屋へと入ってきた。

「挨拶もせず、抜き打ちのようにご覧いただきましたこと、お詫びいたします。改めてご挨拶を。技術研究所の企画グループ、岸と申します」

そう言うと、頭をペコリ。こちらも慌てて頭をペコリ。この人が黒岩さんの後輩、岸氏らしい。話では、天才肌の偏屈者とのことだったが……外見に格段、変わったところは無い。ごく普通の人ではないか。

岸氏は室内を見回した。

「この技術研究所は、もともと文化財の修復技術を研究するところだったんです。十数年前から、関連分野も直接手がけるようになりました。たとえば、遺跡の時代測定や出土品の含有物質分析などです。ここ数年では、展示技術の開発にも力を入れています。私のいる部署は、まさしく、その担当部署でして」

なんとなく、ここに来た意味が分かってきた。

「黒岩さんの紹介趣旨を踏まえますと、何の先入観も持たずに、ご覧いただいた方が良いかと思いまして、ご挨拶を割愛した次第です。名刺交換などすれば、皆さんは心の準備を始めてしまう。名刺には部署名が書いてありますからね」

先輩が声を絞り出した。

「これが最新技術……ですか」

「最新技術？　とんでもない。ありふれた技術ばかりですよ。プロジェクションでマッピング。それに、音響と振動。複数の組み合わせで、効果を上げてるだけのことです。両眼視差（りょうがんしさ）さえ利用していません」

「両眼視差？」

岸氏は「ええ」とつぶやくと、手を目の辺りへ。人差し指で右目を差し、次いで、左目を差した。

「右眼と左眼は少し離れた所にあります。となれば、それぞれの目に映る光景は微妙に違っているわけです。その違いを、私達は『立体感』として認識している。ですから、人工的に立体感を再現することは、さほど難しくないんです」

意外な言葉だった。

「右の目と左の目、それぞれに適した光景を見せればいい。ですが、どうしても、そのための装置がいる。たとえば、ヘッドマウント式のディスプレイとか、赤と緑のフィルムを貼ったメガネとか、特殊な映写器具とか、です。そんな物を用意すれば、当然、皆さんは心の準備を始めてしまう。だから、今回は、あえて見送ることにしました」

じゃあ、自分達が感じたものは、何なんだ。

思わず声が漏れ出た。

「でも、これって3Dなんじゃ……」

「3D？　その言葉、最近やたらと耳にするんですが……皆さん、よく定義せずに使っておられる。私は技術者ですから、技術論的にお答えしましょう。今ご覧になったのは、間違いなく、ただの平面映像です」

なんとも、あっけない説明ではないか。自分の表情で、そんな思いが伝わったらしい。岸氏は説明を追加した。

「3D——本当の立体映像とは程遠いんです。たとえば、皆さんが移動してジンベイザメの頭部側に回り込んだとしましょう。そうやったとしても、頭の先が見えることはありません。所詮、高度な遠近法ですから」

「でも、すごい臨場感が。あれって?」

「簡単に言ってしまえば、目の錯覚です。精緻に計算された遠近法に過ぎません。まあ、それなりにきめ細かく計算してますが。皆さんの立ち位置や目の高さを踏まえて視角を計算、そしてマッピング。ちょっとお待たせしたのも、そのマッピングを最適化する時間でして」

「あの、マッピングって?」

「そうですね。その説明がいりますね」

岸氏は説明方法に窮したかのように頭をかく。そして、逆に問い返してきた。

「皆さんは『映写』と言えば、どんな場所を思い浮かべますか」

三人で顔を見合わせた。この程度なら、相談し合うまでもない。取りあえず、代表して自分が答えた。

「たとえば、その、映画館とか」

「映画館にあるスクリーンを思い浮かべて下さい。真っ平らですよね。当たり前です。デコボコのスクリーンだと、映し出される映像が歪んでしまいますから。でも、予め、そういったデコボコを計算に入れて、映像を作ればどうでしょうか」

言われていることの意味が分からない。

「建物や室内のデコボコにあわせましてね、元の映像を加工するんです。場所を合わせて加工した映像を、その場所に配置していく——これがマッピングです。これをやりますと、ごくごくありふれた日常空間がスクリーンとなりうるわけでして」

岸氏は手を広げ、周囲を見回した。

「実際、この壁も床も天井も、この部屋の全てがスクリーンとなりました。これこそが『プロジェクションマッピング』と呼ばれる技術の真髄なんです。映画館のことを思い返して下さい。皆さんが映画館で見ている『物』って何ですか？　実はね、二時間ぐらいの間、ずっとスクリーンと呼ばれる『幕』を見続けてるんです」

額に汗が滲む。そんなこと、考えたことはなかった。

「ですが、皆さん、自分が幕を見ているとは思っていない。映画が始まったとたん、幕の存在は、意識から消えてしまいます。この部屋でも同じことが起こり、壁も天井も全てが、映像の中に溶け込んでしまった。かくして、皆さんは海の中にいるような心持ちになったというわけですが」

岸氏は末尾の「が」をゆっくりと言い、強調した。そして、肩をすくめる。「先程申し上げた通り」と続けた。

「これは最先端の技術ではない。既に、何種類ものソフトウェアが、一般向けに売られてますから。建物の壁やら天井やら、そこら中がスクリーンとなりますので、まずは広告宣伝業界が飛びついてきました。これは予想通りです。ですが、次いで、思いもしない業界が飛びついてきた。どこだと思います？　あなた達の業界、水族館ですよ」

　息をのんだ。

「ジンベイザメと金魚――この素材データを撮るにあたっては、ある水族館の協力を得ました。見返りは、私の開発したソフトの貸与と、その使用方法についてのレクチャーです。随分と喜んでもらえました。ですがね、その時、ふと思ったんです。この人達は何を喜んでいるのだろう。そして、同時に思った。もったいない」

「もったいない？」

「なんでもかんでも、３Ｄ、３Ｄ。定義も無しに、お祭り騒ぎをなさってる。馬鹿馬鹿しい。水族館には本物がいる。そもそも、本物って、最初から３Ｄではないですか」

　言葉が無い。

「それに、本物には、データでは表せない要素がいっぱいあるはずです。なのに、データで表せることばかりに夢中になっている。それなら、本物はいらない」

「それは……そうですが」

　声を無理やり絞り出した。だが、意味のある言葉にはならない。

「私は、もともと、ある光学メーカーの技術者でした。二年ほど前に、ここに転職してきたんです。だから、博物学分野のことは、よく知らない。私にとって、ジンベイザメはジンベイザメではなく、金魚は金魚ではない。どちらもデータに過ぎません」

「データ……ですか」

「ジンベイザメと金魚が戯れる——こんな光景など、見る人が見れば、顔を引き攣らせるでしょう。嫌悪感を覚える人すらいるかもしれない。けれど、私にとっては何でもないんです。ただのデータ加工ですから。最初から、私は見る人にインパクトを与えることしか考えていない」

岸氏の視線が真正面から向かってきた。

「黒岩さんから聞きましたが、あなた、イルカやラッコのご担当だそうですね。どちらも、私はよく知りません。何を食べるのかも知らないし、糞や尿を出すところも見たことがない。生き物としての実感なんて、まるで無いんです。だから、イルカもラッコも、もっともっと、かわいい生き物に加工できる」

言われていることの意味が分からない。黙って、岸氏の顔を見つめる。

岸氏は説明を追加した。

「たとえば、ラッコです。ラッコは仲間同士で手をつないで、眠ることがあるそうですね。素晴らしい。これをモフモフのクマのぬいぐるみとやればどうですか？　で、目覚めたあとに、互いに顔を拭いあうんです。皆、大喜びしてくれそうです。いや、この技術は日進月歩。私がやらずとも、きっと、誰かが似たようなことをやる」

「あの、似たようなことって？」

「いいですか。技術は高度化するだけではない。パッケージ化されて定型化し、安価になって、広がっていくんです。で、生き物に関心も知識も無いディスプレイ業者が、街中で『かわいらしいイルカやラッコの姿』を垂れ流しにしていく——これ、ＳＦ的な話だとお思いですか」

　岸氏は自ら首を横に振った。

「現実的な話ですよ。たとえば、色とりどりの熱帯魚水槽を考えてみて下さい。レストランやホテル、ショッピングモールなんかに、よくありますよね。あれが手軽になって、安価になって、バーチャル化する。それだけのことです」

　何か言い返したい。だが、何の言葉も浮かんでこない。傍らの様子をうかがった。先輩の表情は硬い。修太さんの表情はもっと硬い。そして、二人とも、何も言い返そうとしない。

「技術の前線にいる者として断言しますよ。これから十年くらいのうちに、『見せること』に関する技術は、劇的に多分野で使われるようになる。本格的な立体像技術、ホログラフィも進展していくでしょう。その一方、水族館設備の耐用年数はどうですか？」

問われていることの意味が分からない。仕方なく、また黙って、岸氏の顔を見つめる。

岸氏は「私は詳しくありませんが」と言った。

「たとえば、給排水のパイプ。確か、法定耐用年数は十五年ぐらいですよね。つまり、費用の回収がすまないうちに、そんな未来がやってくるわけです。どうします？　一般的な博物館よりも一桁多い入場料を取っている水族館に、いったい、誰が行くんでしょうか」

ここで岸氏はいったん間を取った。フーッと長い息をつく。そして「それに加えて、もう一つ」と言った。

「ここに転職してきて、気づいたことが一つあります。博物館に在籍するアカデミックな人達は必ずしも、今の水族館を支持しているわけではない、ということです。苦々しく見ている人が結構いる。『博物館という範疇から外してほしい』――はっきり、そう口にする人もいます」

「それは」

ようやく先輩が口を開いた。だが、言葉が続かない。

岸氏の言葉は続く。

「今、多くの水族館が『一般ウケ』と『アカデミズム』の狭間で、スタンスを確立できないまま、ウロウロしている。私はこう思います。いずれ中途半端な水族館は駆逐される。で、その時、きっと、あなた達は言うんです。『これも時代の流れか』ってね」

額の汗は止まらない。それに加えて、手のひらにも汗が滲んできた。以前、誰かに似たようなことを言われた覚えがある。確か、イタチ室長ではなかったか。

「実際、そう言って消えていった業界は幾つもあります。ですがね、私は思うんです。その大半は時代のせいなんかじゃない。己の存在意義を曖昧にし、説明しようとしてこなかったせいではないのかと」

岸氏は自分達の顔を順に見ていく。

「偉そうなことを申し上げましたが……私は水族館に詳しいわけではない。あなた達に比べれば、私は無知そのものです。だから、的を射たことを言ってるのかどうか、実に怪しい。ただね、何も反論できないあなた達を見て、こう思います」

岸氏は顔を歪めた。苛立たしげに身を揺する。

「私なんかに言われて、悔しくないんですか、あなた達は」

先輩は動かない。修太さんも動かない。自分は……動けない。

「以上です」

岸氏は表情を元に戻した。

「今さら、お茶を飲みつつ歓談というわけにもいかないでしょう。不躾ながら、これにて散会にさせて下さい。すぐに係の者が参ります。玄関までお送りいたしますので」

そう言うと、岸氏は自分達に向かい深々と頭を下げた。

5

先輩は黙って歩き続けている。振り向きもしない。

「先輩、ちょっと待って」

由香は梶の背を追いかけた。

千葉湾岸駅まで戻ってきたのは、二十分程前のこと。修太さんは所用があるらしく、ビジネスエリアの方へ。自分達はアクアパークに戻るべく、大通りを海方面へと歩き始めた。だが、先輩は硬い表情で何も語らず、ただ歩くのみ。その歩調は次第に早まり、自分はついていくだけで、精一杯になってしまった。かくして、二人の間が空くたびに、追いかけるはめになっている。

「いったい、どうしたんですか」

答えは返ってこない。

先輩は大通りから臨海公園へと入っていった。全てを突っ切り、浜辺を目指していく。そして、松林の小道へ。浜へと下る坂の手前で歩調を緩め、立ち止まった。太い松の樹の横で、海を見つめている。

自分はようやく追いついた。息が切れる。

「先輩、もっと、ゆっくり歩いて。私、もう、ジョギングしてるみたいで」

「おまえ、どう思った？」

「どう思ったって……岸さんの所で見聞きしたことについてですか」

先輩は黙ってうなずいた。

言うべきか、言わざるべきか。だが、そもそも、黒岩さんからの話を受けたのは自分なのだ。答えないわけにはいかない。

「確かに、驚きました。ショックらしきものも受けました。けど」

思ったことを、ありのままに言うしかない。

「所詮、バーチャルじゃないですか。現場のことを知ってる人の話じゃないです。岸さん自身、『自分は無知』と仰ってました。だから、参考にできることは参考にして、あとは適当に流せばいいんです。先輩も修太さんも、ちょっと、深刻に受け止めすぎ」

「そうかな」

先輩はため息をついた。

「確かに、岸さんは『自分は無知』と言ってた。だけど、それは嘘だよ。全部、分かっている。分かった上で、あの映像を作ったんだ。強烈な皮肉として」

「強烈な皮肉?」

「ジンベイザメはともかく、金魚を大々的に展示してる水族館なんて、ほとんど無い。特に、あんな金魚となると……俺が知る限り、一館だけだ」

「あんな金魚って……そんなに特殊な金魚でしたっけ?」

「そういう意味じゃない。尾ビレだよ。尾ビレが……ボロボロになってた」

「え?」

思い返してみた。目にしていないはずはない。三メートルもの巨体だったのだから。だが、あまりにもインパクトのある映像にあっけにとられ、驚くばかり。よく覚えていない。

「金魚の尾腐れ。細菌による病気だな。普通ならバックヤードへと即移動。薬浴させて、しばらく療養させる。修太なら、絶対そうする。その個体のためだけじゃないんだ。他の個体にも広がっていくことがあるから」

「そんなに危ない病気なんですか」

「いや、ありふれた病気と言っていい。観賞魚を飼っている人なら、一度は経験あるだろうな。初期に対応すれば、大事に至ることはほぼ無い。ただ」

　先輩はため息をついた。

「尾腐れは、環境が不適切だと、出やすくなる。だから、たいていの人は自己嫌悪に陥るんだ。プロを自認する水族館スタッフなら尚更かな。自分の技術不足、管理不足をさらけ出してるみたいなもんだから」

　確かに、修太さんの表情はかなり硬かった。

「けれど、そんな金魚を堂々と泳がせてるところが、一箇所ある。それこそ、知る人ぞ知る『ブルーステージ』。まさか、それを岸さんに見せられるとは思わなかった」

「あのう、ブルーステージって……何なんですか」

「ある水族館で催されてる企画展の名前。同じグループ内に店舗デザイン会社があるらしくてな、そこと協力しあって運営してるって聞いた。俺は一観客として、一度、見に行ったことがある」

　先輩の表情が硬くなった。

「壁に巨大水槽。所々に円柱水槽があって、ブルーライトが効果的に使ってあった。BGMは潮騒と泡の音。大海原を思わせる青、所狭しと泳ぐ金魚の赤。多くの人が見入ってしまい、時間を忘れる。俺自身、入った瞬間は、そうだった」

　海からの寒風が吹き抜けていく。

「で、ボロボロの尾ビレに気づいて、早々に会場を出たくなった。すると、出口の上部にキャッチコピーが書いてあってな、それが目に入ったんだ。俺は目をつむって、会場を出た」

「あの、どうして」

「そのキャッチコピーは『大海原と伝統美の出会い』。金魚はフナの変種で淡水魚。大海原では生きていけない。もう無茶苦茶だ。けど、深海を思わせる青と金魚の鮮やかな赤。見事なコントラストは人の心を奪ってしまい、そんな当たり前すら忘れさせてしまう」

寒風で松の枝が揺れている。

「そのあと、もっと悩ましい光景を目にした。ボロボロの尾ビレについて、子供達が話してたんだ。何て言ってたと思う？　『とってもキレイ』だ。実際、照明がボロボロの尾ビレできらめくとな、『とってもキレイ』なんだよ」

「子供達には、尾腐れのこと、教えてあげたんですか」

「いや。そんな子供達を見たのは、夕方の地元ニュースで、だ。そのニュース映像のあと、スタジオのゲスト達は、全員、目を細めて拍手してたな」

先輩は沖合を見つめた。水平線を薄黒い雲が覆っている。

「別に、俺は照明効果や映像効果を否定してるわけじゃないんだ。むしろ、展示にとって重要な要素だと思ってる。うまく使えば、無関心の人達を振り向かせることができるから。だから、『見せる』に特化した施設があってもいい。けれど」

「けれど？」

「ブルーステージは一線を越えたように思える。けれど、多くの人は、そう思っていない。それどころか、大歓迎だ。本来、ブルーステージは一時的な企画展で終わるはずだった。けど、なんだかんだ言いつつ、今に至るまで延々と続いている」

先輩は間を取り、唇をかむ。だが、すぐに話を続けた。

「岸さんは展示技術のプロだ。こういった状況が滑稽に見えたんだろう。だから、作った。ジンベイザメに金魚が絡む。それもボロボロになった尾を振りつつ。強烈な皮肉映像だよ。分かる人だけが身にこたえる。皮肉として、非常によく出来てるよな」

「問題があることは分かりました。でも」

由香は大きく息を吸った。この件に関しては、思うがままを言わなくてはならない。

「よくある話ですよね。過剰演出。やりすぎ。アクアパークの方針とは違うし、そんなに深刻に受け止めなくてもいいんじゃ」

「よくある話？　それは、その通り。でも、単なる『やりすぎ』では片付けられない。似たようなことを背景にして、海遊ミュージアムでは逆のことが起こった」

「逆のこと？」

「三年半程前、俺が海遊ミュージアムに出向して二、三ヶ月たった頃かな。海遊ミュージアムは大水槽の模様替えを検討し始めた。その時、地元高校の先生達から要望があったんだ。近海の生態系を生徒達に体感させてほしいって」

「即答でオーケーですよね。典型的な地元連携企画だし」

「いや、担当は返事を保留して、悩んだ。普通はやらないから」

「あの、どうして？」

「管理に手間がかかるんだよ。大水槽で多種を混在させると、自然界と同じことが起こる。つまり、大型魚が小型魚を食べてしまい、すぐにバランスが崩れてしまう。常に水槽を監視して、維持を図らなくちゃならない」

なるほど。

「でも、担当は、結局、引き受けた。いわば、自然界での食物連鎖再現だ。それにあわせて、海洋汚染の生体濃縮まで説明すればどうかってな」

興味深い企画ではないか。

海に潜水して、直接、その生態系を目にできる人は少ない。海遊ミュージアムの大水槽は、国内でも有数の規模。むろん、本物の海には及ばないだろうが、かなりの迫力をもって、生態系を感じられることだろう。

「担当は先生達と協力しあって、準備を進めた。けど、直前になって先生達から思いもしない要請が来た。『延期してほしい』って。どこからかクレームがあったらしい。『残酷だ。子供達にそんなものを見せるのか』って。担当は企画から手を引くことを決めた」

「そんな。もったいない」

「俺もそう思った。けど、担当の気持ちは分かるんだ。主張合戦に巻き込まれれば、仕事の予定が立てられない。不規則なシフト勤務が続くことになる。そうなれば、水槽の事故率も上がる。現場としては、それは避けたい」

先輩は息をついた。「どうして、こんなことになったんだろう」とつぶやく。そして、また沖合へと目をやった。薄黒い雲は徐々に近づいてきている。

「いろいろ調べてみた。当時、俺は海遊ミュージアムの出前授業を手伝っていたから。まずは、高校から小学校まで、教科書や副読本に一通り目を通した。先生達にも話を聞いた。で、驚いた」

「驚いた？」

「俺のイメージと、かなり違ってたんだ。小学校には、もう、ニワトリ当番もウサギ当番もいない。ビオトープすらない所も増えている」

確かに、最近はそうかもしれない。

「高校の生物系科目からは、幾つかの項目が消えてた。小学校であろうと、高校であろうと、理由は全て同じ。『衛生的じゃない』『危なっかしい』『かわいそう』の三つ。これに『本やビデオを見れば分かる』という意見がついてくる。つまり、『本物はいらない』ってこと。この言葉、まさしく今日、聞いたよな」

「岸さんの……言葉です」

「岸さんの指摘は、単に水族館の運営問題じゃない。世の中全般が、そんな方向に向かいつつあるんだ。生き物の実感と言えば、ペット。それ以外となれば、アニメのキャラクターやオモチャ類になってしまう。いろんなところから、生き物の実感が消えていってる。もう誰も『生き物の生々しい姿』なんて求めてない」

風が強くなってきた。薄黒い雲の手前で海鳥が群れている。

「俺達にとって問題なのは……水族館も自ら、そんな雰囲気に合わせ始めてるってことだ。ブルーステージは極端な例だけど、水族館の多くが似たような方向に進みつつある。わざわざ生き物としての実感を消し、期待されたイメージを見せる。それに夢中になってるんだ」

「さすがに、それは……言い過ぎなんじゃ」

先輩は黙って手を胸元へ。携帯を取り出し、画面をこちらへと傾けた。

「見てくれ」

水槽の写真だ。流氷の妖精と呼ばれるクリオネが泳いでいた。その背後には、クリオネと同じ格好をしたサンゴ。ちょっとコミカルで、おもしろい。写真としては、良い出来に違いない。だが、どこかしら、違和感のようなものが漂っている。

「このサンゴは熱帯域でしか見られない。そこに寒流域にしかいないクリオネ。奇妙な取り合わせだろ。それを、わざわざ模造サンゴを使って実現している」

「どうして、そこまでして、こんな水槽を？」

「いわゆる『ＳＮＳ映え』のためだな。目を引く水槽であることは、間違いない。実際、この写真は旅行会社主催のフォトコンテストで銀賞を取った」

唾をのみ込んだ。最初は他人事とも思えた話だった。が、話は既に自分の身近な仕事へと及んできている。

「こういった風潮をどう考えるべきか――実は俺もよく分からない。まずいとは思う。けれど、口には出さない。はっきり言って……これまでは、目をそむけて逃げてきた。自身の課題として、向き合いたくはない。おそらく修太もだ」

「あの、どうして」

「身も蓋（ふた）も無いけど、あえて言うぞ。理由はシンプル――口に出せば『嫌われる』からだ。もっと端的に表現すれば『来場者が減る』からだ。そんなこと、口にできるわけがない。で、モヤモヤしたものを胸に抱えつつ、傍観者を決め込んできた」

先輩は唇をかんだ。

「そんな俺達の態度は、黒岩さんの目に、どう映ったろうな。黒岩さんはこういった風潮に反発して親会社と対立、自分が作った会社から追い出された人なんだ。ふがいない態度、いや、鼻持ちならない態度に見えたんじゃないか。で、同じ考え方を持つ岸さんを紹介した」

黒岩さんの姿が頭に浮かんできた。黒岩さんはプールサイドで、なんとも言えぬ複雑な表情を浮かべていた。間違いなく、先輩の言うような思いだったのに違いない。

「悩ましい話だよ。けれど、考えようによっては……突破口になるかもしれない」

「突破口？」

「俺達が逃げてると言うことは、当然、ライバル達も逃げてる。プレゼンの本番で、わざわざ、ややこしいテーマを持ち出してくると思うか」

「どこも避けますよね。ほぼ間違いなく」

「だろうな。ライバル達は単純に派手なプランをぶち上げて、勝ちを取りに来る。ならば、それに勝つ方法は一つ。『それでいいのか』――水族館のあるべき姿を真正面から問い返して、打ち勝つ。内海館長が言っていた真っ向勝負だ」

「そうすれば……勝てますか」

「分からない」

先輩は自嘲気味に笑った。

「自滅するだけかもしれないな。けど、俺達は逃げられる立場に無いんだ。腹をくくるしかない」

頬に冷たいものが当たった。雨が降りだしてきたらしい。頭上にまで、薄黒い雲が広がってきている。

「戻ろう。やることは山ほどある」

そう言うと、先輩は浜への坂道を下りていく。確かに、やることは山のようにありそうだ。だが、まだ、どこから手をつけるべきかは分からない。

ため息をつく。由香は黙って梶の背を追った。

第二プール　自然のモヤモヤ

―

今日は冬晴れ。肌を刺す冷気に頭が冴えわたる……なんてことは無い。実は、ここ数日、大半の時間は、ぼんやりとしている。何も頭に入ってこない。由香はイルカプールの長イスに座っていた。何をするでもなく、まさしく、ぼんやりと。だが、頭の中では、先日の言葉が渦巻いている。

――自滅するだけかもしれないな。

先輩の心配はよく分かるのだ。プレゼンの場に耳の痛い話を持ち出せば、どうなる？　間違いなく、顔をそむけられるだろう。アクアパークが負ける可能性は高まる。かといって、プランの派手さを競えば、どうなる？　間違いなく、資金力がある方が有利になるだろう。これまた、アクアパークが負ける可能性は高まる。八方塞がりとはこのこと。いったい、どうすれば……。

「由香先輩」

誰かが呼んでいる。

「ちょっと、由香先輩。どうしちゃったんですか」

ゆっくりと顔を上げた。目の前に、ヒヨロが立っている。そうか。まだ、トレーニングの最中だった。

「ごめん。赤ちゃんのトレーニングだよね。何かあった？」

「何かあったじゃないですぅ。ほら、あれ、見て」

ヒヨロはプールを指さした。

プールの浅瀬、オーバーフローにニッコリーが上陸していた。そして、得意げに揺れている。だが、今日はそれだけではない。ニッコリーの隣に赤ちゃんもいた。赤ちゃんもまた得意げに揺れている。

ニッコリーが、揺れた――見てよ、ほらっ。ほらっ。

赤ちゃんもまた揺れた――見て、見て、見てぇ。

「ニッコリーが上陸したら、その真似をして、赤ちゃんまで上陸したんですぅ。まだ何も教えてないのに。体重計に乗るトレーニングでも、上陸って必要になるし……これって、褒めといた方がいいんですよね」

「そうだねえ。取りあえず、笛、吹いておいて」

トレーニングの笛は『いいね』の合図。このことはヒヨロも理解しているはず。なぜ、改めて、尋ねられるのか分からない。

「何、言っててんですか。まだ赤ちゃん、笛の音の意味、理解できてないですぅ」

「ごめん。そうだった。じゃあ、切り身をあげて。ご褒美として」

「それも駄目。ボク、午前の分、使い切っちゃって。なのに、いきなり上陸するもんだから。褒めてあげる手段が無いんですぅ。ボク、どうしたらいいか分からなくて」

「私も分からない」

どうも、今日は頭が回らない。

「取りあえず、喜んどいて」

「喜んどいて？　由香先輩、投げやり。もうちょっと……」

背後で笑い声がした。

「いいんだよ、ヒヨロくん。それで」

慌てて、立ち上がる。

磯川先生がイルカ館から出てきた。

「いいかい。大げさなくらいの仕草で、びっくりしてあげて。言葉にすると、『わあ、驚いた。何してんの。すごいねえ』って感じかな。実際に声に出して、言ってもいいよ。言葉は伝わらなくとも、雰囲気は伝わるからね」

　ヒヨロは戸惑いの表情を浮かべている。

　先生はプールを指さし「急いで」と言った。

「褒めるなら、その場ですぐに。そうしないと、何のことで褒められてるのか分からなくなるから。人間と同じだよ。行動の根っこは変わらない」

　ヒヨロは慌ててプールへと戻っていく。赤ちゃんへと向き、両手を挙げた。更に、大きく身をそらせる。前後に身を振り「う、うわあ」と言った。

「お、ど、ろ、い、た」

　セリフ、棒読み。こっちが驚いた。

　先生は苦笑いしつつ、長イスの方へとやって来る。「座ろうか」と言いつつ、自分の隣に腰を下ろした。自分も再び長イスへ。

　先生は小さく息をつき「どうしたんだい」と言った。

「心ここにあらずって感じだね。水族と接している時は、余計なことは考えない方がいいよ。事故のもとだから」

　言葉が無い。

「梶から聞いたよ。モヤモヤしたものを抱えてるって。その気持ちはよく理解できる。でもね、君達だけじゃないんだ。この仕事をやってる人の宿命みたいなもんだから」

そう言うと、先生は目をプールサイドへとやる。そこではヒョロが、大仰な仕草を何度も繰り返していた——うわあ、おどろいた。うわあ、おどろいた。

先生は再び苦笑い。話を再開した。

「ああいったトレーニングにしても、そうだよね。水族館におけるトレーニングはポジティブトレーニング中心。分かりやすく言うと、褒めて伸ばすだよね。でも、水族館外部で、そのことを理解してる人、どれだけいるんだろう。たぶん、多くの人の理解はこうだよね——良かれ悪しかれ、食べ物を使って、無理やりやらせてるんでしょ」

その言葉は、初見の来館者に多い。観客スタンドで、時折、耳にする。

「もし、この方針を実際に水族館で実行すれば、どうなると思う?」

「イルカって気分屋ですから……プールサイドに寄ってこなくなるかと。複雑なジャンプなんて、『無理やり』では、まず無理です。気分がのらないと、トレーニングなんかしないですから。ラッコの場合はもう致命的です。『無理やり』で、死んじゃうかも。ちょっとしたことで、食欲、無くしちゃうし」

「だろうね。じゃあ、なぜ、そのことを多くの人は知らないんだろう?」

「それは」

言葉に詰まった。

「理由は簡単だ。水族館が伝えてこなかったから。周りの人達は理解しようがない。誰だって、自身の経験に基づいて物事を考える。身近な所であふれているのは、ネガティブトレーニングばかり。となれば、水族館もそうだろうってことになる」

「身近な所で、ネガティブトレーニング？　そんなの、ありましたっけ？」

「いっぱいあるよ。たとえば『躾（しつけ）』。これってネガティブトレーニングそのものだから。自分の子供に躾。ペットに躾。これが普通の人の常識なんだよ。考えてみれば、皮肉な話だよね。ネガティブトレーニング中心の人が、ポジティブトレーニング中心の水族館に、アレコレ言ってるんだから」

考えてもみなかった。だが、現在のトレーニング理論は、行動学を実務体系化したもの。快なる行動は増え、不快なる行動は減る。その行動原則は、イルカであろうが、人間であろうが、変わらない。

「僕は獣医だからね、つくづく思うんだ。世の中の人の『生き物観』って、ペット文化から生まれたものなんだなあって。ペット文化って、何なんだろう？　端的に言っちゃうと、『職業的訓練を経ていない素人の人達が、生き物を育てること』なんだよ」

先生は肩をすくめた。少し間を置き、今度は眉をひそめる。「だからね」と続けた。

「いろんな弊害が出てきて当たり前なんだよ。でも、世間の人達は、ここには触れたがらない。水族館のことはアレコレ言ってもね。僕はこういった風潮が気になって仕方ない。だけど、梶と同じく黙ってる。モヤモヤしたものを抱えつつね」

「あの、どうしてですか」

「こうした風潮のおかげで、獣医という職業が成り立ってるんだから。思ってはいても、口には出せない。失業しちゃう。僕はずるいんだよ」

驚いて、顔を見つめた。磯川先生がそんなこと言うなんて。

先生は照れくさそうに「言っちゃったな」とつぶやいた。

「君が思い詰めてるもんだから、つい、余計なことまで口に出しちゃった。でもね、こうした矛盾は、生き物や自然相手の仕事では珍しくなくってね。モヤモヤを抱えているのは君達だけじゃなくって……そうだ」

先生は手を叩いた。何か思いついたらしい。

「いろんな人達に、話を聞き回ってみたら、どうだろ？　アクアパークは、今、こんな状況にあるんだ。皆、普段なら口にしないことでも、話してくれると思う。さっき、僕がつい、口にしちゃったようにね」

「でも、プレゼンに関係することなんて、そう簡単には」

「プレゼンから、少し離れてみたらどうかな。離れて物事を見るって、結構、重要だよ。コンセプトって、たいてい、そんなところから出てくるもんだから……そうそう」

先生はまた手を叩いた。

「ちょうど今、いい人が来てる。会って、話を聞いてみれば？」

「あの、どなたのことですか」

「沖田さんだよ。沖田さんは海獣類コミュニケーションの研究者。興味深い話をしてくれると思うけどね」

「今、沖縄の大学ですよね」

「沖田さんって、房総大の出身だろ。その縁で、春と夏の特別講義を引き受けたらしいんだ。『講義に使いたい文献がアクアパークの資料室にある』って言ってた。そのコピーをとりに来たらしくてね。廊下での立ち話だから、詳しいことは分からないけど」

確かに、めったに無い機会だ。これを逃す手は無い。しかし。

「いきなり押しかけて、『何か話して』ってお願いするのも」

「心配ない」

先生は胸元から携帯を取りだした。

「趣旨は僕から話しとく。アクアパークが置かれてる状況については、既にチーフが話してるから。君達が困ってるなら、沖田さんだって放ってはおかないだろ」

「沖田さんは今どちらに」

「まだ資料室のはずだよ。外出中のチーフが戻るまで、資料室にいるって言ってたから。だから、早く行っといで。チーフが戻ってきたら、時間をもらえなくなるよ」

慌てて立ち上がり、先生に一礼。

由香は資料室へと駆け出した。

2

資料室への廊下を走る。ドア前で急停止。

「失礼しますっ」

由香は部屋へと飛び込んだ。

沖田さんは冬の日差しの中にいる。窓際で、もたれていた。

「早かったですねえ」

沖田さんは顔を上げ、あきれたように言った。

「今、磯川さんとの電話を終えたところなんですよ。そんなに慌てなくても大丈夫。帰る前に、イルカプールに顔を出すつもりでしたから。まずは、息を整えて」

言葉に甘えて、深呼吸する。一礼して窓際へ。

沖田さんの手には、文献コピーらしき資料束があった。

「それですか。特別講義の資料って」

「ええ。昔、私がアクアパークに出入りし始めた頃、チーフに言われたんです。『おもしろそうな論文があれば持って来い』って。で、幾つか持参したんですが……そのうちの一つなんです。大学経由で閲覧手続きをするより、ここに来て、コピーをとった方が早いかなと。昔の手書き論文ですから」

そう言うと、沖田さんは手元に目を落とした。そこには手書きの論文タイトルがある。

『自然観及び生物観の変遷、並びに、同変遷の意思決定論的考察』

「これはね、亡き妻の論文なんです。デビュー論文とでも言えばいいかな。これがきっかけで、マイヤー博士に見出され、研究者としての道が開けたわけですから」

沖田さんは、昔を思い返すように、目を細めた。

「房総大の特別講座って、希望者向けでして、学部は不問なんです。だから、文系の学生も興味が持てるテーマがいいかなと思いましてね。夏にはアクアパークで実地講義できれば、なんて考えてるんです」

「アクアパークで？」

「岩田チーフに相談して、了承を得られればですが。もし、実現できそうなら、黒岩のやつに手伝ってもらおうと思ってます。『よくできた映像』と『本物』を並べてみれば、どこが意図的に加工されてるのか、一目瞭然になりますから。巷の『自然教育』の問題点は何なのか——それを考えてもらおうかってね」

おもしろそうではないか。

「これを切り口にして、更に、考えを深めてもらおうと思っています。なぜ、そんなズレが生じるのか。そして、なぜ、人はズレをズレと認識できないのか。そこで、この論文なんです。妻はちょっと他の研究者とは違う観点を持っていまして」

「違う観点？」

「彼女は自然保護活動に関心を持ってたんですが……活動そのものではなく、それに関わるヒトに関心を持っていたんです。そして、気づきました。我々が薄々感じつつも、はっきりとは認識してない問題点について。それを、この論文で指摘したんです」

そう言うと、沖田さんはページをめくった。そこには細かな集計表がある。そして、専門用語につぐ専門用語。難しそうな数式まで並んでいた。自分にはとても理解できそうにない。

「今の学生さんって、こんな難しそうなの、分かるんですか」

「これは論文ですからね、難しく見えるんです。研究者は自分の主張を述べるだけでなく、客観的なデータで他者を納得させねばなりません。そのために、彼女は言語学的分析を行い、それを統計処理しています。だから、難しそうに見えるんですが、論旨はシンプル。ご説明しましょう。私も学生に話さなくてはなりませんから」

そう言うと、沖田さんは宙へと目をやった。「どこから話そうかな」とつぶやく。

だが、すぐに目を戻し、いきなり別のことを語り始めた。

「昨日、深夜に昔のビジネスドラマをやってたんです。これが興味深くてね」

「ビジネスドラマ？」

「主人公は正義感あふれる若い男性。昔のドラマによくあったパターンなんです。つい、最後まで見てしまいました」

「あの、論文の話は？」

「今、その話をしています。まあ、聞いて下さい。主人公は日和見しがちな同僚達に怒鳴るんです。『おまえ達、犬か。尾を振って満足かよ』ってね。さあ、ここで」

沖田さんは軽く咳払いした。

「嶋さんに質問です。まずは『犬が尾を振る』――この情景を思い浮かべて下さい。愛犬が散歩をねだる様子とか。どう感じますか」

「かわいい仕草かな、と」

「そうでしょうね。しかし、この主人公、『おまえ達、かわいいな』と言ってるわけではない。このセリフ、どういう意味でしょうか」

「上の人に『媚びを売ってる』という意味でしょうか。だから、主人公、怒ってるんですよね」

「その通り。続いて、似たようなセリフが、もう一つありました。『あいつは親会社の犬なんだよ』――はい、これの意味は？」

「親会社の言いなりになる人。または、スパイみたいな人ってところでしょうか」

「はい、その通り。いずれにせよ、日常会話における『犬』って、ろくな意味じゃなさそうです。では、次に行きましょう。犬とくれば、猫でしょうか」

いったい、何なんだ、この会話は。

だが、沖田さんの話は止まらない。

「この主人公はね、女心が分からないんです。彼を慕ってモジモジしてる後輩女性に言っちゃうんですよ。『おまえ、猫かぶってるよな』ってね。さて、この意味は何でしょう。彼女は猫キャラクターのショールでも、かぶってるんでしょうか」

「いや、そうじゃなくて……『本当の自分を偽って、大人しくしてる』っていう意味です」

「はい、その通り。猫は他の場面でも出てきました。彼らの上司の課長が会社のお金を『ネコババ』するんです。この意味は？」

「ええと、横領ですよね」

「いいですね。まだまだあります。課長の上の部長は『タヌキ親父』でした。この意味は？」

「すっとぼけてて、ずるい上司かな」

「はい。ドラマの台詞には出てきませんでしたが、キツネにも似たようなニュアンスがありますよね。タヌキより計算高いイメージかな」

沖田さんは笑うかのように息をもらした。

「では、ラストシーン。主人公は『このブタ野郎』と言って、悪役の社長をぶん殴るんですよ。いやあ、懐かしい。このセリフ、昔は不良マンガの常套文句だったんです。良いニュアンスでないことは明らかですが、おききしましょう。これの意味は？」

「下劣な人っていう意味ですよね。もう最低の奴って感じ」

「はい。ドラマには出てきませんでしたが、ついでに、ウシも押さえておきましょう。ウシは『愚鈍(ぐどん)』の象徴ですよね。まあ、『このウシ野郎』と言う人はいませんが」

意味不明の問答が続く。

今一度、問いたい。論文の話は、どこへ行った。

「さあ、最後に、まとめましょうか。古来、人は身近な動物達を『鳥獣』と言い習わしてきました。『獣』の字を訓読みすれば『ケモノ』です。では、『ケモノのような人』とは、どんな人でしょうか。いい人？　悪い人？」

「もちろん、悪い人です」

「そう。具体的に言えば——『本能のままで欲望を抑えられない』『慎みが無い』『乱暴で自分本位』『人間らしい倫理観や自律が無い』——こんなところでしょうか。つまり、『人間は素晴らしいが、動物にはその素晴らしさが無い』ってことになります」

沖田さんは「さあ、ここで」と言い、こちらを見つめた。

「嶋さん、改めて問いますよ。身近な動物を思い浮かべて下さい。犬でも猫でも構いません。嶋さん、嶋さんの場合、イルカやラッコでもいいですね。多くの人が持つイメージって、どんなものですか。思いつくままで結構です。具体的に言ってみて」

「ええと、具体的に言うとするなら——『純粋で無垢』『かわいらしい』『けがれなき存在』——こんなところでしょうか」

「その通り。先程とは全く逆ですね。じゃあ、その対比の中で、人間はどうなったんでしょうか。『打算的で計算高い』『みにくい』『けがれた存在』になりました。つまり、『動物は素晴らしく、人間にはその素晴らしさが無い』ってことになります。どうでしょう。完全に立場が引っ繰り返ってしまいました」

唾をのみ込む。ようやく問答の意味が分かってきた。言われてみれば、その通り。だが、今までに、こんなこと、考えたことすらない。

「実はね、生き物のイメージにおいては、激的とも言える転換が起こってるんです。

この転換は古いことではありません。日常的な会話は変わってないんですから」

「じゃあ、いつくらいから」

「そうですね、大きな転換は、嶋さんの親御さんが子供の頃くらいでしょうか。ところが、誰もそれを意識していない。彼女はこれを『無自覚のスタンス変更』と呼び、分析の対象としました」

　沖田さんの口調が熱を帯び始めた。

「この転換自体は、彼女以前にも指摘する人はいたんです。ですが、彼女はここから派生する問題に気づいた。実は、この転換、非常に奇妙な特徴を持っているんです」

「奇妙な特徴？」

「考えてみて下さい。生き物の生態が、短期間に変わると思いますか。変わるわけがありません。つまり、この転換に、生き物そのものは関係してないんです。人間側が勝手に転換しました。つまり」

　沖田さんは論文コピーを一瞥（いちべつ）する。

「自然科学がほとんど関与しないところで、この重要な転換は起こりました。そして、今、逆に、多くの自然科学の現場へと影響を与えています。ですが、研究者達は気づいていない」

「あの、気づいてないんですか」

「自然や生き物を対象とする研究者って、今も昔も、こんな感じです——『自分達は専門家として最前線にいる。無知な素人を引っ張っているのだ』。ところが、現実は逆なんです。世間に引きずられている。なのに、まったく気づいていない。彼女はこうした状況に警鐘を鳴らすため、様々な分析を行ったわけです」

由香は拳を軽く握った。まるでミステリーの謎解きを聞いているかのようだ。込み入ってはいるが、興味深い。なんだか、胸がドキドキしてくる。

沖田さんの話は続いた。

「自然を巡る議論は多種多様です。ただ、自然や生き物の『実体』を踏まえていれば、多様な意見も一定範囲へ収束していきます。ですが、イメージとなれば、そうはいきません。いかようにでもなります。暴走だってありうるわけです。実に怖い」

意味がよく分からない。「あの、怖い？」と聞き返すと、沖田さんは「ええ」とうなずく。説明を追加した。

「そう思いますね。『生き物のイメージ』とは、結局、『生き物に対する価値観』なんです。価値観ですから、熱心な人ほど妥協できなくなる。議論はオールオアナッシングになりがちです。相互理解よりも、分断へと向かう。分断となれば、社会全体として有効な手は打てません」

沖田さんは自分の方を向いた。真剣な眼差しだ。

「実はね、人間って、自分達が思ってるほど、論理的じゃないんです。イメージや、イメージを加速させる感情移入で、認識が左右されます。こういった傾向は、一般的には認知バイアスと呼ばれることが多いんですが」

その言葉は以前、耳にしたことがある。

「私は認知ベースと呼ぶべきだと思っています。人間は、そもそも、こういう認識構造をしているわけですから。なので、いかに理不尽でも、ゼロにはなりません。これが人間、ヒトという生き物なんです」

プレゼンとは直接、関係ないかもしれない。だが、奥深い。聞いて良かったと思える。考えてもいなかったところに、光が当たっていくような気がするのだ。

「皆さんは今、胸にモヤモヤしたものを抱えておられる。そのモヤモヤは一言で言い表せないことと思います。けれど、その背景にあるのは、彼女が指摘していた事柄ではないか。私にはそう思えてならないんです」

そう言うと、沖田さんは目を論文へ。はにかむように顔を上げ「熱くなりすぎましたね」とつぶやく。そして、「ごめんなさい」と言った。

「この論文を見てると、昔がよみがえってくるんです。妻とはよく語り明かしました。で、いつも叱られたんです。『ほら、熱くなってる』ってね」

そう言うと、沖田さんは指先を論文へ。そして、タイトルを、一文字、一文字、丁寧になぞっていく。

そこにあるのは、斬新にして難解な論文。だが、それが……手紙のように見えてきた。おそらく、沖田さんは今なお語り合っている。

こんな二人になれるだろうか。

窓外からは暖かい日差し。由香は目の前の光景を見つめ続けた。

3

傍らで先輩は眠っている。自分は眠れない。

由香は布団の中で常夜灯を見つめていた。

明日の朝は早い。もう寝なくてはならない。ため息をついて、目を閉じた。だが、やはり眠気は湧いてこない。目を開けて、また、ため息をついた。

頭の中を、いろんな言葉が駆け巡っている。

——僕はね、ずるいんだよ。

——これが人間、ヒトという生き物なんです。

「眠れないのか」

先輩もまだ起きていたらしい。

「大丈夫です。目を開けてるだけですから」

「それを眠れないって言うんだよ」

先輩はため息をつく。「俺も同じだよ」と言った。

「最近は、耳が痛いことばかり。どれもこれも薄々感じていながら、あえて見ようとしてこなかった事柄ばかりだ。結構、身にこたえる。けどな、今は前向きに考えよう。こんな状況だからこそ、話してもらえてるんだ。俺達は貴重な経験をしてるんだよ」

「先輩」

由香は横になったまま、隣を向いた。

「私、怖いんです。先輩、このあいだ、言ってましたよね。『自滅するだけかもしれないな』って。それを考えると、もう不安で」

「プレゼン本番まで、まだ時間はある。聞いた話をゆっくり消化していけばいい。プレゼンのライバルは、絶対、こんなことはしない。ならば、俺達にも勝機はある」

「そう……ですね」

「おまえだけの負担にはしないよ。俺も修太も実務の合間に聞き回ってる。外部の人の視点って、大事だからな」

少しだけ気分が楽になってきた。だが、役割分担を考えれば、この件は自分がやるべきこと。逃げ出すわけにはいかない。

「大丈夫ですよ。先輩達は実務優先でやって。まずは基礎となる材料をそろえないと。それに、私、楽しんでるところもあるんですよ。耳は痛くても、興味深い話ばかりですから。この機会を生かさなくっちゃ」

先輩は「そうか」とつぶやく。薄闇の中の沈黙。しばらくして、先輩は独り言のように「どうだろ」と言った。

「吉崎（よしざき）姉さんに話を聞いてみれば？」

「吉崎姉さんに？」

「姉さんって、こういう話、嫌がるだろ。『理屈っぽいの嫌や』って。そういう姉さんが口に出さず、ずっと抱えてることって、何なんだろうな。気にならないか」

「言われてみれば、そうかも」

「おまえは姉さんの愛弟子みたいなもんなんだ。俺や修太では無理でも、おまえなら聞き出せるかもしれない」

「やって……みます」

自分は一人ではない。先輩も修太さんもいる。アクアパークが存続できるかどうかは組織の問題だ。やるべきことをこなしているうちに、結論は出る。不安はあっても、割り切れぬことはない。だが、不安はもう一つあって、こちらの方は……。

「先輩」

由香はまた隣を向いた。

「こんな状況で……私達、本当に結婚できるんでしょうか」

「できるに決まってるだろ。婚姻届は、今すぐにだって出せるんだから。問題は『どの程度、結婚の段取りを整えるか』だろ。仕事の合間に、少しずつ片付けていって、プレゼン終了同時に、残りを一気に推し進める。できることはやるし、できないことはやらない。それだけだ。心配ない」

「でも、うちの実家の件が……まだ手つかずのままで。まあ、割り切っちゃえば、それまでかもしれないんですけど」

役所勤めで土木関係の仕事をしている父は、水族館が好きではない。端的に言って、大嫌いと言っていい。しかも、この大嫌いは根が深い。幼年期の父のトラウマのようなもの——海洋学の研究者だった祖父が、始終、家を留守にし、家庭を顧みなかったという苦い思い出——に根ざしているのだから。

もし、先輩が千葉湾岸市役所の人ならば、父は即オーケーと言うだろう。だが、実際はアクアパークの人。水族館勤めというだけで、門前払いに決まってる。どう話を切り出せば良いのか。現時点では見当すらつかない。

先輩は黙って、常夜灯を見つめていた。大きく息をつくと、こちらへと顔を向ける。唐突に言った。

「知ってるか。海遊ミュージアムのボランティア会って」

「そりゃあ、知ってはいます。海遊ミュージアムに行った時に、あちらこちらでお見かけしますから。でも、まあ、そのくらいかな」

「ボランティア会には年配の人もいる。面倒見のいい人が多くてな。いろんな相談に乗ってくれるんだ。先日、その副会長さんに言われた。『頑固親父なんか、全国各地、どこにでもおるがな』って」

「確かに、そうかもなんですが」

「俺は、その言葉で、急に気が楽になったよ。『それもそうだ』と素直に思えた。俺達の抱えてる問題は、別に、特殊なもんじゃない。いわば、よくある話なんだ。なんとかなる。実際、皆、なんとかしてるんだから」

「そうです……ね」

そうだ。なんとかなる。今はそれでいい。

「お互い、明日は早いんだ。もう寝よう」

「はい」

頭を戻して、常夜灯を見つめる。由香はゆっくり目をつむった。

4

気怠(けだる)い昼下がりの休憩タイム。吉崎姉さんと休憩室にて二人きり。姉さんはソファの背もたれにもたれ、大あくびをしている。話を聞くなら、今をおいて他にはない。

由香は缶コーヒーをテーブルに置いた。

「あの」

意を決して隣へと向く。と同時に、吉崎姉さんが身を起こした。

「最近、なにやら忙しそうやねえ」

姉さんは目をこすっている。

「何やらされとるん？」

しめた。これに乗らぬ手は無い。まずは、岸さんの件について話した。更には、磯川先生と沖田さんの話を要約して伝える。そして、いろんな人から話を聞いてみることになった旨を報告した。話し終えて、姉さんの反応を待つ。

姉さんは大仰にのけぞり「ひゃあ」と言った。

「えらいこっちゃ。泥沼っちゅうやつやね」

「泥沼？」

「ま、うちの守備範囲外。がんばって」

姉さんは一転、せわしそうな様子で立ち上がる。

由香は慌てて、吉崎の袖をつかんだ。

「姉さんも何かお願いします。内容は何でもいいんです。実は、話を聞きたくて、休憩室に来たんです」

そう言ったとたん、姉さんは腕を振り切って、ドアの方へ。逃がしてはならない。今度はズボンをつかんだ。姉さん、逃げる。それでも、ズボンをつかみ放さない。

姉さんは背を向けたまま、子供のように身を振った。

「いやや、いやや。泥沼いやや。この手の話、疲れるねん。堂々巡りばっかりやから。磯川さんか沖田さんに、百ぺんくらい聞いたらええやん。うちなんか、ナァンも考えとらんから」

「お願いします。体験談とか、記憶に残ってる思い出とかでもいいんです。姉さんの話が聞きたいんです」

姉さんは身を振るのをやめ、自分の方を向く。「残念でした」と言った。

「今日はペンギン舎の大掃除の日なんよ。いや、ほんま。冬場のマゼランペンギンは気が立っとるから、慣れたモンがやらんと」

「それなら、もうチーフがやってますよ」

「チーフが？　なんで？」

「私がチーフに頼みました。吉崎姉さんに話を聞きたいので、誰かに代わってもらえないかって。そうしたら、チーフ、『俺がやらあ』って。あんまり早く戻ると、チーフに尋ねられますよ。『嶋に何を話したんでえ』って」

「策士や」

姉さんは目を大きく見開いた。

「いや、鬼や。あんたは鬼や」

「だから、もうあきらめて」

姉さんはため息をつき、力を抜く。ようやくソファへと腰を下ろし「もう知らんで」と言った。

「うちが話せることなんか、単なる体験談レベルやで」

「はい。貴重な体験談」

「貴重どころか、雑談レベルやで。しかも、別におもしろい話やないし、昔の話やし。そんなもんで、ええか」

「ぜひ。お願いします」

「昔、うちな、いっぺんだけ海外に行ったことがあるねん。旅行でと違うで。ほとんど北極圏なんやから。ラッコの保護センターがある水族館に派遣されててん。『ラッコの繁殖技術を、本場で学んでこい』って言われてな」

慌てて、メモ帳を取り出した。

「水族館五館の共同企画やってな、メンバーはうちを含めて五人。当時は、うち、もうラッコ担当から外れとったんやけど、ラッコの出産を経験しとるっちゅう理由で選ばれてん。気乗りせんかったけど、仕方ない。こうなった以上、学べるモンを全部学んで、本場の技術を追い抜いたろ、と思うた」

おもしろそうだ。姉さんならではの話ではないか。

「で、五人そろって、向こうに到着。空港近くにホテルを取ってな、決意の盃（さかずき）っちゅう雰囲気で、五人で酒を飲んだんや。で、翌日、意気揚々と乗り込んだ。そうしたら」

「そうしたら？」

「現地のスタッフに淡々と言われた——保護センターのラッコは避妊の手術を受けています。ほんま『ひゃあ』やで。ペットみたいやん。しかも、いきなり、やること無くなってしもうた。はてさて、どうする、五人衆。やること、もう、一つしかないがな。顔をそろえて、ぶつくさ。またまた、お酒を飲みましたとさ。チャン、チャン。これでオシマイ。ほな、さいなら」

姉さんが腰を浮かせかける。慌てて、それを押しとどめた。

「姉さん、それってどういうこと？」

「どういうことって、言われても」

姉さんは困惑の表情を浮かべた。

「話した通りやがな。あんたが唖然としとるように、うちらも唖然とした。どうにも、やりきれんで、酒飲んで荒れた。それだけのこっちゃ」

「でも、本場のラッコ保護センターですよね。ラッコって、絶滅危惧種なのに、どうして」

「逆や。絶滅危惧種やから、こうなんの。本場やからね、周囲には自然界のラッコがおる。そっちも保護せんとあかんのよ。ケガした個体とか、母親とはぐれた赤ちゃんとか。けど、保護センターの収容能力には限界がある。どっちかを優先せんとあかん。で、自然界のラッコを優先」

姉さんはため息をついた。

「まあ、悩ましいわな。世間でよく言われる『かわいい生き物を守ろう』路線ではナァンも解決できん。どっちもラッコ。同じように、かわいいからねえ」

姉さんは肩をすくめて、頭を振る。が、すぐに「そこで」と続けた。

「優先順位の考え方が出てきた。まずは『生息域内』の保全。自然界の生息環境を維持して、絶滅を防ぐっちゅう考え方や。施設内の繁殖で絶滅を防ぐのは、『生息域外』

の保全。あくまで補完策ちゅうわけやな。で、こうなったってわけ」

「でも、それ……どうにも、やりきれないです」

「あんたと同じ気持ちに、うちらもなった。理屈は分かるんやで。けど、館内のラッコにそこまでやる必要があるんやろか。もっと、うまいバランスは無いんやろか。けどな、こらあ、責任を負わん第三者やから言えるんかもしれん。同じ立場で選択を迫られたら、どうやろ」

吉崎姉さんは、また、ため息をついた。

「現地のスタッフも悩んだ挙げ句の選択なんやろ——うちら五人は、そう結論づけた。モヤモヤしたものを抱えつつ、自分で自分を納得させたんや。けど、その翌日、余計なモンを見てしもうた」

「余計なモン?」

「バックヤードを見学したんや。ちょうど、はぐれた赤ちゃんラッコを保護しとるところでな。スタッフがドライヤーとタオルで毛繕いしとった」

「あの、それって、保護手順としては普通ですよね」

「問題はそのあとや。最後に抱きかかえて、赤ちゃんラッコにキス。で、大盛り上がり。これって、うちがラッコから離れるきっかけになった光景やがな。それを生で見てしもうた」

姉さんを顔に渋い表情を浮かべた。

「二日酔いの頭ん中で思うた――『この人ら、ラッコに酔うとる。いや、ラッコを保護する自分に酔うとる』。で、五人そろって同じ結論を出した――『それなら、酒に酔った方がマシや』。で、その日も、五人で酒を飲んで大荒れ。うちら、いったい、何しに北極圏近くまで行ったんやろな」

姉さんは遠いところを見る目をした。

「それから、現地の施策がどうなったかは知らん。それ以降、うちはペンギン中心になったから。どうや？　よう分からん話やろ。うち自身、話しとっても、よう分からんねん。というわけで、今度こそオシマイ。ほなね」

姉さんは膝を叩き、立ち上がる。

慌てて、また袖をつかんだ。

「姉さん、まだありますよね」

「無い、無い。あのな、この手の話は、ほんま疲れんの。もう、うちの頭、火、吹きかけとるから」

「火、吹いたとしても……ありますよね」

「堪忍(かんにん)して。うちなんかより、プロに聞いた方がええって。うちから頼んどいてあげるから」

「あの、プロって……誰？」

「黒岩さんやがな。この手の話は、お手のもんやろ。なにしろ、自然や生き物の番組を作っとった人やで。おまけに、方針を巡って対立、自分の会社から追い出された。もう、それだけでドラマやんか。うちなんかより、ずっと興味深い話をしてくれるから」

「でも、いつ、いらっしゃるかは……」

「たぶん、再来週辺りに来る。カメラを回す人とか、手伝いの人とか、決まったらしいんよ。で、『顔合わせを兼ねて、内海館長に挨拶を』とか言うてはった。そやから」

姉さんは自分に向かって頭を下げた。

「今日はここまでで、かんべんして。もう、ペンギン舎に行ってええか。チーフもええ年や。寒空の下、あんまり長時間やってもらうわけにはいかんから」

慌てて身を引く。立ち上がって、姉さんに一礼。

そのとたん、姉さんは背を向けてドアの方へ。足を止め「ほんま、しんどいねえ」とつぶやく。そして、ドアを開け、足早に部屋を出て行った。

5

日は暮れた。プールサイドは、暗闇に包まれている。だが、夜間照明はつけていない。今夜は非常灯のみ。

由香はかじかむ手に息を吹きかけた。

脇に抱えたボールを胸へと抱え直し、足をプールサイドへとやる。すぐにニッコリーがやってきた。顔を出して大きく身を振る――ひま？　遊んであげようか。

次いで、赤ちゃんもやってきた。身を振る――ひま？　あそんであげよか。

「ヒマじゃないの。ちょっと、人待ち中でね」

夕刻、黒岩さんがカメラマンとアシスタントを連れ、アクアパークにやってきた。館長室で挨拶を済ませたあと、倉野課長と部屋へとこもり、内々の打ち合わせを開始。自分は、その終了後に、時間をもらえることになっている。

むろん、それまでの間、どこで待っていても構わない。だが、あえて、イルカプールを待ち合わせ場所にした。いろいろあっても、自分はここが一番落ち着くのだ。イルカ達は、当然、アクアパークの存続問題を知らない。従って、自分に対する態度は何一つ変わっていない。

「遊び道具、持ってきたよ。ほら」

ボールをプールに投げ入れた。ニッコリーは即座にそれをつつき始め、プール中央へと泳いでいく。そんなニッコリーを追い、赤ちゃんも泳いでいく。

月明かりの中で、その姿を見つめた。

「愛称、どうすっかな」

昨日、ヒヨロに言われた——「赤ちゃんの愛称募集、ノビノビですぅ」と。チーフに愛称募集の了解を得たのは、秋終盤のこと。しかし、既に二月も下旬。別に、引き延ばそうとしてきたわけではないのだ。直後に、アクアパークの存続問題が勃発し、頭がいっぱいになってしまっただけのこと。赤ちゃんの愛称募集について、まったく考えてこなかったわけではない。わけではないのだが……。

「逃げてたんだよな」

実のところ、愛称をつけるのが、少し怖い。愛称をつければ、どうしても、今以上に感情が入ってしまう。しかし、アクアパークが存続できないとなれば、どうなるか。当然、赤ちゃんとは一緒にいられない。自分はそれに耐えられるだろうか。そんなことを考えだすと、どうしても決断がつかず、ズルズルと……。

「待たせたな」

背後から声がかかった。慌ててプールに背を向け、目をイルカ館へ。

黒岩さんがイルカ館から出てきた。

「どうして、こんな寒い所で待ってるんだ」

「ここが一番、落ち着けるんです。でも、寒ければ、イルカ館の中で。ペンギン舎横の小部屋が空いてますから」

「いや、俺もここがいい。星空を見ながら話すのが、一番落ち着く」

黒岩さんは空を見上げた。

「似合わないなんて言うなよ。俺は高校、大学と、天文同好会だったんだ。よく人里離れた高原まで出かけて行って、夜通し友人と話し込んだ。岸はその関係の後輩よ。もっとも、あいつは、星空よりも、天文望遠鏡の改造に夢中だったがな」

黒岩さんは笑いながら、手を肩の鞄へ。軽く叩き「手土産がある」と言った。

「熱い缶コーヒーと薄焼きせんべい。懐かしいだろう」

確かに、懐かしい。

初めて黒岩さんに会ったのは、二年半前のこと。沖田さんの紹介で黒岩さんの会社を訪れた。その時に出されたのが、黒岩さんの大好物――缶コーヒーと薄焼きせんべい。黒岩さんはコーヒーを飲みつつ、猛烈な勢いで薄焼きせんべいを食べていた。その姿が妙に記憶に残っている。

「これだけじゃない。最近、これにアツアツのクレープを合わせてんだ。マイブームってやつよ。パリパリとフンワリ。実にいい。残念ながら、今、クレープは持ってきてないがな」

黒岩さんはイルカ館の壁際へ目を向けた。

「あの長イスに座って、星を見ながらなんてどうだ。来客である俺が言うのも、失礼かもしれんが」

「いや、大賛成です。じゃあ、長イスで」

二人で壁際の長イスへ。並んで腰を下ろすと、早速、熱い缶コーヒーと薄焼きせんべいを手渡された。どちらから手を付けるか悩んでいると、隣で物音がする。

パリッ。

黒岩さんはもう薄焼きせんべいをかじっていた。

「吉崎さんから聞いた。最近、いろんな人から話を聞いてるらしいな。岩田の親父の話はどうだ。聞いてみたか」

「いえ、その、まだです」

やはり、直属の上司には頼みにくい。

「話してもらえばいい。役に立つかどうかは分からんが、興味深いことは間違いない。岩田の親父には、謎の空白期間があるからな」

「謎の空白期間？」

「ああ。親戚の間で、『あんなオジさんになるんじゃありませんよ』って言われてた時期があるんだ。俺もよく言われた」

黒岩さんは笑った。が、すぐに表情を元に戻し「それとは別に」とつぶやく。缶コーヒーを開け、一口飲んだ。

「俺は俺で、尻拭いをしなくちゃな。岸を紹介して、あんた達を焚きつけたのは俺なんだから。吉崎さんから頼まれなくとも、何らかの話はするつもりでいた。だが、いざとなると、悩ましい。今のあんた達に、いったい、どんな話が合うのか」

黒岩さんはこちらへと向いた。

「結局、ぴたりとくるものは、思い浮かばなかった。だから、俺自身の胸に強く残っている話をするしかない。それでいいか」

はい、と返して、薄焼きせんべいを脇へ置く。メモ帳を取り出した。

「もう随分と前の話になる」

黒岩さんは星空を見上げた。息が白い。

「俺が駆け出しだった頃の話と思ってくれ。俺はあるベテランカメラマンに付いて回り、修業してた。師匠とも言える人で、仕事のイロハは、全部、この人から学んだんだ。寡黙な人だったが、酔いが回ると、いつも話してくれた。ある寓話をな」

「グウワ?」

「要するにオハナシだよ。師匠の体験談をぼかしたものなのか、知り合いから聞いたものなのか、俺には分からない。話はいつも『遠いところ、大海原の中に、ある小島があって』から始まる。どこの国とか、どこの地域とかは無い。オハナシだから」

黒岩さんは顔を戻した。再び薄焼きせんべいをかじる。寓話を語り始めた。

「島の人達は昔ながらの暮らしを続けていた。不便だが、不満は無い。そもそも、その暮らししか知らないんだから。海の幸、山の幸。彼らは自然に畏敬の念を持ちつつ、暮らしてきたんだ。この物語の主人公、浜辺に暮らす家族もな。父、母、幼い娘の三人で慎ましく暮らしてた」

まるで、童話のような物語ではないか。ほのぼのとしている。黒岩さんが語っているとは思えない。

「だが、ある日、本土から偉い人達が来たんだ。この素晴らしい自然を守るために、素晴らしいルールを作ったらしい。島の人達は戸惑ってしまった。『あっちに行くな』『ここに入るな』『これはするな。あれもするな』――これでは暮らしが回らない。だが、ルールは始まってしまった。生活に欠かせない場合は容認されたが、許可とか届出とか、場合によっては保証金とかが必要になった」

ここで黒岩さんは缶コーヒーを飲んだ。そうやって、一息入れる。だが、すぐに話を再開した。

「浜辺の家族のお父さんは困ってしまった。自分の仕事を続けるには保証金がいる。そんなものは出せない。お父さんは今まで自分のことを貧しいとは思っていなかった。だが、初めて自分は貧しいのだと思った」

だんだん、童話ではなくなってきた。

「お父さんを含め、島の人達は時々、ルールを破った。そうしないと、暮らしが回らないから。島の役人も目をつむった。まあ、お目こぼしだな。だが、この状態は長くは続かなかった」

黒岩さんはコーヒーを飲みつつ、淡々と物語っている。

「ある日、女の子が島の風土病にかかったんだ。薬代がいる。お父さんは大々的にルールを破った。ルール破りの具体的内容はよく分からない。オハナシだから。まあ、密漁の類いとでも思っておいてくれ」

もう童話どころではない。きな臭い匂いが漂ってきた。

「ただ、この行為の結果は、はっきりとしてる。本土の偉い人達は怒り、お父さんはつかまった。まあ、見せしめだな。本土に連れていかれ、罰金を科せられた。もう薬代どころじゃない。女の子は、あえなく幼い命を落とすことになった」

ほのぼのはぶっ飛んだ。なんとも、もの悲しい物語ではないか。

「話はまだ終わっていない。ここで主人公が変わって、後半へと続く。次の主人公は若手の記者。彼はこの話を耳にして憤った。経緯を調べ上げ、ルールの言い出しっぺを訪ねたんだ。立派なビルの立派な応接室に通され、彼は言い出しっぺに面会した。誰でもいいんだが、まあ、環境団体の偉い人とでもしておくか」

話は、ますます、きな臭くなってきた。だが、黒岩さんの態度は変わらない。コーヒーを置き、薄焼きせんべいをかじっている。パリッ。

「記者は尋ねた。この悲運な家族について、どう思うかと。役員は答えた。島の暮らしを守るのは私達ではありません。行政です。記者は言葉に詰まり、壁を見た。壁には島の周りを航行するクルーザーの写真。クルーザーの甲板で、役員は自分の愛娘と肩を組み、Vサインをしていた」

動悸がする。胸を押さえた。だが、黒岩さんは平然としている。また薄焼きせんべいをかじった。パリッ。

「さて、そろそろ物語は終盤だ。記者は応接室を出た。港近くのパブへと飛び込み、酒をあおった。その日は村祭り。村人は浮かれ、騒いでいた。記者は酔い潰れたが、翌日は職場に出て、いつもと同じように仕事をした。以上、これにてオハナシは終了。師匠は水割り一杯を飲みながら語り終え、二杯目に入る前に、いつも、俺に質問をしてくるんだ。俺もあんたに、同じ質問をしよう」

黒岩さんは二本目のコーヒー缶を手に取った。

「先程のオハナシには、いろんな立場の人が出てきた。あんたなら、どの立場に立つ。答えるのが難しければ、誰それに肩入れするでも構わない」

眉間に皺を寄せ、考えた。それぞれの立場に、一理あることは間違いない。だから、断定は難しい。だが、あえて言うとすれば。

「ええと、私なら」

「ストップ。答えは言わなくていい」

黒岩さんは手のひらを向け、話を制した。

「答えを聞けば、あんたと価値観争いをすることになる。今、それは目的じゃないんだ。もう少し付き合ってくれ。この寓話にはいろんなバージョンがあってな。師匠はその時々の酔いに任せて、適当に話を変えていくんだ」

「今の話を……変えるんですか」

「ああ。だが、話の骨格は変わらない。ただ、所々が微妙に変わる。登場人物の性格が変わったり、枝葉の流れが変わったり。あるときのバージョンはこうだ」

黒岩さんは二本目の缶コーヒーを開ける。そして、別バージョンを語り始めた。

「浜の家族のお父さんは強欲。お母さんは見栄はり。幼い娘はわがまま。お父さんのルール破りは、一攫千金の闇取引だった」

瞬きした。黒岩さんは何を言い出している？

「後半も所々、違っている。記者が面会したのは環境団体の若手。もちろん好青年だ。命を落としたのは島の娘ではなく、彼のフィアンセ。島の環境保全に力を尽くしたが、島人の無理解に阻まれ、あえなく命を落とした。彼は記者に、フィアンセの遺志を継ぐと熱く語るんだ。記者は彼の成功を祈り、静かに盃を傾けた——こんな感じだったかな」

「あの、それ、もう別の物語……」

「話の骨格は同じだよ。自然を取り巻く事柄は、何も変わらない。つまり、自然への影響度は同じ、保全ルールも同じだ。だが、どうだ。まったく違った景色が見えてくるだろう？」

「話が反転……します」

「その通り。師匠は細部を変えては、俺にきくんだ。『どの立場に立つ』ってな。俺は悩みつつ答える。すると、師匠は笑うわけだ。『前回の答えと随分違うな』って。当時、俺は『からかわれてる』と思ってた。だが、今にして思えば……師匠は、別に、答えを求めてたわけじゃなかったんだろう。たぶん、俺に教えようとしていた」

「あの、何を？」

「自然に関わる問題には、独特の特徴がある。一見、理屈で動いてるように見えるんだが、その理屈はたいてい後づけ。理屈の前に、方向性は決まってる。人間の感情

——奇妙な正義感みたいなものでな」

黒岩さんはもうコーヒーを口にしない。薄焼きせんべいをかじることもない。

「だから、本筋は同じなのに、枝葉をチョコチョコ変えるだけで、簡単に結論が変わってしまう。情緒的でセンシティブ。それがゆえ、結論を誘導されやすい——そんな危うさを持ってる」

「危うさ？」

「ああ、そう感じる。だから、俺にはあんた達が無邪気に見えてしまう。自分達がそんな分野にいるという自覚が無い。水族には詳しくても、人間には詳しくないんだ。まあ、あんた達だけじゃない。業界全体、そんな感じだけどな」

黙って、唾をのみ込む。このところ、似たニュアンスの言葉をいっぱい聞いてきた。黒岩さんの言葉は、それらを集約しているように思える。

「これから、あんた達は水族館のコンセプトを詰めていかなくちゃならない。こういったところを、どう盛り込んでいくか。俺は楽しみにしてるんだ。傍らで見させてもらうよ。今の俺の仕事は、それだからな」

言い終えると、黒岩さんは再びコーヒーを口元へ。夜空を見上げた。

「冬の星空はいい」

自分も夜空を見上げた。

そこには、満天の星空。空気は澄みきり、星々がきらめいている。だが、胸の奥には、やはりモヤモヤ。これが消える日は来るのだろうか。

澄みきった空気を胸奥へと吸い込む。由香は見上げたまま、目をつむった。

第三プール　春の迷い道

1

窓の外には春の空。イルカ館控室には、自分達三人がいる。ついに、この日がやってきた。

「本日、アクアパークに着任しました奈良岡咲子(さきこ)です。何卒(なにとぞ)よろしくお願い……」

「なに、堅苦しい挨拶してんのよ」

由香は笑った。

「ともかく、咲子、座って。ああ、ヒョロもね。これから打ち合わせするから」

資料を作業テーブルへ置いた。腰を下ろすと、咲子は向かいの席へ。ヒョロは当然、咲子の隣へ。その頬は緩み、目尻は下がりっぱなし。もうデレデレ。別にデレデレでも構わないのだが。

おい、仕事はしろよ。

　由香は資料を手に取った。

「今後は、私、プレゼンの方の仕事が増えてくると思う。そっちが忙しくなってきたら、イルカプールの仕事は、ヒョロと咲子が中心。私は手伝い程度しかできなくなるかもしれない」

「了解」

「了解ですぅ」

「取りあえず、イルカプールの状況について説明するね。ルーティンは以前手伝ってもらった時と大差ない。けど、赤ちゃんの成長にあわせて、やることが、一部、変わってきてる。資料にまとめといた。見て」

　手元の資料を咲子へ。

「今の課題は健康管理トレーニング。もう笛の音の意味は理解できてる。これからは効率的にトレーニングできるんじゃないかな。次のページを見て。健康管理に関する項目ごとに、進捗状況を一覧表にしてある」

　咲子は資料をめくり、一覧表に目を通していく。ほどなく、意外そうに「へえ」と言った。

「随分とバラバラなんですねえ。『浮いて静止』っていう基本のトレーニングは入口の段階。なのに、難しそうな『浅瀬上陸』はほぼ完成。トレーニングって、段階を追って、徐々に進めるんじゃないんですか」

「一足飛びに出来上がってるのは、ニッコリーの真似なのよ。真似したところを、褒めあげてスキャニング。うまくいくと、一足飛びに出来上がっちゃう。だけど、関心が薄い項目は、段階を追って少しずつ。だから、バラバラになっちゃってる」

「分かりました。で、赤ちゃんのアレは？」

「アレ？」

「愛称ですよ。愛称を募集するんじゃなかったんでしたっけ？　もう、したんですか」

「いや、それは……まだなんだよねえ」

わざと言葉を濁した。腕を組みつつ、返す言葉を考える。

「アクアパークの状況が落ち着いてきたら、大々的にとは思ってるんだけど。もう、ここまで延び延びになっちゃったら、赤ちゃんのお披露目ライブで募集するという手もあるし。ともかく、ちょっと、今の状況じゃ……」

その時、突然、部屋に鋭い音が響き渡った。

自分の胸元からだ。携帯か。

「ごめん。今日はバタバタしてて。ちょっと、携帯に出るね」

携帯を取り出して、画面を確認した。電話は先輩から。ならば、用件は分かっている。電話に出るなり「すみません」と言った。

「打ち合わせの件ですよね。十一時から小会議室。それまでには、こっちの方は終わります。準備は手伝えませんでしたけど、打ち合わせ時間には行けますから」

「行けますって……何、言ってんだ。もう過ぎてるぞ」

「過ぎてる？」

壁の時計へと目をやる。まだ三十分近くある。だが、デレデレ顔のヒョロがおかしそうに言った。

「その時計、遅れてるんです。電池切れェ」

「電池切れェ？　なんで」

「なんでって、由香先輩が忘れてるからです」

そういえば、一ヶ月程前、総務係に乾電池を手渡された覚えがある。「控室の電池、換えといて」って。そして、自分は……忘れた。

慌てて電話へと戻る。

「すみませんっ、今すぐ出ます」

電話を切って、立ち上がった。咲子へと向き直る。

「ごめん。あとでゆっくり説明……と言うか、もう、だいたい分かってるよね。赤ちゃんのトレーニングで、細かなことはヒョロから聞いて」

「え、ボクから？」

そのとたん、ヒョロの顔からデレデレが吹き飛んだ。が、もう、そんなことは知ったことではない。有無を言わせず、ドアの方へとダッシュする。廊下へと飛び出て、そのまま全力で走った。

まずい。

一次選考の書類提出が締め切られたのは、先週のこと。その締め切りから、今日で五日目。朝一番に、千葉湾岸市から連絡があったらしい。一次選考で書類審査となる団体名と正式日程が、明らかになったとの由。それを受けての打ち合わせなのだ。今日はチーフと倉野課長も同席する。そんな場に遅刻。もう、ありえない。

「何やってんの、私」

階段を駆け下りて一階へ。そして、イルカ館の裏口へ。息を切らせつつ、屋外へと出た。目指すはメイン展示館の小会議室。急がねば。

由香は再び全力で走り出した。

2

完全に遅刻は確定。もう逃げ出したい。

由香は足を止め、胸を押さえた。

小会議室のドアノブを握る。できることなら、入りたくはない。だが、そうもいかない。深呼吸を繰り返した。下腹に力を込める。目を閉じてドアを開けた。

「申し訳ありません。遅刻しましたっ」

室内に入るなり、深々と一礼。

笑い声が身を包む。次いで、あきれたような声が飛んできた。

「ドア前で、何、やってんでえ。ドタバタと走ってきてっからよ。ドア前で躊躇(ちゅうちょ)してんの、バレバレなんだよ。頭を上げてくんな」

言葉に甘えて、頭を上げた。

窓際は春日向(はるひなた)の中にある。打ち合わせテーブルには、既に全員が顔を揃えていた。チーフは右側奥の席。こちらに向かって、顔をしかめている。その隣、手前の席には倉野課長。下を向いて、笑いをこらえていた。向かいの席には先輩と修太さん。同じように下を向き、笑いをこらえている。

「さっさと座ってくんな。おめえはテーブル横のパイプイス。遅れてきたんだから、文句、言うなよ」

慌てて、打ち合わせテーブルへ。パイプイスに腰を下ろすと、チーフが倉野課長の方へと目をやる。倉野課長はうなずき「始めるか」と言った。

「まずは、手元の資料を見てくれ」

テーブルには自分の資料も既に置いてある。

「昨日、千葉湾岸市から連絡があった。プラン募集に手を挙げたのは、全部で十二団体。資料の上段に並んでるのが、その団体名ってわけだ。まあ、おまえ達は名前だけ見ても、何が何だか分からんだろうが」

倉野課長は肩をすくめた。

「実は、俺も分からない。表に出てきているのは、大半、『仮称』だから。水族館の運営では、運営主体を水族館ごとに設立することが多い。プランが通っていない段階で、設立できるわけない。で、仮称ってわけだ。仮称である以上、名前で手の内がバレるのも馬鹿らしい。で、どこも適当な名前を付けて、正体不明の名前が並ぶということになってる」

由香は手元の資料に目を落とした。

並ぶ名前を目で追っていく。『自然と海の事業体』『千葉湾岸ＪＶ』『事業組合マリンプラン』――確かに、何が何だか分からない。

「そんな中で、わざと、はっきり名前を出している所がある。ここだ」

倉野課長は資料をテーブル中央へと押しやる。ずらりと並ぶ名前の真ん中辺りを指さした。

『臨海再開発事業体B3』

「やはり分からないと思うかもしれんが……見る人間が見れば、すぐに分かる。B3は再開発地区のエリア区分名称。最後に残った未開発の空地だ。いずれ、大規模な商業施設が出来る予定になっている。その開発主体が、今回のプラン募集に手を挙げた。だから、正体は、はっきりしてる。大手不動産会社、商社、流通、ゼネコンなどの大企業七社の連合体。とてつもない相手だな」

思わず、息をのんだ。間違いなく、相手は想像を絶する資金力を持っている。

「まあ、本命だろうな。ここが裏で動いてることは間違いない。今回、千葉湾岸市は突如として臨海公園活性化を持ち出し、事業プラン募集に動き始めた。事前に水面下で、何らかの働きかけがあった――そう考えるのが自然だろう。臨海再開発事業体B3なら、それができる」

先輩も修太さんも表情が硬い。むろん、こんな話を聞かされて、落ち着いているほうが、おかしい。

「あとは推測になるが……おそらく既存の水族館系列と思われるのが五団体。あとの六団体の正体は分からない。ただし」

倉野課長は説明を途中で止め、隣へと目をやる。

岩田チーフが説明を引き継いだ。

「狭めえ業界だからな。いろいろと噂は耳に入ってくる。ある広告代理店傘下の店舗デザイン会社が手を挙げたらしい。その会社の細かな説明をするより、こう言った方がいいだろ。『ブルーステージ』の運営会社が手を挙げた」

頭の中をボロボロ尾ビレの金魚が泳いでいく。背に汗が滲んできた。

「この会社、最近はいろんな分野に手を出しててな。まあ、手を挙げても、おかしくはねえや。競馬新聞ふうに言うならよ、さっきの大企業連合体が本命馬で、こっちは対抗馬ってところかな。俺達は穴馬、いや、無印かもしんねえな」

そう言うと、チーフは息をつき、イスの背へともたれる。

倉野課長が再び話し始めた。

「ともかく十二団体が手を挙げたということは、プラン数も十二ということだ。これで選考の作業量も決まった。で、日程の連絡があったというわけだが……それについては、次のページを見てくれ」

資料をめくった。手が震える。プレゼン本番までの日程だ。

「書類選考には一ヶ月半くらいかかる。まあ、来月、五月中旬くらいにライバルが本決まりになるってところかな。おそらく、二、三団体くらいがプレゼンへと進むだろ。市からの通知には『決定次第、選出者に連絡する』とある」

先輩が資料から顔を上げた。

「アクアパークへの連絡は？」

「選出者の中にアクアパークも含まれる。つまり、アクアパークにも連絡がくる」

先輩がうなずく。

倉野課長は説明を再開した。

「で、プレゼン本番は七月末の予定。予定は、一週間程度、前後することがある。まあ、ライバル本確定からプレゼン本番まで、約二ヶ月半と思えばいいだろ。たぶん、この期間は目が回る忙しさになる」

再び先輩が顔を上げた。

「アクアパークのプレゼン内容については、誰に相談すれば……」

「内海館長が言ってた通り、俺達があれこれ指示することはない。おまえ達が主体として、まとめ上げればいい。ただし、事はアクアパーク全体に関わる。適宜、内海館長に報告してくれ。まあ、館内ＬＡＮもあるし、館長は適宜、おまえ達の資料をのぞくと思うがな」

先輩が再びうなずく。

倉野課長は「むろん」と言った。

「面倒であれば、日々の打ち合わせの際に、俺達に報告してくれても構わない。その場合は、俺達から内海館長に報告する。二度手間なんて、時間の無駄だから。ああ、それと」

ここで、倉野課長は言葉をのみ込んだ。なにやら、口にするのをためらっている。が、すぐに意を決したように息をつく。「プレゼンに落ちた場合」と言った。

「スタッフの今後を含めて、様々な問題が発生するだろうな。そっちの対策は俺達がやっとく。それと、臨海公園関係者に対する状況報告や根回しめいたことも、俺達がやっとくから。おまえ達はプレゼンに集中してくれればいい。おそらく、それだけで手一杯になる」

倉野課長は岩田チーフの方を向いた。

「言っとくことは、これぐらいかな。実務的な事柄は全部しゃべった。最後は、あんたが締めた方がいいだろ」

「付け加えることなんてねえよ。用が済んだら、さっさと解散。梶と修太は、このあと、館長室に顔を出してくんな。今、イタチ室長が来てんだ。おめえ達も同席した方がいいだろ。それと、お姉ちゃん。おめえは俺と、だ。ついて来な。話があっから」

「あの、遅刻のお叱り？」

「今さら、そんなことすっかよ。ついて来りゃあ、分かる。ちょいと重いぜ」

これ以上、重い話があるのか。

由香は黙って唾をのみ込んだ。

3

ここに来るのは初めてだ。かなり埃っぽい。

由香は鼻を手のひらで覆った。

連れられてきたのはメイン展示館の廊下隅、書類倉庫と呼ばれている小部屋。その奥にチーフは屈み込み、何やら探している。

――ちょいと重いぜ。

打ち合わせの最後に、そう言われた。アクアパークの存続問題以上に重い事柄などあるだろうか。あるとするならば。

――岩田の親父には、謎の空白期間があるからな。

それに関することとしか思えない。とすれば、チーフが探しているのは、それに関係する品々か。チーフの空白期間とアクアパーク、どんな関係があるんだ。

「台車を頼まあ」

チーフが背を向けたまま言った。

「壁際にあんだろ。それを持ってきてくんな」

我に返って、壁際へと駆け寄った。台車を押しつつ戻ってくると、既にチーフは段ボール箱を抱え上げ、自分を待っている。慌てて、台車をチーフの元へ。

チーフは段ボール箱を台車へと置いた。

「まずは一箱目」

そう言うと、再び奥隅へと向き直り、二箱目を手に取る。抱え上げると、先程の段ボール箱の上に積んだ。

「重いぜ。ぎっしり入ってるから。腰をやらねえようにしてくんな。まあ、どれだけ必要になるか分からねえが、二箱丸々、出しておく。重いがな」

「あの、重い話って……これ？」

「重い話？　そんなこと言ってねえよ。『ちょいと重い』って言ったんだ」

チーフは手を段ボール箱へ。ラベルの埃を手で払った。

『沿岸事業構想に関わる検討部会資料』

「梶に前々から頼まれてたんだよ。『アクアパークの昔の資料――構想段階くらいの資料が見たい』ってな。捨てちゃあいねえはずなんだが、なにぶん昔の書類のことよ。どこで保管してんのか、誰もはっきりと覚えてねえ」

チーフは肩をすくめた。

「で、昨日、倉野と怪しそうな所をあちこち探し回って、ようやく見つけたってわけだ。持ち出しの承認手続きは、もう済ませてあっから。ただ、アクアパークの規則じゃあ、大事な記録類の貸し出しは、本人への直接交付が原則なんだよ。梶と修太は館長室に行くから、おめえに来てもらったってわけで……」

チーフは言葉を途中でのむ。怪訝そうに「なんでえ」と言った。

「なんちゅう顔してんだ。何か妙なこと、言ったか」

「いや、こんなことだとは思ってなくて。もっと、込み入った話かなと」

「込み入った話？　なんだ、そりゃあ。何の話だと思ったんでえ」

「いや、その、チーフの昔の話かと」

「昔の話？」

「ちょっと小耳に挟んだんです。チーフには謎の空白期間があるって」

「誰から聞いた？　倉野か、館長か」

「それが……黒岩さんです」

そのとたん、チーフは「あんやろう」とつぶやき、顔を大きくしかめた。が、すぐに表情を戻し、段ボール箱をバンバンと叩く。

「ともかく」

チーフは強引に話題を引き戻した。

「この資料は、おめえに託したから。あとは、梶や修太とよく相談してくんな。必要な分だけ持ち出してもいいがよ、元の箱にきちんと詰め戻しておくこと。で、用が済んだら、倉野に報告してくんな。入庫の手続きもしなくちゃなんねえから。じゃあな」

　そう言うと、チーフは背を向けて、ドアの方へ。が、その手前で何か思い出したように立ち止まる。「ああ、それと」とつぶやいた。

「逃げるわけじゃねえんだが、言っとく」

　来た。やはり、昔の話か。

「資料についての不明点は、倉野まで。当時、議事録とかをまとめてたのは、あいつなんでな。俺に聞かれたって分からねえや。というわけで、今度こそ、じゃあな」

　そう言うと、チーフは、そそくさと背を向ける。そして、早足で一人、書類倉庫を出て行った。

4

　今夜は花冷え(はなび)えで、少し肌寒い。膝元(ひざもと)にはブランケット。壁際に座り込んで、チーフから預かった古資料を読んでいる。だが、眠い。

　由香は古資料を床に置き、大あくびをした。

　凝った肩を揉みつつ、視線を机へとやる。机では先輩が古資料に熱中していた。顔を上げようともしない。なぜ、こんな物に熱中できるのか、不思議でならない。先輩は職業を間違えたのではないか。

感心しつつ、かつ、あきれつつ、先輩を見つめる。

先輩は背を向けたまま「おい」と言った。

「別に、付き合わなくていいぞ。先に寝てろ」

「いえ、いえ。そういうわけには」

ブランケットを横へと置き、立ち上がった。机へと寄る。先輩の背後から、机をのぞき込んだ。そこには古い議事録。付箋が幾つも付いている。

「先輩って、ほんと、こういうこと好きですよねえ。もう尊敬しちゃうというか、あきれちゃうというか」

「別に、好きってわけじゃない」

先輩は苦笑い。ようやく議事録を閉じた。

「分からないから、知りたい。それだけだよ。だから、過去の事例を一つ一つ追い直してる。物事って、どうやって決まっていき、どうやって公表されるのか。そのプロセスを一つ一つな」

何のことやら、さっぱり分からない。怪訝な表情をしていると、その思いが伝わったらしい。先輩は説明を追加した。

「アクアパーク存続問題が発表された日のこと、覚えてるか。あの時、倉野課長が言ってた。『役所には表現しにくいゴニョゴニョがある。体裁は整ってるんだが、どうやって決まったのかが分からない』って。これって、何のことなんだ」

「何のことって言われても」

「俺の役所のイメージは違う。厳密で堅苦しい。融通もきかない。提出書類に空欄があって、突き返されたことが何回もある」

アクアパークは市立の水族館。千葉湾岸市あての提出書類は幾つもある。自分も何回も書き直しをした。

「今回のプレゼンに関しても、そうだろ。実施要項は全部、公表されてるし、日程も前もって連絡が来る。重要な事柄は、直接、書面通知として届いてる。プレゼンの審査内容も公表されるだろ。不公正な取扱があれば、市本体が突っ込まれる」

「それも、そうですねえ」

「市も、どこかに肩入れなんて、できないだろ。なら、どこが裏で動こうが関係ない。ドラマじゃあるまいし、ゴニョゴニョなんて入る余地、無いんだから」

なるほど。

「でもな、こういうことを言ったら、笑われた」

「笑われた？　誰に？」

「それを説明する前に、見てほしいものがある」

先輩は立ち上がって部屋隅へ。床上の仕事鞄に手をやった。中から書類を一枚抜き取る。それを手に机へと戻ってきた。

「ざっと目を通してくれ。プレゼンの決定通知書だ」

決定通知書？　何のことか分からない。プレゼンはまだ先の話なのだから。決定通知書など存在するわけがない。とすれば、これは他の案件の通知書なのか。

首をひねりつつ、机の上をのぞき込む。書類に目を通していった。

『本日、臨海公園内沿岸地区事業選定委員会（以下、選定委員会という）において、新規事業計画案が決定された。その経緯と結果につき、以下、通知する。

公募による多数の事業案は、選定委員会事務局にて一次審査を実施済みである。事務局では以下の二案を最終案として選出し、最終判断を行う選定委員会に提出している。

A案（提示者ＸＹＺ）

B案（提示者アクアパーク）

選定委員会では各案の提示者による詳細な事業説明がなされ、質疑応答を経たのち、別室にて最終選定に関わる活発な議論が為された。

その結果、最適案と判断されたのは、ＸＹＺが提示したるA案である。

なお、各案の評価は、複数の基準を総合的に検討することにより行われた。主たる基準は、自然環境保全の推進力、自然教育並びに専門的研究に関する能力、臨海公園内施設としての訴求力等である。

いずれの基準も、有識者諮問会議の指針を踏まえ、水族館の社会的意義を為すものとして定義されている。

選定委員会の決定により、千葉湾岸市はA案の提示者ＸＹＺを優先交渉権保有者として認定した。新規事業に関する事前協議は、来月下旬より実施される』

何なんだ、この文書は。もう結論は決まっているということではないか。いったい、先輩は、どこでこんなものを。

「先輩」

由香は梶の顔を見やった。

「千葉湾岸市の内部文書、盗み出したんですか」

「そんなわけないだろ。この文書の正体は、あとで説明する。まずは、おまえに質問。これを読んで、どう思う？」

「どう思うって……もう細部までガチガチ。突っ込みようが無いです。もうこんな文書まで用意されてるってことは、アクアパークは何をしても……」

「落ち着けって。論点はそこじゃないんだ。問題はおまえが言った『細部までガチガチ』ってところ。本当か」

「本当かって……役所の文書ですから、もう隙が無いっていうか、反論の余地が無いっていうか」

「じゃあ、この文書の通り、アクアパークがプレゼンに落ちたとしよう。俺達は反省したいよな。『何が足りなくて落ちたのか』って。ところが、だ。反省はできない」

「できない？」

「ああ、できない。なぜって、具体的な事柄は何も分からないから。A案とB案の差は何なのか。どこが評価され、どこが評価されなかったのか。肝心のことは何も分からない。精緻に見えるけど、何の内容も無い文章なんだ。その証拠に、『XYZ』と『アクアパーク』を入れ替えて、読んでみてくれ。なんの違和感もなく、読めてしまうから」

あ……。

「分かるか。この文書って、アクアパークの決定にも使えるし、ライバルの決定にも使えるんだ。つまり、選んだ理由の説明には、全くなってないってこと」

「でも、あとで理由を尋ねれば」

「無駄だろな。『選定過程は非公開。選定委員の安全のため』と言われておしまい。まさしく倉野課長の言ってた通り――『書類の体裁は整ってるんだが、物事がどうやって決まったのかが分からない』だな」

唾をのみ込む。書類から顔を上げた。

「先輩、この文書って、いったい」

「さっき、おまえに言ったのと同じことを、ある人の前で言ったんだよ――『ドラマじゃあるまいし、市のプロジェクトでゴニョゴニョなんて入る余地無い』って。そうしたら、その人、俺が持ってた資料をもとに、いかにもそれっぽい『決定通知書』を作り上げた。作業時間は十五分くらい。俺の目の前で、だ。唖然としたよ」

誰だって、唖然とするだろう。

「で、言われたんだ。『公正を装いつつ、思うように事を進めるテクニックなんかナンボでもあるで』って。で、背中を叩かれたんだ。『役所には役所の攻め方がある。教えたるわ』って」

「先輩、その人、何者ですか」

「以前、話したことあるだろ。海遊ミュージアムのボランティアの人。『頑固親父なんか、全国各地、どこにでもおるがな』って言ってくれた人だよ。副会長をしてて、通称は『ヤッさん』。早とちりするなよ。ボランティア会では、わざと、あだ名みたいな通称で呼び合ってるんだ。社会の上下関係を持ち込まないためにな」

「それにしても……もうちょっと、別の呼び名、無かったんですかね」

「元々は『オヤっさん』と呼ばれてたらしい。でも、会長もオヤッさん。区別するために、いつの間にか、一文字取れて『ヤッさん』で落ち着いたらしい。俺もそう呼んでる。かなり上の人だから申し訳ないんだけど……海遊ミュージアムのボランティア会って、そういう気楽な雰囲気なんだよ」

さすが、老舗水族館、海遊ミュージアムだ。ヘイさんもすごい人だったが、今度はヤッさん。実にユニークな人材がそろっている。

「俺は、自分の親父と、ずっと絶縁状態だっただろ。あの世代の人達と、どう話せばいいのか、よく分からない。だから、ボランティアの人達には、ほんと、助けられてる」

「でも、ヘイさんも、そんな世代ですよね」

「ヘイさんとなら、ずっと水族館の話をしていられるからな。俺は世間話みたいなものができないんだ。でも、ボランティアの人達って、水族館スタッフと世間の人との真ん中くらいだろ。だから、いいトレーニングになってる」

先輩は照れたように頭をかく。表情を緩めた。

「このあいだ、ヤッさんと打ち合わせしてて、言われたよ。『攻め方が必要なんは役所だけと違うで』って。で、続けて言われた。『頑固親父には頑固親父の攻め方がある。時間あったら、それも教えたるわ』って」

「へ？」

「結婚のこと、いろいろと話したんだ。随分と喜んでくれてな。いろいろと助言をしてもらった」

「いいですねえ、それ」

由香は身を乗り出した。

「攻略法があるなら、私も聞いておきたいです。参考にしないと」

「まあ、今は無理だろ。この状況じゃ、おまえは動けない。イルカプールの仕事もあるんだから。プレゼンが片付いたら、ゆっくり二人で会いに行けばいい」

やっぱり、そういうことになるか。

ため息をつく。先輩はまた苦笑いをした。

「話を戻すぞ」

先輩は机の上の議事録を手に取った。

「古資料を読んでて、分からないところが幾つかあってな。付箋をつけて、疑問点をメモにまとめといた。今週のどこかで、倉野課長にきいておいてくれないか」

「構いませんけど、先輩は？」

「しばらくは、出ずっぱり。修太と一緒にウェストアクアだよ」

「修繕の件ですか」

「ああ。今の給排水ラインは非効率なんだ。ずっと継ぎ足しで対応してきたから。これを整理し直せば、維持費用が抑えられるようになるかもしれない。ただし、これは、かなりの大ごと。ウェストアクアの設計部に、二人で詰めることになりそうでな」

「了解。先輩達が駆けずり回っている間に、議事録の方は解決しときます」

「頼む。ただし、余計なことは聞くなよ」

「余計なこと？」

「チーフの空白期間云々の話。確かに、俺達は今、いろんな意見を参考にしたい状況だけど、かといって、無理強いできるもんじゃない。倉野課長なら知ってるかもしれないけど、しゃべるわけにはいかないだろうから」

「それも了解。私だって、そこんところは心得てますから。じゃあ、議事録を貸して。今のうちに鞄にしまっときます。そうしないと、忘れちゃいますから。そうそう、お風呂も入らないと」

先輩から議事録を受取り、壁際へ。鞄の中へ議事録をしまい込み、鞄からお泊まりセットを取り出した。そして、いそいそと浴室の方へ。

その背に声がかかった。

「その、ええと」

振り向くと、先輩は天井を見つめている。鼻の頭をかいていた。

「この時間にお風呂に入るってことは、その……今夜は泊まっていく……んだよな」

改めて、そんなこと、念押しするか。どんな顔をして答えればいい？　こっちも照れてしまうではないか。

「それは」

態度一変、下を向く。ここは、やはり、しおらしく。

由香は小声で「はい」と言った。

5

小会議室の外は春の嵐。窓外で葉桜が揺れている。だが、それを風流と感じる余裕は無い。今、目の前には倉野課長がいる。

「まあ、梶の質問に関しては、こんなところかな。他に、何か無いか。何だって答えるがな」

「いえ、もう十分。十分です」

由香はボールペンをノートに置いた。これ以上、聞いても、頭に入らない。議事録を閉じた。取りあえず、安堵の息をつく。

倉野課長が笑った。

「それにしても、信じられんな。おまえと二人、『水族館のあり方とは』とか『設立構想とは』とかを話してる。こんな日が来るなんてな」

「私も信じられないです。いやあ、恐ろしい時代になりました」

倉野課長はまた笑った。

「入館したばかりの頃を覚えてるか。短い間だったが、館長付になって、俺の下で仕事をしたことがある。その時、いろいろ言ったが、何か覚えてるか」

「はっきり覚えてる言葉が一つ。『水族館って何なんだ。考え続けろ。考えてないと、単なる物好きで終わってしまう』だったかな」

「確かに言った。実は、あれは、自分自身を叱咤するための言葉でな。昔からずっと、自分に言い聞かせてたんだ。それを偉そうに、おまえに言ったってわけだ。まあ、今だから明かせる話だがな」

「あの、昔からって？」

「アクアパークの設立前——設立準備委員会の頃からかな。俺はもともと管理部門専任の予定で準備委員になった。当時の俺は、今のおまえに近い」

言葉の意味が分からない。怪訝な顔を返すと、倉野課長は言葉を追加した。

「自然や水族の知識はほとんど無かったんだ。水族館現場の実務も知らなかった。その状態で設立構想に加わったんだ。だから、周りに対して、どことなく、引け目みたいなものを感じてた」

「引け目？」

「ああ、引け目だ。それをカバーするために、懸命に理屈を考えたんだ。『この仕事の意義は何か』——ほとんどの準備委員は考えようとしなかった。まあ、仕方ない。いったん、日常の仕事に埋没してしまえば、そんなこと、考える気にはならんからな」

課長は昔を思い返すように目を細めた。

「いつの間にか、俺には『構想に理屈付けし、千葉湾岸市を納得させる』という役割があてがわれてた。それで、ようやく、他の準備委員と対等の意識が持てたんだ」

こんなことを語る倉野課長は初めてだ。

「そんな顔で見るな。まあ、俺の場合は、どうやっても対等の関係に立てそうにない委員が二人いた。内海館長と岩田さんだよ。どうのこうの言いつつ、二人に対しては、今でも引け目を感じてる。今後も変わらんだろ」

「そんなふうには……見えないです」

「見えないように振る舞ってんだ。まあ、開き直りの一種だな。内海館長は富山湾のホタルイカで名を成してるし、岩田さんは様々な水族館を渡り歩いて実績を上げている。おまけに、若い頃、悩みに悩んで、『さすらい旅』みたいなことまでしてるからな」

チーフの昔の話だ。

「あの、それって、チーフの謎めいた空白期間ってやつですよね」

「おまえも聞いたことあるだろう？　さすがに、あそこまではやらんよ。いや、やれんだろ」

唾をのみ込んだ。きくつもりなどなかった。だが、こういう流れになってしまえば、話は別だ。きくとすれば、今しかない。

「あの、倉野課長」

由香は居住まいを正した。

「差し支えなければ、その話をもう少し。あの、岩田チーフって、若い頃にいったい、何を……」

「なんだ、聞いてなかったのか」

黙ってうなずく。

倉野課長は頭をかいた。

「おまえ達はいろいろ話を聞き回ってるもんだから、てっきり聞いてるもんだと……岩田さんは直属の上司だ。普通、最初に話を聞くもんだろう？」

「それが、その……ちょっと触れてみたことはあるんです。でも、すぐに話をそらされちゃって」

「なら、俺も話すわけにはいかんな」

「そう……ですか」

下を向いて、ため息をつく。

向かいで、倉野課長もため息をついた。

「仕方ないな」

顔を上げると、倉野課長は手帳をめくっていた。

「来週、岩田さんは休耕田（きゅうこうでん）ビオトープに行く。定期メンテナンスの作業なんだが、それに、おまえも付いて行け。どのみち、プレゼン資料の材料として、休耕田ビオトープの写真もいるだろう？　どうとでも、理由はつく」

「あの、付いて行って、どうすれば？」

「道すがら、その話題を出してみろ。その日までに、俺も、岩田さんに、ほのめかしておいてやる。おまえが『知りたがってるみたいだ』ってな」

「分かりました。それでも話してくれない時は？」

「あきらめろ。個人の昔話なんて、そんなもんだろ。無理強いしてまで、聞き出すもんじゃない。ただ、誠心誠意ぶつかっていけば、岩田さんも口を開くと思うがな」

ここは倉野課長の案に乗るしかない。

強い風で窓枠が揺れている。由香は黙ってうなずいた。

6

遠くには春の海。手前には段々畑。チーフと二人、土手上の草むらに座っている。だが、会話は無い。

由香は額の汗を拭った。どうにも気まずい。

倉野課長の勧めに従い、今日はチーフに付いてきた。が、行きの車中では話題を持ち出せず、休耕田ビオトープでも持ち出せず、帰りの車中でも持ち出せなかった。だが、チーフは運転しつつ、いきなり、つぶやいたのだ。

「ちょっくら、寄ってくか」

そして、この段々畑へ。土手に腰を下ろしてから、既に五分程たつ。チーフはうららかな海を見つめたまま、何も語ろうとしない。自分の胸の鼓動は速くなるばかり。もうこうなれば、自分の方から単刀直入に切り出すしかない。

「あの」

背筋を伸ばして、チーフの横顔を見た。その瞬間、チーフが口を開く。海を見つめたまま、独り言のように言った——聞いたんだよ。

「倉野から。おめえが俺の昔話に関心を持ってるって」

「いえ、その……はい」

「以前、似たようなことがあった気がすんだが」

「二年前の夏、海遊ミュージアムでのナイトライブ——アシカ計画の時だと思います。昔の議事録の発言をたどっていくうちに、チーフの昔話に。当時のことについて、いろいろ、お聞きしました」

その時、聞いた話は、今でも、はっきり覚えている。

チーフは、若い頃、海遊ミュージアムの前身、関西水族館に在籍していた。ヘイさんと共に海獣類を担当していたのだ。そして、疑問を持った——アシカの見せ方は正しいのか、と。

当時も今も、アシカは芸達者な人気者。だが、それは一面に過ぎない。アシカは階層意識が強く、互いの力関係に敏感な生態。咬んで力関係を試そうとすることもある。だが、そんな生態が語られることは、めったに無い。昔も今も『芸達者で愛嬌を振りまく』――そんな見せ方が中心なのだ。ペットのイメージに近い見せ方と言っていい。だから、タッチイベントにも、たびたび登場する。だが、アシカには接触刺激を嫌う個体が結構多い。むろん、接触トレーニングで平気にはなるが、それでも『喜んで』というような態度をとることは少ない。

そこで、チーフは考えた。ありのままの『生き物アシカ』を見せようと。が、来場した子供達は『愉快なお友達アシカ』を期待している。結局、チーフはそんな子供達を泣かせることになってしまった。そして、非難の嵐に包まれたのだ――『子供の情操教育を何と心得るか』

この事件は、チーフにとって大きな転機となった。

「その時に、チーフ、アシカから離れたんですよね」

「それは、そうなんだが……実は離れたのはよ、アシカだけじゃねえんだ。関西水族館からも離れた」

「離れた？」

「休職したんだよ。結局、そのまんま退職しちまうことになったがな」

息をのんだ。チーフが、いろんな水族館を渡り歩いてきたことは知っている。だが、そんな昔にまで遡るとは、思ってもみなかった。

「俺も鼻息荒い時だったからよ、妥協したくねえわけだ。タンカを切っちまって、休職届を叩き付けた。若気の至りとは、こういうことを言うんだろうな」

「それから……どうしたんですか」

「まずはアルバイトとして、知り合いの水族館を転々とした。だがよ、方針に口が出せねえ分、余計、いらだつんだよ。俺ァ、自分が何やってんのか、よく分かんなくなってきた。そのうちに、なんか、こう」

チーフは手を広げる。手のひらを見つめた。

「熱いモンに熱中したくなってきてな。ある自然保護関連の団体に参加した。もう来場者なんて関係ねえや。自然と生きモンの話だけしてりゃいい。もう、解放された気分だったんだが……しばらくたつと、違和感みてえなもんを感じ始めた」

「違和感？」

「同じテーマを話してんのによ、どうにも、かみ合わねえんだよ。そのうちに、妙なことに気づいた。当時の俺の愛読書は水族関連の専門書。だが、周りの連中は違ってた。読んでたのは、なんと、哲学の専門書だったんだ」

「へ？」

瞬きして、チーフの顔を見つめた。冗談を言ってる顔付きではない。

「もう少し正確に言うと、『倫理学』ちゅう分野よ。有名な学者が何人かいるんだが、その著書をな」

「あの、倫理学って、言葉は知ってるんですが……何をする分野でしたっけ？」

「人間が持つべき道徳について考える分野よ。『人間は何を為すべきか』ってな。生きモンの愛護にまともに取り組もうとするモンは、皆、それを読む。たぶん、今でも変わってねえと思うがな」

チーフは後ろ手をつく。「無理もねえや」と言った。

「かみ合わねえのも。俺は自然に対する好奇心から、周りの連中は道徳心から、語ってたんだから。それに気づいて、俺ァ、また、腰が落ち着かなくなっちまった」

チーフは苦笑いした。

「だがよ、周りは素朴で、いい奴ばかり。居心地はいい。それに、俺のことを頼りにしてくれる。そんな連中のうちの一人が、ある日、俺に語ってくれたんだ。熱意を持って、カメの自然回帰についてな。当時は、結構、やってる奴がいてな」

何のことか、さっぱり分からない。黙ってチーフの顔を見つめる。チーフは「ほれ」と言い、段々畑の水路を指さした。

「そこにもいてらあ」

草むらの中にカメがいる。日向ぼっこをしていた。

「ありゃあ、ミシシッピアカミミガメ。通称ミドリガメ。今や、カメと言えばミドリガメってくれえに広がってる。本来の名前から分かるだろうが、外来種よ。日本の固有種なんて、なかなか見られねえや」

唾をのみ込んだ。自分にとっては、何の変哲もないカメだ。カメとは、あのカメのことだと思っていた。

「おめえは知らねえと思うがよ、昔、ミドリガメブームみてえなもんがあったんだ。だが、所詮はブーム。長続きはしねえ。飼えなくなったカメの問題が出てきた。で、野へと放つ。まさしく、カメの自然回帰だな」

「でも、それじゃ、生態系が」

「放流の危険性は、今ほど知られてなくてな。仕方ない面はある。だが、自然を中心に考えれば、ちょいと躊躇するところよ。だが、当時はちょっとした自慢話になったんだ。人間を中心に考えれば、正義感あふれる行為でもあるからな」

「そんな」

「ミドリガメなんて、まだマシな事例の方だと思うぜ。外来種を一因として、固有種が絶滅危惧種に――なんて、別に、もう珍しいことじゃねえからな」

チーフは空を見上げた。

「悩ましい話よ。一つの命を救った。これは倫理的には善だろ。が、そのために、より多くの命が奪われたとすれば、善なのか、悪なのか。生態系は倫理で出来上がってるわけじゃねえ。『個体レベルの保護』と『種レベルの保護』が対立することなんて、しょっちゅうある。いったい、どっちをとりゃあいい？」

チーフは「悩んだな」とつぶやく。ゆっくりと顔を戻した。

「水族館にいる時は、周りはプロばかりよ。共通の理屈で動けてた。だが、一般の人に近い活動となると、それだけじゃ通じねえんだよ。その行動のベースとなる情緒がいる。俺ァ、来場者の目に迎合すんのが嫌で水族館を飛び出したんだが、また、似たようなことにぶつかっちまった。で、俺ァ、本格的に腰が浮き出してきた」

チーフは再び苦笑いした。

「だが、決断はつかねえ。しばらく悶々としてたんだが……ほんとに下らねえことで、心を決めた。『ハカセのナメクジ発言』でな」

「なんですか、それ」

「周りから『ハカセ』とアダ名されてる男がいたんだよ。イルカとかアシカとか、海獣類の能力に関して、やたらと詳しいんだ。俺より知識があったんじゃねえか。だが、このハカセ、『ナメクジウオ』を『ナメクジ』と勘違いしちまった」

瞬きした。意味が分からない。

「おめえまで、なんでえ」

チーフは眉をひそめた。

「ナメクジウオってえのは天然記念物でな、学術的にも貴重な存在よ。その生息地がどんどん駄目になってる。で、ついに研究者が輸入を検討し始めた――そんな記事が、その日の新聞に出てたんだ。俺ァ、世間話のつもりで、ハカセにその話題を振った」

チーフはその時の様子を思い出したらしい。笑うように息を漏らした。

「知識豊富なハカセだぜ。それなりの見識があるはずよ。が、ハカセはキョトンとした顔で言ったんだ――『あの、ナメクジ？』って。その瞬間、俺ァ、心を決めた。翌日には、もう飛び出してたな。当時は俺も落ち着きの無い男でな。ただ」

チーフはため息をついた。

「もう、貯蓄は尽きかけてた。俺ァ、あきらめかけてたんだ。『もう自然に関わる仕事はやめとくか』ってな。そんな時、声がかかった」

「どこの水族館から？」

「いや、親戚の大叔父から。畑をやんねえかって」

「あの、畑？」

「ああ、ちょっと偏屈者の大叔父でな。但馬（たじま）の田舎でよ、忘れかけられてた伝統農法を細々とやってて、自給自足みてえな暮らしをしてたんだ。『畑なら貸してやる。来るなら来い』――俺ァ、すぐに飛びついた。いや、飛びつくしかなかった」

海から畑へ。あまりにも意外な転身ではないか。

「そんな顔で見んねえ」

チーフは照れくさそうに目をそらした。春の海へと目をやる。

「まさしく『畑違い』なんだがよ……俺ァ、この時、初めてまともに『土』に触れた。おかしな話だろ？　偉そうにアシカの生態にうんちく垂れていても、土すらまともに触れたことがなかったんだ。ましてや、暮らしを自然の中に置くことなんて、初めてのことよ。ここで初めて、暮らしと自然が一致した」

「じゃあ、畑で暮らしを？」

「そんな簡単なもんかよ。何の知識も無かったんだから。取りあえず大叔父に聞きつつ、苗作りからやり始めた。おめえ、経験あっか。庭いじり程度でもいいんだが」

「たぶん、小学校で花壇当番をやったのが、最後かと」

「俺も似たようなもんよ。『種まいてりゃいいんだろ』程度の認識だったな。だから、失敗の連続。大叔父のやってることを盗み見してよ、こっそり真似てみた。それでも試行錯誤。悩みに悩み、手に手をかけ、苗を育てた。すると」

「すると？」

「ほんと不思議なもんだな、全ての苗が愛おしく思えてきたんだよ。俺ァ、その愛おしさのあまり、余った苗をあちらこちらに植えたんだ。で、大叔父にどやされた」

「あの、どうして」

「畑には計画性がいる。同じ作物ばかり連続して育てっと、病気が出やすくなっから。だから、植え合わせとか輪作とか、事前に考えるわけだ。理屈はともかく、経験知として、昔なら誰でも知ってたことよ。だが、当時の俺は、そんなことも知らなかった」

輪作の必要性は耳にしたことがある。だが、深くは知らない。

「俺ァ、朝から晩まで、畑作業に明け暮れたんだ。やることは山ほどある。暮らしを自然の中に置くとよ、『きれい』も『かわいい』もねえ。余裕ぶった感覚なんぞ、全部、ぶっ飛んじまう」

チーフは段々畑を指さした。そこには菜の花のような作物がある。その周りで、モンシロチョウが舞っていた。

「おめえはよ、あの光景を見て、どう感じる?」

「それはもう……ほのぼのですよね。いかにも春の光景って感じで」

「皆、そう言うだろうな。だがよ、おめえはほのぼのでも、モンシロチョウは、ほのぼのとしてねえぜ。ありゃあ、アブラナ科を必死で探してんだよ。卵を産み付けるためにな」

「アブラナ科?」

「簡単に言えば、葉っぱモン野菜の大半よ。しばらくすると、青い芋虫が登場。葉っぱをボロボロにされる。モンシロチョウだけじゃねえぜ。ネキリムシやら、ヨトウムシやら。苗を食いちぎられたり、ボロボロにされたり。数日、畑を見なかったらよ、若苗が消えちまってたこともあったな。むろん、消えたわけじゃねえ。食べられてたんだが」

話している内容のわりには、チーフの顔は穏やかだ。モンシロチョウを見つめ、目を細めている。

「俺ァ、その時、初めて、農家の人達の気持ちが肌で分かったんだ。これじゃあ、収入が安定しねえや。楽になんなら、農薬でも何でも使いたくなる。それも、うんと強力なやつをだ。俺自身、そうだった。いい加減なもんよ。俺ァ、そのほんの少し前まで『身近な自然における生態系とは』なんて、うんちく垂れ回ってたんだぜ」

モンシロチョウは葉から葉へ。そして、隣の畑へと舞っていく。

「けどよ、しばらくすっと、また別のことが肌で分かってきた。小さな畑にも、バランスみてえなモンがある。適度に手をかけてやると、それが出来上がってくるんだよ。やりすぎもいけねえ。やらなすぎもいけねえ。まさしく適度に、だ」

「あの、仰ってる意味が」

「畑には害虫もいれば、益虫もいる。そんな虫を目当てに、空から鳥が来る。土ん中にゃあ、ミミズがいるし、目に見えねえ微生物もいる。バランスの中で作物が出来上がるんだよ。まあ、簡単なことじゃねえがな」

ここで、チーフはいったん間を取った。そして、手を足元へ。土を一握り取ると、

「いい土だな」とつぶやく。そして、また段々畑を見た。

「だがよ、俺ァ、こん時、初めて感じたんだ。自分も自然の恩恵を得てる一人なんだなって。そういう肌感覚を持つと、ようやく『きれい』と『かわいい』が戻ってきた。だが、以前とは少し違ってる。甘いと酸いを知ってる分、肌感覚は微妙に違うんだよ。昔は誰もが持ってた肌感覚なんだろうがな。とはいえ」

「とはいえ？」

「今の世で、こんなこと、全ての人に押しつけるわけにはいかねえや。きれいな作物の割合は、ほぼ確実に減る。食べるに支障なくとも、傷物は売れねえんだよ。病気が広がると、数年間、作付けできねえこともある。おまけに、人手はいるのに、人手はねえ。そもそも、出来具合次第で収入は変動する」

チーフは段々畑に目を戻した。

「生活の糧(かて)とする以上、収入の安定は重要な問題よ。自分の小さな畑だけならともかく、社会全体となると、そうそう簡単にはいかねえや。食糧としてのよ、量の確保も考えなきゃなんねえだろうしな。『自然との共生』とか簡単に言うがよ、いざ、やっ

てみると、これほど難しいことはねえんだ。妥協だって必要になんだろ。今の段階で、何をどこまで、取り組むか。それを適宜、考えつつな」

海岸線をトンビが飛んでいる。

チーフは息をつき「正解なんてねえよ」と言った。

「自然との付き合いっちゅうのは、結局、『どんな将来を選択するか』なんだろな。ゼロも無ければ、百もねえ。どこの部分で、どの程度、妥協するか。ただ、どんな結論を出すにせよ、ある程度、その責任を伴う選択が続く。だから、面倒で厄介。かつ、気が重くなる」

チーフは肩をすくめた。

「となりゃあ、今の風潮も分からねえでもねえや。美しい理念に浸りきって、ゼロか百かで物事を考える。自分は必ず正義側、悪は他者。何かあれば、自分以外の誰かを批判する。自分が直接、不利益をこうむることはねえ。葛藤して悩むこともねえや」

暖かい日差し。漁船が港に戻ろうとしている。

チーフは大きく伸びをした。

「まあ、そんなことを考えつつ、当時の俺ァ、すっかり畑の生活に馴染んじまってた。このまずっと、ここにいるんだろう、と思い始めてたんだ。実際、何も無きゃあ、但馬の田舎にずっといて、その暮らしを続けてたろうな」

「じゃあ、どうして、また水族館に？」

「ある日、大叔父に呼び出されたんだ。で、厳めしい顔で言われたんだ。『一通り経験したなら帰れ』って。大叔父は見抜いていたんだな。俺がまだ水族に未練を残してたことを。俺はその言葉に素直に従った」

「でも……戻れたんですか、水族館の世界に」

「それがな、戻れたんだよ。ちょうど、大規模水族館ブームが始まりかけててな。全国各地で経験者を必要としてた。大叔父は水族なんて知らねえがよ、畑に関しちゃ弟子筋みてえな人達が各地にいる。たぶん、そういった人達から、話を聞いたんだな」

「で、そこから、また水族館を渡り歩き？」

「ああ。だが、今度は『わざと』だ。俺ァ、入れ込むことなく淡々と観察してた。水族じゃなくて、水族に接する人間をな。来場者は何を求めてんのか。それに応えるスタッフは、どこまで考えてんのか。こりゃあ、水族館ごとに、結構、違うんだ。なにやら、それがおもしろくてな」

その姿勢は、今のチーフに近い。

「別に、熱いものが無くなっちまったわけじゃねえんだぜ。むしろ、うずうずしてた。一度、自分の手で、ゼロから作り上げてみたくてな。そんな時、たまたま、アクアパーク設立の話を耳にしたんだ。で、ダメ元で経歴書を送ってみた。すると」

「すると」

「人生、何が幸いするか分かんねえもんだな。いろんな職場を知ってることが、設立準備委員としては、プラスに評価されたんだよ。で、アクアパークに落ち着いた。そん時、俺ァ、思ったんだ。これからは、水族だけじゃなくて、水族館そのものを見せてえってな」

「で、今の運営方針に？」

「まあな。むろん、準備委員会で話し合った上でだぜ。だがよ、事は簡単じゃねえや。実際にやってみりゃあ、これまた、試行錯誤の連続。で、おめえも知る今に至るってわけよ。まあ、話はこんなところかな。なんか参考になることはあっか？」

由香は黙って、うなずいた。

プレゼンにどう生かすかは、まだ見えてこない。だが、確実に支えになる。自分はずっと思い込んでいた。職人気質のチーフは、迷いなく水族館一筋で来たのだろうと。しかし、違っていた。チーフも悩みに悩んできたのだ。その結果として、今、ここにいる。

「ま、参考にできるなら、好きに使ってくんな」

チーフは安堵の息をついた。「冷汗が出てくらあ」とつぶやく。そして、汗を拭いながら笑い「ただ、まあ」と言った。

「そろそろ、俺も引き際を考える頃合いよ。実は、最近、いろいろ考えてんだ。引退したら、若い頃みてえに、また、どこかをさすらうかなって」

「え、また？」

「俺ァ、人から聞いた話じゃ、満足できねえんだ。文献も映像も、あまり頭に残らねえ。自分の目で見て、自分の肌で感じて、自分の頭で考えねえと、納得がいかねえんだよ。こんなこと言うとよ、女房に『馬鹿』と言われんだが」

チーフは視線を海へと移し、目を細めた。

「その通りよ。俺ァ、大馬鹿だな」

チーフの視線を追った。そこには、うららかな海がある。柔らかい日差しの中、あちらこちらがきらめいていた。そして、潮風と潮騒。二つが優しく身を包み込む。

このままずっと、見つめていたい――そんな春の海だった。

第四プール　奇跡の浜

1

植栽のサツキは既に満開。色とりどりの花を揺らしている。ゴールデンウィークも過ぎ、例年なら一息つくところ。だが、今年は違う。

『プレゼンテーション準備室』

由香は小部屋に飛び込んだ。

「プレゼンの相手、決まったって本当ですか」

先週まで、この小部屋は館内ＬＡＮのサーバー室だった。だが、昨日、サーバーは引っ越しをし、今日より三人の作戦基地になっている。ただし、部屋には、まだ、テーブルとイスくらいしかない。

「来たか。座ってくれ。時間が無いんだ」

テーブルには、先輩と修太さんが向かい合わせに座っていた。先輩の隣席には、資料が山積み。自分は修太さんの隣の席へ。

先輩が壁の時計へと目をやる。「悪いな」と言った。

「急に呼び出して。半時間ほどしたら、俺達は出なくちゃならない。急遽、北陸に行くことになってな」

「北陸？　何をしに？」

「向こうの水族館に、修太の先輩がいるんだ。俺達と同じような目にあって、結局、閉館。その経験談を聞きに行く。ただ、向こうの人は、もう職場がバラバラなんだ。無理を言って、集まってもらってる。都合は向こうに合わせるしかないから」

「分かりました。では、打ち合わせをテキパキと。ライバル決定の方は？」

「予想通りだった。見てくれ」

先輩がテーブルに書類を押しやった。

『第二次選考会（プレゼンテーション）選出者決定通知』

「選出されたのは二団体。一つは『臨海再開発事業体B3』。もう一つは登録名を変更してきた。『ブルーステージ2』だ。どこかは言うまでもないだろう？」

頬を強張らせつつ、うなずいた。安直なネーミング。なんとなく腹が立つ。

「予定より一週間以上、決定通知が早い。理由は分からない。ただ、噂によると、一次参加者のうち、半数ぐらいが辞退したらしい」

「あの、どうして？」

「勝てそうにないからだろ。もっと、はっきり言うなら……皆、『出来レースだ』と感じとって辞退した。その分、選考の作業量は減る。で、通知も早くなった。まあ、そんなところかな」

頬が更に強張った。

「まあ、これは想定の範囲内だろ。俺達に直接影響する話じゃない。ただ、それとは別に、ちょっと問題が出てきた。見てくれ」

先輩は手を資料の山へ。書類を一枚、手に取り、テーブルの上へと置く。

『第二次選考　諮問委員会（案）』

書類には七人の名前。カッコ書きで、肩書きが記載されている。

「何ですか、この人達」

「諮問委員。いろんな分野の専門家だよ。大学の先生が多いかな。この人達の意見を参考に、千葉湾岸市は判断を下す流れになってる。まあ、市の判断を正当化する『お墨付き機関』の役割もあるけどな」

「案ってありますけど、リストはどこから」

「黒岩さんから、今日、もらったんだ。今、アクアパークに来てる。プレゼンとは別に、仕事があるらしい。『半日程、ここで仕事させてもらう』って言ってた。で、『手土産代わりだ』って、このリストを渡された。ちなみに、薄焼きせんべいも、もらってる。もう、総務係に渡しちゃったけど」

いかにも、先輩らしい。

「ともかく、リストに目を通してみてくれ」

目をリストへとやる。臨海公園に関わることだけに、都市計画や福祉事業の専門家も入っていた。だが、座長は『森の自然博物館』の館長だ。バランスは悪くない。

「あの、これに何か問題が？」

「臨海公園絡みで諮問する場合、これまでの委員会は八名。今回の予定は七名。一名、欠けている。その一名が問題なんだ。房総大学の元教授、阿波先生だから」

その言葉と同時に、修太さんが慌てた様子で身を起こした。リストをのぞき込む。

そして「まずいねえ」とつぶやいた。自分は首を傾げつつ、先輩の顔を見る。

先輩は「おまえだって」と言った。

「少しは関わってるんだよ。昨年の夏、ホタルの里の件でな。あの時、沖田さんにいろいろ相談しただろう。沖田さんは、昔の経緯について、恩師の先生に尋ねてくれた。覚えてるか」

「忘れるわけないです。パソコンのテレビ電話ソフトで相談して……沖田さん、わざわざ、その場で携帯電話をかけて、確認してくれたんです。『電話の中で電話なんて』って苦笑いしながら」

「その電話相手が阿波先生なんだよ。阿波先生は淡水系自然環境の権威。かつ、長年、自然と暮らしの両立について、様々な提言をしてきた。誰もが一目置いている。その阿波先生がいなくなる。それだけじゃない。自然保全系の委員がゼロになる。残された七人じゃ、結局、市の言いなりだろうな」

「でも、まだ座長さんがいますよ。委員会の座長さんって、森の自然博物館の館長ですよね」

「実は、その人……市の文化局のOBなんだ。市の意向に背くことは、まず無い」

息をのんだ。なんとなく分かってきた。先輩が心配している理由が。

「じゃあ、阿波先生がいなくなったの、市からの圧力のせい？」

「この規模の案件で、市がそこまでやるとは考えにくい。阿波先生は房総大学を退任して、故郷の四国に戻ってる。諮問委員会を抜けたのは、たぶん、先生の都合だろうな。けど、市はその欠員を補充してない。あえて、自然保全系の委員が欠けたままにしてるんだ。このことには、市の思惑もあると思う」

外堀を埋められつつある。しかし。

「諮問委員の人って、参考意見を言うだけですよね。決定権は無し。プレゼンそのものには、実質、関係ないんじゃ」

「でもない。たとえば、こんな意見が出てきたらどうする――『臨海公園活性化のため、その最奥に位置する施設には集客力が求められる。プラン選定にあたっては、このことを最重視すべきと考える』。こうなれば、プレゼン前から、俺達は窮地に立たされる」

「先輩、そうなったら、アクアパークは」

「まず、勝てないだろうな。けど、阿波先生の力を借りられれば、状況は元に戻せる。何も、諮問委員に戻ってもらう必要は無いんだ。他の先生方に一言、それとなく釘をさしてもらうだけでいい。それだけで、極端な意見は出にくくなる」

「それは、そうですが」

「問題は、阿波先生を動かす手が見つからない、ってことだ。内海館長に動いてもらうことも考えたんだけど」

先輩が促すように修太さんを見る。

修太さんは軽くうなずき「阿波先生ってねえ」と言った。

「嫌うんだよ、そういうこと。別件で、館長に動いてもらったことがあるんだけどさ。阿波先生、もう不機嫌でねえ。『内海はん。わしゃ、位攻め（くらいぜ）では動かんで』とか言って、へそ曲げちゃった」

「いや、人情味あふれる先生なんだよ。けど『地位や権力、肩書きを利用しての要請』みたいな話を、極端に嫌うんだよねえ。昔ながらの気骨ある人って感じ。まあ、だからこそ、諮問委員会では別格だったんだけど」

なるほど。これは悩ましい。

腕を組んだ。昨夏の光景が頭によみがえってくる。電話の中で電話――あの電話の向こう側に、阿波先生はいたのだ。あの時、御礼を名分に、阿波先生に会いに行っていれば、こんなことには……。

「そうだ」

由香はテーブルを叩いた。

「恩師ですよ、恩師。そのセンにすがりましょう」

「恩師？」「すがる？」

「阿波先生に直接頼むんじゃなくて、まず沖田さんに頼むんです。『アクアパークを助けて下さい』って。恩師と愛弟子ですよ。地位も肩書きも関係ないです。しかも、阿波先生は人情家。沖田さん経由の話なら、無下（むげ）にはしないはずです」

「悪くない……な」「悪くないねえ」

「やってみるか」「それしかないねえ」

「気難しい……人？」

先輩は「じゃあ」と言い、自分の方を向いた。

「北陸から帰ったら、早速、あたってみる。まずは俺が沖縄に飛んで……」

「先輩。今日、黒岩さん、来てるんですよね。別件の仕事で。それって、たぶん、沖田さんの手伝いだと思うんです」

「手伝い？」

「沖田さん、房総大の特別講義で、アクアパークでの実地講義を計画してるんです。それを黒岩さんに手伝ってもらうって。わざわざアクアパークに来て別件なんて、それ以外に考えられないです。となると、沖田さんも来てるかも」

いや、きっと来てるはず。由香は勢いよく立ち上がった。

「私、黒岩さんと沖田さんを探してきます。帰っちゃう前につかまえないと。電話だと、沖田さんも何て言うか分かんないですけど……会っちゃって、その場で頭を下げて頼み込めば、嫌とは仰らないかと」

「分かった。じゃあ、俺達も」

「先輩達は北陸に出発しないと。電車に乗れなくなると、大変ですから。頼み込むだけなら、私だけで大丈夫。心配しないで」

逆に言えば……自分にできることなど、そのくらいしか無いのだ。一度くらいは役に立たねばならない。二人に一礼して、ドアへとダッシュ。廊下へと出る。そこで言い忘れた事柄に気づいた。慌てて室内をのぞき込む。

「北陸土産、お願いします。水族館向けのお菓子があるんです。日本海の天然塩を使ったゼリー。クラゲとタツノオトシゴのデザインのやつ。では」

再度一礼して、顔を廊下の先へ。再びダッシュする。

廊下を走りながら考えた。

この機会は逃せない。沖縄に会いに行くならば、事前に電話をせねばならない。その際、当然、訪問趣旨を問われるだろう。趣旨を話せば、その場で断られるかもしれない。ならば、直接会って、頼み込む。それしかない。

階段を駆け下りた。一階の裏口から屋外へ。更に観覧歩道へと出た。

実地講義の内容までは聞いていない。趣旨を踏まえると、いろんな場所が考えられる。大水槽、ラッコ館、イルカプール。どこにいたって、おかしくはない。だが、今は気怠い昼下がり。となれば……。

パリッ。

頭の中で、黒岩さんが薄焼きせんべいをかじっていた。

——最近、これにアツアツのクレープを合わせてんだ。マイブームってやつよ。

黒岩さんには悪いが、かなり不気味な光景と言っていい。子供連れのママさん達なら、『変なオジさんに近づくんじゃありません』なんて言いたくなる。だが、不審に思われない場所が、一箇所、アクアパークにはあるのだ。

「屋外フードコートか」

植栽のサツキを飛び越えた。敷地の東奥へと一直線。屋外フードコートは、メイン展示館の東隅。その一画にはクレープ屋さんもある。建物の角を曲がれば、白いテーブルが並んでいるはずで……。

息を切らせつつ、角を曲がった。

目の前に、気怠い午後の光景がある。白いテーブルで、ママさん達が歓談していた。その間を子供達が走り回っている。アツアツ学生カップル達もいた。井戸端会議に夢中のおば様達もいた。そして、その中に、異質な空間――中年おじさん二人組。コーヒーを飲みつつ、クレープと薄焼きせんべいを交互に食べている。

「見つけた」

溺れる者は藁をもつかむ。この藁、放してなるものか。

テーブルへと走り寄った。「沖田さんっ」と悲痛な声を上げ、膝をつく。地面へと身を伏せた。なんとしても、アクアパークの窮状を、分かってもらわねばならない。

「アクアパークを……助けて下さいっ」

もう恥も外聞も無い。承諾の言葉をもらうまでは、テコでも動くものか。身動き一つせず、伏せ続ける。戸惑いの声が聞こえた。

「あのう」

沖田さんの声だ。

「嶋さん、何をしてるんですか？」

「お願いしています。この危機、救って下さい」

「いや、どうして、こんな」

「沖田さんだけが頼りなんですっ」

人が集まってくる気配する。

ひそひそ声が聞こえてきた。

「もしかして、パワハラやられてんの」「いや、相手の人の方が困ってるみたい」

「そうか。これが、逆パワハラなのね」「あれ、ドジトレ姉でしょ。やるよねえ」

何と評されようが構わない。ここは、まさしく勝負どころなのだ。結論を得ずに去ることだけは無い。ただただ、伏せ続けた。だが、それでもまだ、戸惑いの言葉しか返ってこない。

「あの、嶋さん、仰せの意味がまったく」

「そこを、なんとか」

「いや、ですから……存続危機のことは分かってます。でも、そのことで、私に何をお求めなのか。それが分からなくて」

分からない？　どうして？

あ……私、阿波先生のこと、話してない。

一気に血の気が引いていった。慌てて顔を上げる。周囲には既に人垣が出来ていた。誰も彼もがドラマでも視るかのような眼差しで、自分達を見つめている。沖田さんは困惑しきりの顔付きをしていた。黒岩さんは座ったまま、笑いをこらえている。そして、薄焼きせんべいをパリッ。おもむろに携帯を取り出した。

「もう収拾つかないな。倉野さんでも呼ぶか」

一気に血が戻ってくる。

由香は真っ赤になって、うなずいた。

2

来場者を巻き込んでの大立ち回り。もう、弁解の余地は無い。

由香は館長室の応接ソファに座っていた。

額の汗が止まらない。額を拭うと、隣席に座るチーフが小声で言った。

「いいか。館長が電話を終えたら、即、立ち上がるぜ。あとは、ひたすら平謝り。俺も一緒に謝ってやる。余計なことは言うな。分かってんな」

黙ってうなずき、そっと館長机の方をうかがった。先程から内海館長は机の電話で話し込んでいる。

由香は館長室に来るまでのことを思い返した。結局、肝心のことについて、何一つ言えなかった。興味津々の目に包まれると、言葉一つ、出てこなくなったのだ。そんなところに倉野課長が駆け付ける。周囲に事情を説明した。

「彼女はアクアパークのスタッフで、こちらの方も関係者なんです。仕事のお願いをするにあたりまして、彼女、ちょっと気持ちが入りすぎたようでして。で、このようなことに。お騒がせしまして、申し訳ありません」

取りあえず、沖田さん達にはこの場を離れてもらい、事態は収拾した。そして、自分は倉野課長に連れられて、スタッフルームへ。到着と同時に、岩田チーフから一喝された。

「外部の人を巻き込んで、どうすんでえ」

騒ぎは館長の耳にまで入っているらしい。報告と謝罪のため、チーフと二人、館長室へ。かくして今、応接ソファに並んで座り、館長が電話を終えるのを待っている。

館長は電話を耳に当てたまま、軽く頭を下げた。

「いろいろと、すみませんね。では、そういうことで」

　そう言うと、電話を置く。

　チーフと二人、立ち上がった。館長の方へと向く。

「申し訳ありません、館長。私、こんなつもりじゃ……痛て」

「痛てじゃねえよ、この馬鹿。まずは頭を下げんだよ」

　チーフに頭を押さえつけられた。二人そろって、頭を下げる。

　館長は笑った。

「大仰ですね。取りあえず座って下さいな。いろいろと、ご相談したいことがありましてね。立っておられては、私も落ち着きませんから」

　内海館長はメモ用紙を手に立ち上がった。そして、向かいの席へ。席につくのを待って、自分達も席につく。

　館長はメモ用紙を一瞥。「まず」と言った。

「さっきの騒ぎのことなんですが……見ておられた人の中に、地元の常連さんがいらっしゃったようです。管理部に問い合わせが来ました。学校関係者から一件、自治会から一件。こんなことになるなんてね。さすがに、私も想定してませんでした」

　やはり、事は大きくなっている。再び「申し訳ありません」と言い、頭を下げた。

　今はアクアパークにとって大切な時。そんな時に、ミソをつけてしまった。責任を問われて当然だ。覚悟するしかない。

「嶋さん、何を勘違いしてるんです」

勘違い？

「頭を上げて、ちゃんと話を聞いて下さいな。想定外のチャンス。私はそう言ってるんです」

慌てて顔を上げ、向かいを見た。館長にふざけている様子は無い。

「いいですか。私達は今、プレゼンに向けて、しゃかりきになっています。けれど、地元の人達は、そんなことなど知らない。知ってる人がいても『臨海公園の活性化。いつもの蒸し返しだよね』程度の認識ではないでしょうか」

館長は穏やかな表情をしていた。まったく、いつもと変わりない。

「このような事柄ってね、検討の段階では、あまり話題にならないのです。思いがけない結果が出た時、地域ニュースとして流れて、皆が驚く。『アクアパークが無くなるとは残念です』なんて言ってくれるのです。が、それでは遅い。私達は、その言葉を、事前に聞きたい」

瞬きしつつ、向かいを見つめた。館長は、いったい、何を言おうとしているのだろうか。さっぱり見当がつかない。

「実はね、私は声を大にして言いたいんです。『皆さん、アクアパークは無くなるかもしれません』ってね。しかし、私達は市の外郭団体であり、かつ、市の施設運営を請け負う立場にあります。言うに言えない。ですから、これまでは自重してきました。しかし」

館長は両膝を叩く。身を乗り出した。

「問い合わせがあったとなれば、話は別です。丁寧に対応しませんとね。活性化の『本当の意味』についても、きちんと説明しませんと」

穏やかな表情に、策士の表情が混じってきた。

「私達は、別に、アクアパーク存続の気運を盛り上げようとしてるわけではない。市民の皆さんに存続運動をしてもらおうとしてるわけでもない。いつも通りの『問い合わせ対応』です。となれば、千葉湾岸市に、とやかく言われる筋合いは無い」

チーフと顔を見合わせた。チーフは唖然としている。何も言わない。無言のまま、唇だけが動いた――怖ええ。

「二人とも、何て顔してるんです。こういうことは、時間を置いちゃだめなんです。二人に異論が無ければ、倉野課長に段取りを組んでもらいます。こういう時は、私なり管理部なりが動きませんとね。構いませんか」

「お願いしやす」

チーフは居住まいを正した。

「私は沖田に話を。確かに、こいつの着想は悪くねえと思うんで。確かに、沖田経由なら、阿波先生が動いてくれる可能性も出てくるかと」

館長は再びメモ用紙を一瞥した。

「そっちの方も何とかなりそうですよ。実は、さっきの電話、沖田さんだったんです。彼は彼で、『アクアパークに迷惑かけたのでは』と気にしてくれてました。そんな思いもあったんでしょう。事情を話すと、早速、連絡をつけてくれましてね」

「連絡？　あの、誰になんで？」

「むろん、阿波先生に、ですよ。沖田さんの話によりますと、阿波先生、『会って話すのは構わない。ただし、四国まで会いに来い』と仰って下さったようでして」

「そいつあ、ありがてえ話で。じゃあ、私と嶋とで四国へ……」

「それがね」

館長は頭をかいた。

「嶋さん一人で来い、とのことなんですよ。阿波先生がその気になったのは、今日の騒動をお聞きになったから、のようなんです。先生の言葉をそのまま言うと――『そこまで本気なんやったら、一人で来て、ツラ見せぇ』とのことでして。沖田さんが同席して、場を取り持ってくれるそうですから」

「しかし、嶋を一人でやりますと、今日みてえに暴走しちまう恐れが」

「いいんですよ、それで。先生はね、そういったところを面白がって、会ってくれるんですから。それに阿波先生は合気道三段。暴走しようがありませんね。ただし、条件が三つほど付きました」

館長は目を手元のメモへ。そして、自分の方を見た。

「一つ目は……大したことではありません。説教の一つや二つ覚悟しておいてくれとのこと。その場で『承知』と返しました。阿波先生の説教なら私が受けたいくらいですから。構いませんよね」

「何の問題も無いです。説教どころか、座敷隅に投げて下さってもいいです」

「投げませんよ」

館長は笑って、再び目をメモへ。「条件の二つ目」と言った。

「これは沖田さんから言われました。『嶋さんの人となり等について、事前に阿波先生に話すつもりだが、構わないか』ってね。阿波先生は相手に合わせて、話す内容や話し方を考えられますから。『問題無い』と返しましたが、不都合があるようなら、今、訂正の電話を入れます。どうしますか」

「何の問題も無いです。もう素っ裸（すっぱだか）になります」

「ならなくていいです」

館長は苦笑い。目をメモへと落とし「条件の三つ目」と言った。

「話は聞くが、どう対応するかは、話を聞いてから決める。事前に保証できることは何も無いとのことです。まあ、当然ですね。即答で『承知』と返しました。さあ、ここで改めて、ききましょう。行きますか、断りますか」

考えるまでもない。

「行きます。いや、行かせて下さい」

「分かりました。じゃあ、決まり。場所や日時の細かな事柄については、お任せします。嶋さんに沖田さんからメールが来ますから。まあ、緊張しなくても大丈夫ですよ。嶋さんの暴走なんて、先生にとっては孫娘のいたずらのようなもの。思う存分、暴れてきて下さいな」

「暴れる……」

つぶやきつつ、隣席へと向く。チーフは肩をすくめた。

「まあ、ほどほどにな」

由香は館長へと向き直り、深々と一礼した。

3

食卓テーブルには紅茶。それに北陸土産の塩ゼリー。今日は久々に先輩のアパートで、ゆったりとした時間を過ごしている。

由香は塩ゼリーを口へと放り込んだ。

口の中でとろけていく。絶妙な塩加減と甘み。この組み合わせがたまらない。だが、先輩は最初に一口食べただけで、手を付けようとしない。

「先輩。食べないと、私が、全部、食べちゃいますよ」

「おまえ、俺にまだ言ってないことがあるよな」

「全部、報告しましたよ。阿波先生に会えることになったって」

「その直前のことだよ。おまえ、またやらかしたらしいな」

「先輩は地獄耳ですねえ」

「馬鹿。もう皆、知ってる。俺は商店街の店員さんから聞いたんだ」

「じゃあ、千葉湾岸市民は全員、地獄耳ってことです。まあ、怪我の功名ってことで。そのおかげで会えることになったんですから。結果良ければ全て良し」

先輩はため息をついた。

「そんなこと言ってるから、心配になるんだよ。いいか。わざわざ訪ねていって、暴走なんてするなよ。阿波先生が動いてくれるかどうかは、おまえの態度次第なんだから」

「分かってます。うまくやりますって」

由香は手を止め、向かいを見やった。

「それにしても……阿波先生って、そんなに怖い人なんですか」

「見た目はごく普通の人だよ。ちょっと小柄なくらいだ。頭はツルツルで、金縁の丸メガネ。穏やかな学者さんって雰囲気なんだけど、いったん口を開くと、止まらない。次から次へと、難しい言葉が出てくる。火を吹く弁舌って、あんな感じなんだろうな」

「あの、私、難しいの、苦手なんですが」

「難しくても直球だ。回りくどい言い回しは無し。先生は端的な言葉で、いきなり核心に切り込んでくるんだ。容赦なくっていうくらいな」

「なんだ。それなら、先輩も似たようなもんですよ。私、慣れてます」

「馬鹿。比較になるか。俺なんか甘々だ」

先輩は眉間に皺を寄せ、手を仕事鞄へ。手帳を取り出した。

「で、決まったのか。日時と場所」

「今月中は間違いないです。先生のご都合次第。今、沖田さんに調整してもらってます。たぶん、来週の後半から再来週の頭くらいかなと」

「場所は？　四国のどこになる？」

「阿波先生って、名前の通り、阿波の徳島出身らしいんですけど、今は讃岐（さぬき）の高松。だから、会うのは高松港近くの居酒屋、その座敷になるんじゃないかなって」

「今月中旬から下旬で高松か。いいタイミングかもしれないな」

「いいタイミング？」

「その頃、俺も海遊ミュージアムに行く予定にしてる。一度、海遊ミュージアムで落ち合うか。港近くにホテルを取れば、フェリーですぐだろ。おまえ、二館兼務になってから、まだ海遊ミュージアムに顔を出してないしな」

「今回のお相手はヘイさん？　それとも、ヤッさん？」

「二人とも会う予定にしてる。けど、今回のメインはヤッさんの方かな」

先輩は床上の仕事鞄を一瞥。「実は」と言った。

「諮問委員会の件に気づいたのは、ヤッさんの助言からなんだ。『諮問委員会のメンバー構成って、結構、市の本音が出るで』って。たぶん、これからは、こういった事柄が、どんどん出てくるだろ」

「出てきそうですねえ」

「プレゼン本番の実施要項が決まる前に、そのポイントを、ヤッさんに聞いておきたいんだ。おまえも一度は会っておいた方がいいと思ってな」

由香は顔をしかめた。趣旨は分かる。だが、その前日に、自分は阿波先生と会っているのだ。二日連続で難しい話をされれば、自分の頭はパンクするに違いない。

「そういう難しいことは……先輩にお任せできればと」

「会った方がいい理由は、それだけじゃない」

先輩は鼻の頭をかいた。

「以前、話したことがあるだろ。『頑固親父の攻め方も教えたる』と言われたって。その時、もう一つ言われた。『攻め方のポイントは二人の連携やで』って。公私混同にならないよう、時間的には、ほどほどにするつもりではいるんだけど……一度、おまえもどうかと思ってな」

「行きます」

即座に返した。

「そっちの件なら話は別です。ぜひ、ぜひ」

「そう気負い込むな。あくまで、お互いの日程が合えば、だ。まず、おまえは阿波先生の件だろ。状況説明の資料くらいは作って、持って行かなくちゃな。もう一人で、できるだろ。俺は手伝わないぞ」

「あの、作んないとだめ？」

「何、言ってんだ、まったく。そんなこと言ってると」

先輩は手をテーブルへとやる。

「残りの塩ゼリー、俺が食べちゃうぞ」

由香は慌てて塩ゼリーを引き寄せた。

4

　高松の夜は快適だ。だが、額の汗は止まらない。

　由香は居酒屋の座敷にいた。

　座敷テーブルの向かいには阿波先生。黙って一人、熱燗を手酌で飲み続けている。一方、沖田さんと言えば……テーブルから少し離れて座っていた。畳の上に盆を置き、これまた手酌。聞けば『こういった場合、これがお決まりの作法でして』との由。

　滲む汗を拭った。

　説明資料は持参した。だが、阿波先生はペラペラとめくると、「きれいやな」とつぶやき、放り投げるようにテーブル脇へと置いた。そして、もう見ようとしない。かくして、一対一で向き合ったまま、時間だけがたっていく。緊張感は増すばかり。もう耐えられない。

「あのう」

「昔はな」

　ようやく阿波先生は話し始めた。

「水族館には、青くさい議論を吹っかけてくる連中が、わんさとおった。『水族館の意義を何と心得るや』っちゅうてな」

やっと、相手にしてもらえた。正座のまま背筋を伸ばし、向かいを見つめる。

「ワシァ、逃げとったんや。いちいち相手にしてたら、きり無いから。けど、時代は変わって、立場は引っ繰り返ってしもうた。ほんま、皮肉なもんやで」

先生はテーブル脇の資料を一瞥した。

「そこにあるのは、外行きの着飾った理屈に過ぎん。見栄えはええ。けど、細かしいことばっかり言うとる。大局的に物事を見ようとはしとらん」

大局的？　何のことだ。

「まずは、あんたに『基本のキ』をきこか」

先生は音を立てて盃を置いた。

「自然を守ろう――よう聞く言葉や。実際、そのための法律や行政の仕組みは山のようにある。一つ一つ挙げるのも面倒くさいから、ここでは『自然保護施策』としとこか。で、この自然保護施策、具体的には何をやろうとしとるんやろか。何でもええから、言うてみ」

「それは……美しい自然を愛でる心を育てて、命豊かな自然環境を育むことを、より多くの人に……」

「もうええ。もうええ」

先生は小うるさそうに手を振った。

「最後まで聞いとったら、朝になってしまうわ。ええか。自然保護施策は多種多様。国によって違うし、地域によっても違う。けどな、やろうとしとることは、ナァンも違わんのや。結局、たった二つのことしか、やっとらんから」

「たった二つ？」

「そうやで。『隔離』と『禁止』――それだけやがな」

瞬きした。言われていることの意味が、さっぱり分からない。表情でそんな思いが伝わったらしい、先生は説明を追加した。

「単純化して、分かりやすうに言おか。ある希少生物の生息地があったとするわな。そうしたら、まず、その周囲に線引きするんや。で、名前をつける。『保護区』とか、『自然公園』とか、『ナントカの生息地』とか。名前は違ごうても、趣旨は同じ。『隔離』や。まずは、人間から切り離すんやな」

唾をのみ込む。頭の中に先輩の言葉が浮かんできた――先生は端的な言葉で、いきなり核心に切り込んでくるんだ。

先生の話が続く。

「それができたら、次は行動制限。『近づくな』・『採集するな』『取引するな』――いろんな面から行動を縛っていく。要するに『禁止』や。暮らしが関わっとるようなら、その暮らしも縛ってしまう」

四国の居酒屋で、初めて耳にする『大局』が語られている。

額にまた汗が滲んできた。

「つまり、自然保護施策を徹底すればするほど、人間は自然から切り離される。強烈な皮肉のようやが、『論理的な帰結』やがな。そやのに、誰もその矛盾を口にせん。なにゆえやろか。理由は簡単や。誰も矛盾やとは感じとらんから」

先生はここで間を取る。手酌で盃を満たした。

「自然保護施策を徹底すると、自然へのアクセスは限定される。で、アクセス可能な特権層みたいなモンが出来上がるんや。たとえば、『学者』『保護活動家』『富裕層』ちゅうあたりかな。こういった層だけが自然を享受し、享受できる己に酔い、次第に高慢になっていく。矛盾なんか感じるわけないがな」

先生の口調は、次第に熱を帯びてきた。

「一方、切り離されたままの一般庶民は、如何(いか)にする？ 代償として、愛玩動物、いわゆるペットへ向かうしかないわな。かくして、庶民の自然観は、次第にペット観と同一化していく。ペット文化の価値観イコール自然観とならば、不満を感ずることも無し。ましてや、矛盾とか言い出すわけがない」

先生は盃をあおった。

「自然保護施策は、もともと、根本のところで大きな矛盾を抱えとるんや。それをあたかも無いかのように振る舞うから、そこから派生して、更に様々な矛盾が生じる」

先生は天井を見上げた。いきなり悲嘆口調で「ああ、これ、憂うべき事にあらずや」とつぶやく。顔を戻すと、割れんが勢いで盃をテーブルに置いた。

「かかる弊害を何と呼ぶべきか。名称なんぞ何でもええが、分かりやすい方がええ。『自然の独占化問題』――そう称すべし」

先生は鼻息荒く言い切った。そんな先生に、沖田さんが畳に手をつき、にじり寄る。

「先生、ここは講義室ではなく、居酒屋です。他のお客さんのご迷惑に」

小声でたしなめるように言った。

「そうやった。そうやったな」

先生は子供のように頭をかく。だが、すぐにこちらへ向き直り、咳払い。少し間を置き、話を再開した。

「しかしながら、一般庶民が好き勝手にアクセスできるとなれば、如何なることになるか。先程の『自然の独占化問題』と相反することが、局所的には起こりうる」

「局所的？」

「庶民はフタをされると、そのガス抜きを求めるもんや。かといって、アクセスは限られる。かくして、限定的なスポットへ、限定的な期間に――つまり、著名観光スポットへ、夏休みや年始年末に、ドッと押し寄せるわけや。結果として、一挙集中。起こる問題については、言うまでもないわいな」

「ゴミ問題ですか」

「そんなもんは表面的なこっちゃ。そんなもんでは収まらん」

先生はトックリを手に取る。杯にゆっくりと注ぎつつ「いろいろある」と言った。

「地面を踏み固めて植生を荒らすわ、靴底で外来種を持ち込むわ、『かわいいね』と言いつつ餌付けするわ。海では水中騒音まき散らしっちゅうのもあるわな。悲しいかな、全ては自然を愛するがゆえの破壊よ」

先生は再び天井を見上げた。いきなり悲嘆口調で「ああ、これ、嘆く事にあらずや」とつぶやく。顔を戻すと、割れんが勢いでトックリをテーブルに置いた。

「かかる弊害を何と呼ぶべきか。さっきは『自然の独占化問題』ちゅうたな。ならば、これは『自然の大衆化問題』——そう称すべし」

先生は鼻息荒く言い切った。そんな先生に、再び沖田さんが畳に手を付き、にじり寄る。小声でたしなめるように言った。

「あの、先生、ここは講義室ではなく……」

「分ァとる。沖田君、君も案外、細かいな」

先生はトックリを脇へと置く。手のひらでテーブルを叩いた。

「包括的には『自然の独占化問題』。そこに、局所的に『自然の大衆化問題』が混じる。両極にある二つの弊害。同時に解決することは難しい。が、手立てはゼロではない」

「あの、どのような」

「身近な所に、自然環境のモデル的サンプルを作るんや。特に海洋環境は重要やな。人間は陸棲動物。海にちょいと出るのだけでも装備や技術がいる。操船に潜水。金や時間も必要やろ。これらが障壁とあって、弊害は大きくなりやすい。これは陸棲たる人間の宿命やな」

先生は盃を傾けた。沖田さんの方を見やり「今日の熱燗、ぬるうないか」ときく。沖田さんは淡々と「先生が熱すぎるんです」と返答。先生は「そういうことなら、しゃあないな」とつぶやく。顔を戻した。

「しかしながら、大海原は決して一部の者のモンやない。万人のモンや。ああ、万人、その素晴らしさを知るべし。となれば、陸棲の人間が通える範囲内に、海洋環境のモデル的サンプルを作るしかないやないか。かかる施設の名を何と言うか——水族館やがな」

本題に来た。

「あの、先生、メモをとっても？」

「好きにせぃ」

先生は箸を手に取る。皿を叩いてリズムをとった。

「人為的な施設だけに、毛嫌いする者も多い。だが、人為的施設であるがゆえ、施設内の環境が外部に漏れ出すことはない。生息地の環境そのものを変えてしまう危険性は無いんや。この点、一部の野放図なペット文化と、対極にあると言うてええ。ただし」

「ただし？」

「この施設が有意義であると認められるには、幾つか条件がある」

先生の視線が、真正面から向かってきた。

「まず、水族館は万人のための施設であるべし。自然が万人のモンならば、そのモデル施設たる水族館も万人のものたるべきやろ。けど、ワシにはそうは見えんな。君らは愛好者に対してばかり、愛想を言うとる」

耳が痛い。が、メモを取り続けた。一言も聞き逃したくない。

「条件その二。万人がための工夫をすべし。万人ちゅうても、大半は庶民やがな。もう少し学問的な言い方をすれば『大衆』や。大衆ちゅうのは、たいてい、無関心なもんでな。まず、その気を引くところから始めんとならん。そのためには工夫がいる」

「あの、工夫って……来場者の気を引く演出みたいなもんでしょうか」

「何でもええ」

　先生は言い切った。

「取りあえず、無関心層を振り向かせんとならん。明治の昔、水族館は何と標榜したか。『オモシロクテ、タメニナル』や。この言葉は興味深い。『オモシロイ』と『タメニナル』――一見すると、相反するような二つを平然と並べとる。つまり『そうせんと、大衆は動かん』っちゅうこっちゃ。これは警句でもある」

　先生は手でテーブルを叩く。「それゆえ」と続けた。

「演出も良かろう。ただし、油断はならんで。大衆は興味を持ったら、すぐに情緒に溺れるから。そのメンタリティーを理解したうえで、大いに工夫せい。しかしながら、自然のモデル施設である本旨を外れるな。大衆は熱狂すると、際限なく、どこへでも行く」

　メモを取る手が震えた。ぼんやりと感じていたことが、阿波先生の言葉で次から次へと整理されていく。なんなんだ、この感覚は？

「条件その三。運営に携わる者は職業的訓練を受けるべし。要するにプロであれっちゅうこっちゃ。水族のプロであれ。かつ、人間のプロであれ。わざわざモデル施設を作って、両方を敷地内に入れるんや。両方に精通しとかんといかんやろ」

　先生は眉をひそめた。

「けど、ワシの見る限り、君らは、だいだい、どっちかやな。両方のバランスが取れとるモンは、めったにおらん」

動悸がした。自分はどっちなんだろう。

「条件その四。プロたる者、自然の二律背反から逃げるなかれ。自然界には、『こっちを立てれば、あっちが立たず』みたいなことが、いっぱいある。けどな、大衆の自然保護意識は一義的や。『かわいい生き物を守れ』――倫理観から来る愛護の精神やな」

先生は盃を空ける。「ええこっちゃ」と言った。

「このおかげで、多くの生き物や自然が守れた。特に自然破壊の時代においては、強力なアンチテーゼとして意味があった。けどな、これだけでは、自然は守りきれんのや。倫理的情緒は強力やが、感情移入できん問題には、なかなか向き合わん。けど、生態系バランスちゅうのは、微生物まで含めんとならんのやで」

チーフの言葉が頭に浮かんできた――小さな畑にもな、バランスみてえなモンがあんだよ。

「なおかつ、倫理観だけでは、自然における二律背反にも対応しきれん。たとえば、『個体レベルの保護』と『種レベルの保護』が矛盾する場合やな」

唾を飲み込んだ。これもまた、若き日のチーフの悩みではないか。

「個体の愛護で一つの個体が救われた。が、その個体は生態系バランスを破壊し、結果として固有種は絶滅。より多くの命が奪われた――よく耳にする話やな。大衆ちゅうのはええ加減でな。この両方に『かわいそう』と言って済ませてしまう」

額だけではなく、背にも汗が滴ってきた。実に、厳しい言葉だ。だが、逃げるわけにはいかない。

「君ら、一度でも問うたことがあるか。『真のかわいそうは、どこにあるべきか』と。二律背反の問題には、倫理の問題と自然科学の問題、両方が含まれとる。この折り合いを、どうつけるか。これは極めて重要なことなんやで。けど、誰もまともには語りたがらん。客でもある大衆の機嫌は損ねとうない。違うか」

「それは、その」

言葉に詰まる。

先生は話を続けた。

「条件その五。メリットとデメリットを冷静にとらえ、価値判断すべし。ええか。二律背反ということは、どちら側の考え方にも、メリットとデメリットがあるということや。そやから、全体としてプラスなんか、マイナスなんか、よう考えんとならん」

ここで、先生は皿のホッケに箸をやった。沖田さんの方を見やり「今日のホッケ、うまいと思わんか」ときく。沖田さんは淡々と「先生がのってるんです」と返答。先生は「まあ、そうかもな」とつぶやく。顔を戻した。

「そもそも、君ら自身が二律背反や。陸上にて水族を成育しとるんやから。本来の生育地でない以上、どんなに設備を整えても、個体レベルの負荷はゼロにはならんわな。大衆の情緒『かわいそう』が、ここに向かうことを、君らは本能的と言うてええほどに嫌がる。しかしながら」

先生は箸を置く。

「君らは自然のモデル施設なんやで。何がためのモデルや。陸生の人間に海の魅力を知らしめ、環境と生態系を守るためやないか。ひいては種レベルの保全を図るためやないか。つまり、ここにも『個』と『種』の二律背反がある。それぞれを冷静にとらえ、最良のバランスを探らんとならん」

「最良のバランス？」

「まずは、デメリットを極限にまで抑える。それがトレーニングであり、健康管理であり、設備の充実や。一方で、メリットは最大限を狙わんとならん。無関心な大衆を喚起し、関心を抱かしめ、社会としての自然保全意識を高めるんや。さあ、そこで」

先生はテーブルを軽く叩いた。

「デメリットとメリット。それを総合評価すると、どうなる？　デメリットの方が大きい運営なら、そんな施設はいらん。メリットの方が大きいからこそ、存在意義がある。君らは、なぜ、それを堂々と論じない?」

「論じてないわけではないんですが……」

「ワシに言わせてもらえば、ナァンも論じとらんな。そもそも、トレーニング一つとっても、来場者はまったく理解しとらんやないか」

「アクアパークでは、ある程度、説明してまして」

「そんなもん、程度の差に過ぎんやろ。今の君らは、出来合いのモンを見せて、拍手をもらってオシマイ。そらあ、愛好者は喜ぶやろ。けど、そうでない人も当然おる。万人の施設として、説明義務を果たしとると、ほんまに言えるか」

言葉に詰まった。間違いなく、アクアパークはやっている方だろう。だが、それで十分なのかと問われると、自信が無い。

「条件の六。『バランスを求むる者、覚悟すべし』や。これまで言うてきた通り、水族館は様々な二律背反の中にある。これを別の言い方をすればな……いろんな事柄の真ん中におるっちゅうこっちゃ」

「真ん中?」

「幾らでもある。『水族』と『人間』の真ん中、『大衆』と『専門家』の真ん中、『無関心』と『陶酔』の真ん中、『自然科学』と『倫理』の真ん中、『オモシロイ』と『タメニナル』の真ん中、『個体レベル』と『種レベル』の真ん中――水族館はそれぞれの真ん中におる。両方が分かるからこそ、効果を最大化できる。そのための最良バランスを、君らは探さんとならんが、これは簡単なことやない。おそろしく難しい。なんでか、分かるか」

黙って、首を横に振る。

「しんどい立場なんや」

先生はテーブルに肘（ひじ）をついた。

「バランスをとるためには、常に、調整し続けんとならん。『絶対にコレ』っちゅう答が無い。ゆえに、葛藤を抱え込む。バランスちゅう言葉は妙にイメージがええけど、これほど曖昧で疲れることは無いんやで」

先生は腕を組んだ。

「その一方で、極論や暴論はどうや？　実に、はっきりしてて分かりやすい。世の人は分かりやすい方に飛びつく。と言うことは……バランスを求むる者は、両端から常に攻撃されるということっちゃ。これはもう宿命と言うてええ。だから、覚悟して腹をくくらんとならん。そこで、きこうやないか。どうや。今の君らに、その覚悟はあるか」

再び、視線が真正面から向かってきた。

逃げてはならない。かといって、偽りを述べるわけにはいかない。愚直であっても、ありのままに述べるしかないのだ。たとえ、罵倒されることになろうとも。

由香は下腹に力を込めた。

「正直に申し上げます。実は、その……考えたことないことばかりなんです。いや、考えようとしてこなかったと言うか」

「なんやと」

「ですから、覚悟以前の問題のような気が……いたします」

「何を言うとるかっ」

先生は腕を解き、思いきりテーブルを叩いた。

「それで、この仕事、務まるかと思うか」

「思いません。思いませんが、思ってました」

「何を言うとるか分からんわ。このアホウッ」

「申し訳ありませんっ」

座布団を外し、後ろへと下がった。頭を下げて平伏する。その姿勢のまま「私、アホウでした」と返答。再び語気の荒い言葉が飛んできた。

「頭なんか下げるな。このドアホウッ」

「ドアホウですっ」

「頭なんか、軽々しく下げるもんやないわ。安い頭やな」

「すみませんっ。私の頭、安いんです」

平伏継続。なにやら、笑いのような声が聞こえてきた。恐る恐る頭を上げると、沖田さんが懸命に笑いをこらえている。

先生は口を半開きにして、沖田さんを見ていた。

「沖田君、この娘さん、なんなん？　最近ハヤリの不思議ちゃんか」

「いえ、いえ。事前のご説明通りでして。これが嶋さんなんです」

「確かに、聞いてた通りやが」

先生は軽くうなった。

「さて、どうするかやな」

先生は宙へと目をやった。そして、何やら考え始める。しばらくして、おもむろに手をテーブルの隅へ。自分が持参した説明資料を手元へと置いた。

更に沖田さんを見る。次いで、自分の方を見た。

「二人とも、ちょっと、ワシの横に来ぃな。これから、電話するから。横で、それ、聞いとりぃ」

そう言うと、先生は手を胸元へ。携帯を取り出すと、どこかへとかけ始めた。

「ああ、もしもし。阿波ですわ。えらい久し振りなこって……いや、千葉湾岸市の件で電話したんですわ。今回、座長を務めるのは、あんたはんなんやそうで」

どうやら、電話の相手は諮問委員会の座長――森の自然博物館の館長らしい。

慌てて、先生の傍らへ寄った。

「館長はん」

阿波先生は電話をしつつ、大仰に顔をしかめた。

「ワシ、諮問委員を引退した覚えはありませんで。大学の方を辞めただけですわ。ほやのに、諮問委員会から外されるとは、つれない話で……どっから聞いた？　それがですな」

阿波先生はテーブルに肘をつく。いきなり小声になった。

「実は、先週、メディア関係の人がワシん所に来ましたんや。『諮問委員会のバランスがおかしい』とかナントカで。そらもう、怖い顔してましたで。えらい細かい質問で問い詰められて……おや、そちらにも？」

沖田さんが小声で言った。

「黒岩ですよ。あいつ、わざと派手に動き回ってるんです」

目を見開き、沖田さんを見る。次いで、阿波先生を見た。なんなんだ、この人達は。自分がここに来るまでに、それだけのことをしていたと言うことか。

「館長はん」

阿波先生はテーブルから身を起こした。

「このままやと、痛くもない腹を探られますで。ワシはね、あんたのことが心配で心配で……なぁに、こっちは支障ありませんわ。『阿波のやつ、まだ、やる気みたい』って言ってもらえれば、あとはこっちで……そうですか。さすが、館長はん。仕事が早い。任せますわ。その方向で、ひとつよろしく」

先生は電話を切った。肩をすくめて、こちらを向く。

「すんだで」

スーパーで買物をすませてきた——まるで、そんな口調ではないか。

「そんな顔せんでええ。あの館長、理屈は得意なんやが、腹の据わってない男でな。すぐに保身に走る。立場がまずくなってくると、クルクル意見を変えるねん。思った通り『メンバー案を書き直す』って言うてきたわ」

信じられない。

「これでワシも諮問委員会に入るやろ。そやから、委員会の意見が偏ることはない。その点は安心してええ。ワシにできることは、ここまでや」

慌てて畳に手をつく。叫ぶように「阿波先生」と言った。

「ありがとうございますっ」

「別に、アクアパークの味方をするわけやないで。ワシはワシの意見を述べるまで。それだけのこっちゃ。まあ、難しい話はここまでにしとこ。一杯いこか。君はまだ飲んどらんやろ。ほれ」

先生は催促するように、トックリをしゃくる。

由香は慌ててテーブルの盃に手を伸ばした。

5

夜霧に滲む灯台の明かり。その先は夜の瀬戸内。潮騒（しおさい）が身を包んでいる。

由香は港の大通りをホテルへと向かっていた。

熱い夜だった。まだ、どこかに熱気が残っている。目的は達成できたと言っていい。阿波先生に諮問委員会に戻ってもらえるのだから。だが。

少し……情けない。

足を止め、夜空を見上げた。

阿波先生は熱く語っていた。が、その大半は『諮問委員会について』ではない。『水族館のあり方について』だった。本来ならば、自分が先生に向かって、一席ぶつべきところではないか。

——時代は変わって、立場は引っ繰り返ってしもうた。

「何も言えなかったたな」

改めて指摘されてみれば、当たり前のことばかり。と同時に、考えようとしてこなかったことばかりでもある。要するに、自分は。

「原点を忘れてたんだ」

胸元で携帯が鳴った。

顔を戻して、手を胸元へ。電話へと出た。

「電話に出れなくて悪かったな」

先輩だった。

「録音メッセージは聞いたよ。いい話が聞けたな」

「先輩、私……」

「俺もその場にいたかった」

張り詰めていた気持ちが緩んでいく。

涙が滲んできた。

「俺も、さっきまで、海遊ミュージアムOBの人達と意見交換してたんだ。ヘイさんの紹介でな。どの人も強いプライドと、筋の通った理屈を持ってる。自分の甘さを思い知らされたよ」

電話の向こうで、先輩はため息をついた。

「お互い今日のことについては、メモに残しておこう。プレゼンにどう役立つかは分からない。けれど、きっと、俺達にとって一生の宝物になる」

「はい」

「で、明日の午後はヤッさんとだ。どうだ、来れるか」

滲む涙を拭いた。

感傷に浸る暇は無い。次から次へと、こなすべきことがやってくる。先輩と待ち合わせ場所を打ち合わせた。昼前到着の予定にして電話を切る。

夜霧の中で、汽笛が鳴った。

——どうや。今の君らに、その覚悟はあるか。

ホテルに着いたら、今日聞いた内容をまとめねばならない。書き留めるのだ。あの言葉の端々を。更には、その語気までを。それを終えたら、今度は。

「明日の準備をしないと」

道の先を見据えて、深呼吸する。

由香は再び歩き始めた。

6

昨晩は居酒屋で緊張した。阿波先生の話を聞きつつ。そして、今——海遊ミュージアムで緊張している。先輩と一緒に、ヤッさんを待ちつつ。

由香は海遊ミュージアムの展望広場にいた。

周囲には、多くの親子連れ。子供達は大はしゃぎで望遠鏡をのぞき込んでいる。ほのぼのとした光景ではあるが、自分はそれどころではない。

先輩が不思議そうに言った。

「なんで、そんなに緊張してるんだ」

「先輩、話しかけないで下さい。ヤッさんに会った時、挨拶で何て言うか、今、頭の中で練習してるんです」

「練習？　何の練習をするんだ」

「いろいろあるんです。邪魔しないで」

口の中で、挨拶文句をつぶやいた。お初にお目にかかり……ブツブツ。貴重なお時間をたまわり……ブツブツ。

ああ、落ち着かない。

「先輩。なんで、待ちあわせ場所、ここなんですか」

「広々として、いいだろ。どんな話をしていても、誰も気にしない。景色も良くて、雰囲気はほのぼの。落ち着く」

「落ち着く？　いや、落ち着かないです。ここって、私、子供の頃、良く来てた場所なんです。おじいちゃんに連れられて」

「懐かしい場所ってことだな。なら、落ち着くだろ」

「落ち着かないです。ここから家に帰ったら、おじいちゃんと父さんが、いっつも口げんか。だから、ここに来るだけで、私、戦いモードになっちゃうんです」

そう、今は戦いモードなのだ。口の中でブツブツ。貴重なお時間をたまわり、誠にもって強烈地獄……ではなくて、恐悦至極。

先輩が笑った。

「堅苦しい挨拶なんて、しないほうがいいと思うけどな。結婚式の挨拶じゃないんだから。気楽な感じでいいんだよ。そういう人だから」

「でも、ややこしいことに詳しくて、難しい話をいっぱいする人ですよね」

「それと同時に『頑固親父攻略法』を教えてくれる人でもある。気楽に顔を合わせればいいんだよ。あんまり堅苦しくすると、向こうも戸惑っちゃうぞ」

それはあるかもしれない。だが、それはそれで……良いところを見せたいではないか。『梶君にピッタリやな』とか言わせたい。やはり、挨拶の時点で、しっかりとした印象を……いや、待て。しおらしさを見せた方がいいのか。だが、しおらしさを感じさせる仕草って何だ。自分が一番不得意な分野ではないか。

ああ、落ち着かない。激しく頭をかく。

その時、背から声がかかった。

「梶君、待たせたな。その娘さんか」

ヤッさんか。

振り向くと同時に、深々と一礼。もう、最初に考えた文言でいくしかない。由香は一気にまくし立てた。

「お初にお目にかかります。私、梶良平の同僚、嶋由香と申します。本日は貴重な時間をたまわり、誠にもって強烈地獄……いや、恐悦至極」

何の反応も無い。何なんだ、この沈黙は。

頭を上げるに上げられない。言い間違いが機嫌を損ねたか。関西のおじさんは、自分がいい加減でも、他人には厳しいところがある。この人もそうか。

「梶君」

ようやくヤッさんが言った。

「わし、帰るわ。仕事の件は、また日を改めて。それと……その娘さんはやめといた方がええで。元気やったらええ——それだけで育てられてきた子やから」

何なんだ、この親父。初対面で、そんなこと言うか。頭に血が昇るとは、このこと。即座に体を起こし、ヤッさんなる親父をにらみつけて……啞然。

「父さん」

思わず声が漏れ出た。

「なんで、ここにいんの」

「それはこっちのセリフやろ。ほなな」

そう言うと、父は背を向けた。

こんなことってあるか。会うのは『ボランティア会の副会長ヤッさん』のはず。だが、現れたのは、水族館を毛嫌いする父。こんなことはあり得ない。あれだけ毛嫌いしておいて、ボランティアをする人なんているのか。

何がなんだか分からない。まったくもって、理解不能。だが、会ってしまったことは事実なのだ。このまま帰すわけにはいかない。

「ちょっと、待って」

由香は一歩前へと踏み出した。

「なんだか、不意打ちみたいになっちゃったけど、わざとじゃない」

父は足を止めた。が、振り返らない。背を向けたまま「元気そうやな」と言った。

「けど、その元気、少しは母さんにも見せたれ。それから、物事には、もうちょっと真剣に向き合うようにすることや。わしが言えるのは、それだけやな」

「それだけって」

もう一歩前へ。

「確かに、元気だけが取り柄だけど……それでも、私、一生懸命、やってきたんだから。それで、先輩と会って、好きになって、約束したんだから」

もう真っ赤。そして、仁王立ち。

大声で怒鳴った。

「父親なら、話ぐらい聞けっ」

展望広場にいた親子連れが周囲に集まってきた。

また、やらかしたか。いや、違う。今度は、わざとやった。父は常識人。衆人環視の中、黙って立ち去れるわけがない。

案の定、父は振り返った。そして、顔を先輩へと向ける。あきれたように肩をすくめ「見ての通りや」と言った。

「全然、周りが見えとらんやろ。自分の思いにまかせて、突っ走る。子供の頃から、そうやねん。君にも面倒かけとることやろ。すまんこっちゃ。ほなな」

父は先輩に向かって頭を下げた。再び背を向ける。

「お待ち下さい」

今度は先輩が呼び止めた。

「このようなことになってしまったこと、お詫びいたします。でも、せっかくの機会です。一言だけ言わせて下さい」

父の足が止まった。

「由香さんのことは理解してるつもりです。いいところも、悪いところも。その上で好きになって、将来を誓い合いました。ずっと二人で、お会いできる方法を話し合ってたんです。二人のことを認めていただきたくて」

父はゆっくりと振り返った。黙って、先輩の顔を見つめる。そして、沈黙の間。周囲の人垣の中、子供が楽しそうに言った――ママ、ドラマの撮影やってるよ。ママは口に指を当てた――シッ。

「梶君、本気か」

これはまずい。ここで二人が完全決裂しては、もう修復不能になる。自分がなんとかせねばならない。

由香は慌てて会話に割って入った。

「本気よ、本気。超本気。それしかない」

「おまえは黙ァとれっ」

久々の一喝。口をつぐむしかない。

父は再び先輩を見つめた。

「言うたら何やが……我が娘ながら、ええ加減な子やで。君なら、もっと、ええ娘さんが見つかると思うが」

「由香さんだから、誓い合ったんです。由香さんでなければ、こんなことにはなっていません。私にとって由香さんとは、そういう人なんです」

ああ、聞き惚れる。

仁王立ちのまま、目を細めた。由香さん、由香さん、由香さん……もう二度と耳にすることはないだろう。この言葉を聞けただけで、来た甲斐はあった。

「長々と話す状況やないわな」

父は周囲の人垣を見回した。ため息をつく。

「そういうことなら、わしの言うべきことは、決まっとる。ほんま、悪いな、梶君」

仕方ない。答えは最初から分かっていたのだ。こういう父なのだから。だが、なぜか、父は先輩に向かい頭を下げた。それも、深々と。

「こんな娘やが……何卒よろしゅう頼んます」

へ？

先輩が慌てて頭を下げ返した。

周囲がどよめく――オォ。そして、祝福の拍手。だが、自分は再び唖然とした。信じられない。父の言葉は本心ではないのではないか。この場をやり過ごすために、適当なことを言っているとか。だが、父がそこまで小細工するか。

「ということで」

父は顔を上げた。怖い顔をして、自分の方へとやって来る。

「梶君、この娘、ちょっと借りていくで」

なに、それ？

思わず後ずさりした。

「父さん、もう話すことなんて無いし。もう結論出たんだし」

「おまえには、言っておくべきことが山ほどあるんや。ここにおったら、皆さんの迷惑やろ。ちょっと、わしと一緒に来い」

言葉と同時に、腕を取られた。

従うべきか、従わざるべきか。先輩の方へと目をやる。先輩はうなずいていた。となれば、仕方ない。腕を握られ、展望広場の出口へと引きずられていく。

ママさん達が子供達と一緒に手を振った。

「がんばってねえ」

何をがんばるの？

顔が引き攣っている。由香は黙って手を振り返した。

7

この辺りは自分が生まれ育ったところ。浜でもよく遊んだ。見覚えのある光景ばかりのはずなのだが……。

由香は両手で金網フェンスをつかんだ。

ここは記憶が無い。

海遊ミュージアムを出てから、二人で延々と砂浜を歩いてきた。そして、この謎めいたフェンスに囲われた一画へ。砂浜の中で、ここだけが青々としている。浜を様々な植物が覆っているのだ。

「父さん、ここって、いったい」

返事は戻ってこない。父は携帯で誰かと話していた。が、携帯に向かって「すまんな」と言い、すぐに電話を切る。こちらへと向き、「確認できたで」と言った。

「今、担当者に電話したんや。中に入っても、ええそうやから」

そう言うと、携帯を胸元にしまい、手をフェンス戸へ。筒状の鍵を開け、戸を手前へと引く。フェンス内の土手際を指さした。

「あの木製ベンチに座ろか。ボロボロやけど、まだ座れるやろ」

そう言うと、父は囲いの中へ。草花を踏まないようにベンチへと向かっていく。自分も続いた。紫色のスイトピーのような花を避け、薄紅色の朝顔のような花も避けて、慎重に抜き足差し足。ようやく、ベンチにたどり着く。

「そこも、踏むんやないで」

足元には、光沢のある葉を広げる正体不明の植物があった。気をつけつつ、父の横へと移動する。腰を下ろして、顔を上げた。

菜の花のような花が揺れている。が、菜の花と違って、花はピンクに近い薄い紫色。その先にはベージュ色の砂浜があり、白い波打ち際があった。更にその先には青い海が広がっている。穏やか、かつ、不思議な光景ではないか。

由香は先程の問いを繰り返した。

「父さん、ここって、いったい」

「一言で言えばな、絶滅危惧種の浜や」

絶滅危惧種の浜？　そんな言葉は聞いたことがない。そもそも浜が絶滅するだろうか。怪訝に思いつつ、顔を父へと向ける。

父は言葉を追加した。

「絶滅危惧種っちゅうのは植物にもある。たとえば、この足元。これは浜防風（はまぼうふう）っちゅう植物や。薬草やな。わしの子供の頃には、結構、どこでも見かけた。けど、最近はめったにお目にかかれん」

　父は次から次へと指さし、その名を挙げていった。

「スイトピーみたいな花は浜エンドウ。朝顔みたいな花は浜昼顔。目の前にあるのは菜の花やないで。浜大根や。その周囲に、筆草（ふでぐさ）、海松菜（みるな）、ツルナ。全部、浜辺を生息域にする海浜植物（かいひんしょくぶつ）やな」

「海浜植物？」

「砂浜っちゅうと何をイメージする？　延々と続くベージュ色の砂地やろうな。けどな、本来の浜辺は、結構、緑にあふれとるもんなんや。満潮線（まんちょうせん）から少し離れた砂地に、海浜植物が生い茂るからな」

「でも、どうして、ここだけに？　こんな浜、私、記憶が」

　父は答えない。膝に肘をつき、沖合を見つめた。その格好のまま、黙って見つめ続けている。が、しばらくして、ゆっくりと身を戻し「この街はな」と言った。

「山を削り、その土砂で海を埋め立てて、発展してきた。そうやって、人の住める居住域を増やしてきたんや。ここには、そのための施設があった」

「そのための施設？」

「巨大な鉄骨桟橋――土砂搬出用の桟橋や。この街発展の象徴やった。同時に環境破壊の象徴でもあった。けど、今はもう無い。開発は終了、桟橋は解体されたから」

頭の中に、ようやく、幼い頃の光景がよみがえってきた。

広々とした砂浜の先には、いつも、無粋な鉄骨桟橋が見えていた。子供心に「怖いところ」と感じていたことを覚えている。

「けど、なんで。そんな所に絶滅危惧種が」

「事故防止のため、桟橋の周囲は長年、関係者以外立入禁止やった。その関係者も桟橋の下では作業はせん。つまり、この辺りの浜には、誰も足を踏み入れんかったんや。土砂搬出桟橋の稼働期間――三十数年間、ずっとな」

黙って、唾をのみ込んだ。阿波先生の言葉は、まだ頭に残っている――まずはな、人間から切り離すんやな。

父は咲き乱れる花々を見渡した。

「こんな光景、誰が予想したやろうか。環境破壊の象徴やで。そのたもとで、絶滅危惧種が復活。まさしく、奇跡の浜と言うてええやろ。けど、これほど、皮肉な光景があるやろか」

そう言うと、父は唇をかみ、再び黙り込んだ。穏やかに揺れる花々を、黙って見つめている。だが、しばらくして、意を決したように言った。

「わしは話さんとならん」

父は再び語り始めた。

「なんで、水族館が嫌いやったかを。そんなわしが、なんで、ボランティアをやっとるのかを。ただ、そのためには、『そもそも』から話さんとならん」

まさか、父がそんなことを言い出すとは、思いもしなかった。聞かないわけにはいかない。黙って、父の顔を見つめる。

父は独り言のように「昔からな」と言った。

「この街は水と格闘してきた。背に山、目の前に海。平地が少ない。河川は流れが速く、荒れやすい。その一方で、干ばつに強いわけでもない。わしらの先輩らは、苦労に苦労を重ねてきた」

この街の歴史は、小学生の頃、習ったことがある。

「まずは川筋を整え、土手を整備。次いで、上水道に下水道。特に、下水道はさほど昔の話やない。わしが子供の頃、郊外はまだ未整備やったから。当然、衛生環境もそれなりで」

父は途中で言葉をのむ。突然、こちらを向いた。

「おまえ、ハエ取り紙って知っとるか？」

「え、何紙？」

「ハエ取り紙。わしの子供の頃はな、ハエを取るために、粘着性のテープを天井から吊しとったんや。魚屋とか八百屋とか、生鮮食品を扱う店頭には必ずあった。おまえはハエ取り紙どころか、ハエさえ、最近、見とらんやろ」

そう言われれば、最近、ハエを目にしていない。

父はゆっくりと顔を戻した。

「その快適さは、いったい、何の代償なんやろな」

そうつぶやくと、唇を固く結ぶ。そして、そのまま黙り込んでしまった。潮風の中、しばしの沈黙。自分は、ただただ、話の再開を待つ。

しばらくして、父はようやく唇を緩めた。そして、大きく息をつく。「わしらはな」と言い、話を再開した。

「よう分かっとるねん。削る前の山がどんな姿やったか。埋め立てる前の海流がどうやったか。どこに野鳥の営巣地があって、どこに魚介類の繁殖地があったか。いわば、いろんなモンを犠牲にして、快適なモンを提供してきたんや。この手でな」

父は両手を広げ、手のひらを見つめた。その手は日に焼け、ひび割れ、所々皮膚が剝がれかけている。

「むろん、その誇りはある。と同時に、どこかに、後ろめたさみたいなもんもある。今、うっとりして『自然を守れ』と唱えとる人達に、その後ろめたさはあるんやろか」

父は広げた手を握った。

「先日、市の外郭団体が管理するホテルでな、自然保護に関する集い（つど）があった。人工島にあるオーシャンビュー・ホテルや。その中庭でバーベキューをやりながら、『自然を守ろう』って言うてはった。次回の予定は、山手側にある植林公園とのことでな」

父はため息をつく。「わしゃあ、思うた」と言った。

「そらあ、全部、元々の自然を壊して、人の手で作り上げたもんやないか。別に、理念に反対する気は無いんやで。けど、こう思う。そらあ、ちょっと『オイシイとこ取り』すぎんかって」

「それは」

言いかけて、言葉に詰まる。父は話を続けた。

「そんな姿が、うちの親父――つまり、おまえのジイさんの姿に重なる。全ての苦労をお袋――おまえのバアさんに押しつけて、自らは見ず知らずの人達に、高邁（こうまい）な理念を語る。わしゃあ、子供心ながら、『なんちゅう理不尽なんやろ』と思うたもんや。オイシイとこ取りやないか」

父の思いは、分からないでもない。

「同じ思いを水族館に対しても持ってきた。臨海部の開発地にあって自然保護を説くって、何なんやろ。これまた、オイシイとこ取りやないか。おもしろうない。ずっと、そう思い続けてきたんやが……ある日のことや。思いもせん写真を目にした」

「写真？」

「ここの写真や」

父は絶滅危惧種の浜を見渡した。

「同僚が桟橋解体前の下見に行って、ここの写真を撮ってきたんや。わしゃあ、一日で分かった。で、ここにすっ飛んできて……震えた。膝から崩れて、泣いてしもうたわ。わしの卒業論文は海浜植物。まさか、何十年もたって、こんな光景に出会うとはな」

祖父を嫌いつつも、父が同じ道に進もうとしたことは知っている。

そっと父の横顔を見やった。目元が潤んでいるような気がしてならない。

「誰が想像できたやろか」

父は大きく息を吸った。

「専門家も予想すらできんかったやろ。これは自然からの強烈な皮肉と言うてええ。わしゃあ、自分がちっぽけに思えてきた。その時も、浜大根の花が揺れとってな。まるで、せせら笑っとるように見えた。『なに、こだわっとるねん。あほかいな』ってな」

浜大根の花は、今も海風に揺れている。

「そこから先は、よう覚えとらん。浜をフラフラと歩いて、気づくと、海遊ミュージアムまで来とった。玄関の柵に手書きの講演案内ポスターが貼ってあってな。その時の講演者は内海哲夫や。わしゃあ、その名前に聞き覚えがあった」

「そりゃあ、アクアパークの館長やから」

「いや、それで知っとったわけやない。その昔、富山湾の港湾整備の中で、ホタルイカの群遊海面を守り抜いた人としてや。そやから、若い頃から名前は耳にしとった」

父は深く長い息をついた。

「ホタルイカ群遊海面を守った内海哲夫――恨めしくもあり、羨ましくもあり、嫉ましくもあり。けど、今は水族館のお人や。言わんとすることは、聞かんでも分かる。そのくらいのつもりで、会場に腰を下ろしたんやが……わしゃあ、自分の耳を疑うた」

父は思い返すように目をつむった。

「内海さんは、こう言わはったんや。『自然に関する事柄で、正しすぎるもの、立派すぎるものは、ロクな事がないんです』ってな。もう、その場で引っ繰り返りそうになったわ。で、続いて言わはった――『自然はバランスです。それを無理やり善悪の二つに分けてしまうと、かえって、何もかもがおかしくなってしまう』ってな」

父は目を開ける。思い出し笑いのように息を漏らした。

「不思議なお人やった。結局、最後までかじりつくようにして、話を聞いてしもうた。で、思うたんや。なんや、分野は違うけど、目指してきたことは同じやないか」

「同じ？」

「バランスとはな、ある意味、妥協や。どこかで妥協せんと、暮らしは回らん。ただし、この妥協は真剣勝負や。意見の異なる者と額を突き合わせ、ギリギリの線を探るんやから。わしゃあ、それをずっとやってきた」

そのことは、なんとなく分かっている。子供の頃、父はよく夜遅くに帰宅していた。疲労の色を濃く滲ませつつ。時には、帰宅が明け方近くになることもあった。

「むろん、その落としどころが、全部、正しかったとは言わん。仕事柄、どちらかと言えば、開発寄りやったやろ。けど、その立場に固執したことは無い」

「本当に無い？」

「無いな。別に、高尚な信念からと違うで。実務的な理由からや。わしの経験上、バランスが取れてない計画は、後日、必ず近隣との軋轢やトラブルを生む。結局、余計にややこしくなるんや。かえって、手間を食うのがオチやから。まあ、このバランス、職人的な勘みたいなモンが入っとるけどな」

父はため息をつく。

「わしに言わせてもらえば……今の自然保護活動は、結構、残酷やで。善悪で物事を割り振って、負担を現地に背負わせる。その人達の暮らしをどう守るかは、まったく別の話や。地域経済の話であり、転職支援の話であり。自然保護活動とは関係無い」

「でも、それは、ある程度、仕方ないんじゃ」

「第三者は、そう言えるやろ。けど、暮らしに支障が出てきた人達はどうやろ？　それで納得できるんやろか。結局、出てくるのは不信と不満。どんなに素晴らしいルールを作っても、そんな人達が守ろうと思うんやろうか。わしは思う。『自然を守る』とは、『自然に関わる暮らしも含めて守る』ということ。そうと違うんかなって」

父の顔が少し赤く火照っている。こんな顔は初めて見た。

「まあ、ええ。取りあえず、その夜のことや。わしゃあ、家に帰って、初めて親父の本を手に取った。嶋孝一郎論文集やがな。親父の論文だけやのうて、現在の研究者による解説とかも載っとった。読んでみたんやが……いや、意外やったな」

「意外？」

「親父は、当時、キワモノ扱いされとったらしい。学問の本流から外されただけやない。一時は職を追われそうになるくらいやったようや。職を守るためには、理解者を増やさんとならん。で、各地を訪ね歩いた。自分の子供——わしが理不尽に感じるくらいな。けど、結局、支持してくれたのは、数人の研究者だけ。全体からは締め出されてしもうた」

「あの、どうして？」

「時代の先を行きすぎたんやろ。『人の営みも含めて、社会全体を一つの生態系としてとらえる』──今なら、似たような切り口は幾らでもある。けど、当時は高度成長期やで。社会発展の否定論者扱いや。けど、それでも、自説にしがみつく。そこから離れられん。考えてみれば、憎むべきというより……憐れむべき男やないか」

子供の頃を思い返してみた。父の言う通りかもしれない。祖父はいつもどこか寂しそうにしていたような気がする。

「本を閉じて、わしゃあ、胸の内で問うた。『親父、あんたなら、あの奇跡の浜、どうする？』ってな。答えは返ってこん。胸の中の親父は、にこやかに笑ろうとるだけやった」

父は思い返すように目を細めた。

「けど、まあ、わしにはわしのやり方がある。で、早速、翌日、海遊ミュージアムに行ったんや。で、ボランティアの登録をした」

「なんで、ボランティアの登録？」

「ここは土砂搬出桟橋があった場所なんやで。役所勤めの身分で動いたら、『何か別の思惑があるんと違うか』って勘ぐられるがな。ボランティアなら、難しい要件はいらんし、即日、登録できる。しかも、海遊ミュージアムの人脈も看板も使い放題や。

これを生かさん手は無いやろ」

父の口調はだんだん『ヤッさん』らしくなってきた。

「わしゃあ、館長さんの紹介で、沿岸植生の権威に何人か会った。で、その連名で『この浜は残すべき』という意見書を書いてもらったんや。と、言うても、文面はわしが用意して、署名をもらいに回っただけやけど。で、わしは役所側の担当窓口として、シレッとそれを受け取った」

あきれた。

「行政っちゅうのはな、費用と人手が工面できて、大義名分があれば、あっけないくらいスムーズに事が進むもんやねん。フェンスの設置費用ぐらいなら、解体作業項目の中に入れてしまえばええ。人手はボランティア会の方で、なんとかなる。で、浜は残ることになり、今に至るや」

父は浜大根の花を見つめた。今もまた、海風で揺れている。せせら笑うようにか？いや、そうは見えない。歓迎するかのように揺れている。

「目的は達成できた。となれば、ボランティア会におる必要も無い。ただ、すぐに退会ちゅうのも具合が悪い。いずれ機を見て、と思うとったら、梶君に出会うた。わしゃあ、会ってすぐに、彼に惹かれてしもうた。彼はつらい思いをしてきとる。わしには彼の気持ちがよう分かる」

それについては、理解できる。二人とも長年にわたって、父親との確執を抱えてきた。父も先輩も似通ったところがある。

「彼から結婚について相談された時は、そらあ、嬉しかったで。何でも力になってやろうと思うた。取引先からアルバイトまで含めると、水族館はかなり女性と出会える職場や。彼が思いを寄せたなら、きっと素晴らしい女性なんやろうと思うた。けど、まさか、それが」

父は不満そうな顔付きで自分の方を見た。

「おまえやとはな」

「父さん、その言い方は、ちょっと」

「おかしくないやろ。梶君は、何にせよ、自分の頭で考える。責任感が強いから、抱え込んでしまう。おまえは、何かと、人任せ。いい加減で、手抜きする。しかも、時折、自分の気分で暴走する。この二人がくっつくとは、誰も思わんやろ」

「あのう」

上目遣いで、父を見た。

「一応、私、娘なんで……もう少し持ち上げてくれても」

「おまえは、めったに帰ってこんし、近況報告すらろくにせん。そやから、家におった頃のおまえしか分からん。その頃は、そうやったと思うが、違うか」

「違って……ないです」

「そんな二人が惹かれあったなら、たぶん、おまえが変わったんやろ。人は、ふとしたことで、変わることがある。わし自身が、そうやから。長年にわたるこだわり――それが、ある日、ぽろりと取れた。むろん、根っこは何も変わっとらんやろ。けど、今までに無い目で、物事が見れるようになってきた」

それはあるかもしれない。アクアパークに入る前の自分を思い返すと、少しばかり恥ずかしい。

「結婚のことは、好きにしたらええ。けど、全部、梶君に相談せえ。本に書いてあることなんか、気にせんでええ」

「本に書いてあること？」

「彼と彼の実家の関係は、まだまだ、これからやろ。『両家のバランスを取って』なんぞ言い出したら、彼は追い詰められる。梶君が板挟みになるようなことは、しとうないんや。そやから、わしの方から、あれこれ口を出すことはない。そう思うてくれ」

「父さん……」

結婚の当事者は、むろん、自分だ。だが、そんな自分より、父は地に足を付けて、物事を考えている。

「おまえ達の職場アクアパークは、今後、どうなるか分からん。いや、水族館という存在そのものが、今後、どうなっていくか分からん。おまえ達は、公私にわたって、険しい道を選んだのかもしれんな」

「そのことは……分かってる」

「なら、何もかも手に入れようと思うな。優先順位をつけて、何かを我慢するっちゅうことも必要なんやで。ええか。これは親としての言葉やない。人生の先輩としての言葉や。そう思うてくれ」

何ら異論は無い。黙ってうなずくと、父は安堵の息を漏らし、ベンチの背にもたれる。「分からんもんや」と言った。

「わしゃあ、おまえが安穏な暮らしを求めとるもんとばかり思うとった。むろん、その方が、親としては安心できる。けど、今の方が」

「今の方が？」

父は答えない。黙って、海の方へと目を向ける。独り言のように言った。

「共感できるわな」

驚いた。そんなこと、父さんが言うなんて。

目を見開いて、父を見つめた。

しかし、父はこちらを向こうとは、決してしない。ただ、海を見つめ、まぶしそうに目を細めている。そして、小声で付け加えた。

「そういうこっちゃ」

いかにも、父らしい一言だった。

第五プール　アクアパークの原点

1

今週より梅雨入り。本日は、さえない曇り空。だが、ヒヨロと咲子がいるイルカプールは明るい。

「由香先輩、おしっこしましたぁ」

「しましたよぉ」

二人が声を張り上げ、手を振っている。

由香は観客スタンドで手を振り返し、バインダーの書類に書き込んだ。

『採尿トレーニング完了』

赤ちゃんのトレーニングは順調と言っていい。難航すると思われていた採尿トレーニングは、あっさりと終了。意外ではあるが、その理由は簡単。おもしろいから。サインでニッコリーと一緒に浅瀬へと上陸。次のサインで、おしっこシャーッ。そりゃあ、おもしろいだろう。

　その反面、最重要である体温測定は、遅々として進んでいない。その理由も簡単。おもしろくないから。トレーニングの初段階は地味なのだ。何もせず、ただ浮いているだけ。そりゃあ、おもしろくないだろう。

「ま、予想の範囲内だよな」

　とにもかくにも、赤ちゃんはマイペース。トレーニング進捗の予測は難しい。ただ、一歩一歩進んでいるという実感はある。その一方、プレゼン準備の方はと言えば……進んでいる実感は無い。そろそろ、資料作りに着手せねばならない。だが、いまだ手探り状態。何も決まらぬまま、本番が刻一刻近づいてくる。

　もう逃げ出したい。同じ仕事でも、ルーティンワークがしたい。いつも通りの仕事がしたいのだ。そう、自分もイルカプールへ行って……。

「おしっこしたい」

　違うだろ。しっかりしろ、私。

　自分で自分の頭を叩いた。最近、頭の中がこんがらがって、わけが分からなくなりつつある。しっかりしろ、えい。頭を叩く。ポコリ。何やらいい音がするではないか。では、もう一回。ポコリ。

背後でシャッター音がした。

「いい絵が撮れた」

慌てて振り向く。

観客スタンドの階段に黒岩さんの姿があった。その手にはカメラがある。

「苦悶の姿ということにしとくか。わけの分からない仕草をさせると、あんたは一流だな。実に絵になる」

「あの、そのフィルム、渡して下さい」

「もうフィルムカメラなんて使ってねえよ」

黒岩さんは笑いながら階段を下りてくる。

「耳に入れておきたいことが、二、三ある。時間が無いんで、要点だけになるが」

黙ってうなずくと、黒岩さんはカメラをしまい、黒鞄を座席へと置く。隣の席に腰を下ろした。

「まず一つめ。数日のうちに、市から正式の連絡があると思うが……ブルーステージ2が、プレゼンから下りたらしい」

「下りた？　本当ですか」

「正確に言うと、プレゼンから下りて、自分達も大本命に合流することにした。つまり、あんた達が戦う相手は、大本命に一本化したってことだな」

「例の大企業連合体『臨海再開発事業体Ｂ３』だよ。長ったらしくて、呼びにくいな。取りあえず、今は『事業体Ｂ３』と呼んどくか。ともかく、ブルーステージ２は、この事業体Ｂ３に合流した。あんた達からすれば、戦う相手の数は減。が、合体して、より強敵になったってところだな」

唾をのみ込んだ。合体でどんどん強くなっていく。そんなゲームがあったような気がする。

「ちなみに、この件には、どうも裏がありそうだ。事業体Ｂ３とブルーステージ２は、互いにライバル関係のはず。だが、どちらにも、同じコンサルティング会社がかかわっている。普通なら、ありえんだろ。いきなり辞退なんて聞くと意外に思えるが、もしかすると、最初から、そういう話になっていたのかもしれないな」

「あの、それって……」

「大本命の事業体Ｂ３だけじゃ、いかにも出来レースだろうが。だが、一次選考で二団体を選出。参加者の都合で、一方がもう一方に合流。結果としては大本命が残る。よく出来た筋書きだ。倉野さんがよく言う『ゴニョゴニョ』ってやつだな」

「大本命？」

「そんな」

「この程度で動揺せんでくれ。耳に入れときたい情報は、まだ二つあるんだ」

そう言うと、黒岩さんは手を仕事鞄へ。書類を取り出し、差し出した。

「これはプレゼン本番の実施要項。たぶん、今日にでも、郵送で届くだろ。まあ、目を通してくれ」

手に取って目を走らせた。細かな項目が箇条書きで並んでいる。

「見ての通り、実施時期は七月末。週末となるが、当然、主催者である千葉湾岸市のトップ、それに関係部局のトップは出席する。それに加えて、参考人的立場で諮問委員会の座長。あと、臨海公園の運営方針を決める関係者総会から数名かな」

これは予定通りだ。

「むろん、プレゼンの当事者であるアクアパークと事業体Ｂ３も出席だ。ちなみに、プレゼン自体は公開。オブザーバーとして、誰でも傍聴できる。もっとも、実際には関係者しか来ないと思うが」

容赦なく物事は決まっていく。特に、こうして書面で目にすると、なにやら急き立てられているような気がしてならない。

「場所は臨海公園にある千葉湾岸ホテルのＢホール。市の外郭団体が運営してるホテルだから、これは当然だな。このホールはよく会議場として使われてるから、一通りのプレゼン演出は可能だろ。必要になるなら、自分達で用意するなら、プレゼン用の機材を持ち込んでもいいそうだ。必要になるなら、俺に言ってくれ」

「ありがたいお話なんですけど……私達には使いこなせないです。せいぜい、照明くらいになるかと」

「照明くらいなんて言うな。照明はプレゼンテーションの基本だ。具体的なことは、あとで教えてやる。できることなら、事前に会場を借りて、練習するんだな。映像技術的なことを駆使したいなら、知り合いを紹介してやる」

ここで、黒岩さんは息をつく。「ただし」と付け加えた。

「あんたの言うことも、もっともだ。派手な演出路線で戦うのは、やめておいた方がいい。向こうには、その手のプロがそろってる。華麗な映像美を作り上げ、イメージ映像の連続で圧倒してくるだろ。同じ土俵で戦っちゃ、勝ち目は無い」

「重々、肝に銘じます」

「じゃあ、次はプレゼン本番の段取りだ。それは次のページにある。見てくれ」

ページをめくって、次の要項へ。また細かな項目が並んでいる。

「それぞれの持ち時間は三十分。五十音順にプレゼンをする。相手のプレゼンは、聞いていても構わない。両者のプレゼン終了後に質疑応答。そのあと、市の関係者は別室に移動して軽く協議する。で、正式の決定は後日、プレゼン当事者あてに行い、すみやかに公表する。ま、ありがちな段取りだな」

「いかにも市主催って感じです。可も無く不可も無く。標準的ですね」

「と、思わせるのがミソだ。いかにも公正に見える」

「見える？」

「この実施要項に従うと……あんた達が先にプレゼンすることになる。三十分かけて懸命にアピールしたあと、事業体Ｂ３が三十分かけて、そのアピールポイントを一つ一つ潰していく。圧倒的に不利になるな」

「でも、それは……五十音順だから仕方ないです」

「お人好しというのは、あんたみたいな人間のことを言うんだよ。あんた達の名称は何だ？　『アクアパーク』だろ。前々から、誰もが知っている。その一方で、新規事業者は仮称アリで、自由に変更できるんだ」

あ……。

「気づいたか。五十音順ルールとするだけで、あんた達の先攻は確定するんだよ。公正でもなんでもない。公正を求めるなら、くじ引きにするだろ」

「黒岩さん、それじゃ、アクアパークは」

「おっと、愚痴はあとにしてくれ。耳に入れておきたい情報はまだあるんだ。情報の三つ目。これはどれだけ正確か分からんが……どうも、事業体Ｂ３はかなり大規模なプランを考えているらしい」

「大規模？」

「今のアクアパークを潰して、大々的に建て替え。水族館を中心とする複合施設を建てる。で、彼らは賃借して施設を運営。手法は幾つもある。借地方式とか、建設協力金方式とか。商業施設開発なんかで用いられる開発手法だな。このプランでは、千葉湾岸市は単なる大家だ。もう運営責任は無い」

息をのんだ。ライバルが大規模なプランでくることは、予想していた。だが、はるかに予想の範囲を超えている。

「アクアパーク裏手にある東の浜も、遊園施設と駐車場として整備される。これで市の汚点は見事に消えることになる」

「汚点?」

「東の浜も人工海岸。だが、管理し切れなくて、立入禁止になってる。市からすれば、失敗行政そのもの。残しておきたくはないだろうから。まあ、全部、確証がある話じゃない。いろんな業者筋から聞いた話を、俺なりに整理したもんだ。どこまで本当かは分からない。だがな」

黒岩さんは肩をすくめた。

「これだけの規模となると、隠し切れないもんだ。協力業者をはじめとして、いろんな所から情報が漏れてくる。それに、事業体B3は大本命。隠す必要性も無い。圧倒的な差を見せつけて、アクアパークが戦意消失するなら、より結構ってところだ。ただ」

「ただ？」

黒岩さんは答えない。眉をひそめて、腕を組む。少しばかり考えこみ、「どうなんだろうな」とつぶやいた。

「立地条件を考えると……ちょっと、このプラン、やり過ぎのような気がする。収支尻が合うとは思えない」

「じゃあ、損を覚悟で、このプレゼンを取りにきた、ということですか」

「そんな馬鹿をするわけがない。彼らは事業のプロだ。そこで思い当たるのは再開発地区B3エリア、大規模商業施設の予定地だ。今のところ、国内最大級の商業モールが計画されてる。それを前提に考えればどうなる？」

「どうなるって、言われても」

「新しい水族館は商業モールのための集客施設。そう考えれば、どうだ。彼らにとっちゃ、水族館の意義なんて知ったこっちゃない。ど派手な内容で目を引いて、商業モールの客を連れてきてくれるなら、それでいい。うまくいけば、お釣りが来る」

「そんな」

「俺の推測が当たってるかどうかは分からない。だが、こう考えると、いろんな辻褄（つじつま）があってくるんだ。出来レースの匂いをプンプンさせてでも、市はこの件を進めようとしてる。裏に別の思惑がある――そう考えるのが自然だろうからな」

「じゃあ、アクアパークは何をしたって勝てない……そういうことなんでしょうか」

「それを、当事者であるあんたが、俺にきいてどうする？　あんたが分からんなら、俺だって分からんよ」

黒岩さんは苦笑いした。

「ただ、この件については、今後、多くの人が知ることになる。俺が撮ったものは、今週、地元ケーブルテレビで流れる。今月中旬には、ローカルテレビ局で特集の予定だ。市も事業体B3も、これ以上、ミエミエのことはできんだろ。残念ながら、俺にできることは、ここまでだな」

「あの、本番の日に、黒岩さんは？」

「立ち会えそうに無い。アシスタントとカメラマンは行くと思うがな。俺は、その辺りの日程で、別件が入りそうなんだ。その代わりと言っちゃなんなんだが……一つ、余計な助言をしといてやる」

黒岩さんが自分の方を見る。「いいか」と言った。

「彼らは事業のプロだ。だが、プロっちゅうのは、高度で難しいテクニックに酔ってしまうことがある。で、足元の大事なことを、見落としてしまうんだ。俺には、今まさしく、そうなってるような気がしてならないがな」

「あの、その足元の大事なことって」

「それを考えるのは、あんたの仕事だろ。話はここまで。じゃあな。俺はもう行かなくちゃならない。体に気をつけろよ。アクアパークだけが人生じゃない」

黒岩さんは鞄を手に取り、席を立った。そして、階段の方へ。最上段へと向かっていく。できることならば、呼び止めたい。だが。

それをして何になる。

由香は黙って目をつむった。

2

アパートの外は、しとしと雨。先輩と二人、夕食を取っている。本来ならば、やすらぎのひとときのはず。だが、食事は喉を通らない。

由香はため息をつき、茶碗を置いた。

「どうした？　食欲が無いなんて珍しいな」

「先輩」

口にするのも恥ずかしい。だが、ためらってはいられない。

「私、考えたんです。アクアパークの名前、一時的に変更したら、どうでしょうか。

できれば『ン』で始まる名前に。でないと、このままじゃ……」

「なんだ、仕事の話か。プレゼンをする順番の件だな」

　黙って、うなずく。

　先輩は笑って茶碗を置いた。

「さすがに『ン』から始まる名前なんて無理だろ。それに、どのみち、向こうは仮称でもオーケーなんだ。いくらでも名前を変えられる。意味が無い」

　また、ため息が出た。

　自分の浅知恵など、この程度のもの。やはり駄目らしい。

「そんな顔するな。今、千葉湾岸市に申し入れてる。『先に臨海再開発事業体Ｂ３にプレゼンをしてもらいたい』って。もともと、こちらの手の内はバレバレなんだ。その一方で、向こうの手の内は分からない。なのに、こちらが先攻なんて、あまりにも公正さに欠ける」

　瞬きして、向かいを見つめた。

　これは意外。先輩は強気だ。

「それに、向こうは新規参入で、どんな絵空事でも言える。それが実現可能かどうか、客観的に指摘できるのは、実際に運営したことがある者だけだ。つまり、俺達だよ。現実味のあるプランでなければ、市だって困るはず。だから、向こうが先で、アクアパークはあと。それでなくちゃな」

「千葉湾岸市、のむでしょうか」

「分からない。ただ、役所の人って、『公正じゃない』って言われるのを、極端に嫌うから。ライバルの臨海再開発事業体B3が『構わない』って言えば、この順番で落ち着くんじゃないかな」

「でも、ライバルは絶対、反対しますよね」

「いや、しないと思うな。向こうも、こんなところでは、揉めたくないはずなんだ。揉めた結果、他に飛び火して、突っ込まれることの方がずっと嫌だろ。たとえば、ブルーステージ2との統合。こんなの、異例中の異例なんだから」

先輩は冷静に対応している。自分は空回りばかりで、何の役にも立っていない。

「そんな顔するなって。俺だって、実施要項を見た時は、焦ったんだ。けれど、ヤッさん――おまえの親父さんからアドバイスもらってな。そのアドバイスに沿って動いてみたら、案外スムーズにいった。案ずるより産むが易し。まさしく、それだよ」

そう言うと、先輩は手を食卓テーブルの湯飲みへ。昨年の夏、先輩のお父さんからもらった浜焼きだ。自分もその湯飲みを手に取った。そして、二人同時にズズーッ。更には、二人そろって湯飲みを置き、一緒に一息つく。

「そんなことより、問題は」

先輩は少し表情を曇らせた。

「俺達自身が何をプレゼンするかだろうな。相手がどう出てくるかも重要だけど……まずは、自分達の方向性を決めないと。そうしないと、対応策も練りようがない」

「それは、そうなんですけど」

「材料は十分に集まったと思う。もう、コンセプトの違う水族館が三館くらい建てられるんじゃないか。けど、それをどう組み立てていくか。まだ方向性が見えてこない」

先輩はため息をつく。後ろ手で床に手をついた。

「ここ数ヶ月、俺達はいろんな人達の意見を聞いてきた。興味深い話ばかりで、胸に迫る話も多かった。けど、それをそのまま、プレゼン資料にしようとしても、うまくまとまらない。まあ、いわば、どれも借り物だからな」

そのことは、自分も感じている。

「やっぱり柱がいる。『アクアパークだからこそ、こうなんです』って言える柱が。別の言い方をすれば、アクアパークの原点であり、土台。手が届く所にあるような気がするんだけど……うまく、つかめない。つかもうとすると、モヤがかかったようになって、消えていってしまう」

「先輩、詩人ですねえ」

「茶化すな。うまく表現できないんだよ」

先輩はまた笑った。

「プレゼン本番は七月末。考える時間は、まだある。集めた材料をまとめるだけなら、十日もあればいい。だから、ギリギリまで考えたい。今週、修太は出張中だから、来週、三人で話し合おう。ウェストアクアの正式な見積もりも、来週の頭に出てくるしな」

少し落ち着いてきた。

「勝負はまだ先だよ。考えることは必要だけど、考えすぎて体力、気力を落としちゃ意味が無い。だから、しっかり食べなきゃな」

先輩は身を起こして、箸を手に取る。自分も手を茶碗と箸へ。

由香は勢いよくご飯をかき込んだ。

3

今日は梅雨の晴れ間。作戦基地の小部屋に、日が差し込んでいる。

由香は窓際で室内を見回した。

左右の壁には、資料が詰まった段ボール箱の山。そして、本棚と書類キャビネット。

大量の資料の間に、テーブルとイスがある。そのテーブルの上にも、資料が散在。イスの上には資料の山。もう座る所も無い。

「まずいよな」

今日、修太さんが出張から帰ってくる。修繕関連の正式な見積もりも届いた。もう待ったなし。プレゼン本番に向け、大量にある材料をどう組み立てていくか、決めていかねばならない。まずは、打ち合わせができるスペースを確保せねば。

「やるか」

由香は袖をまくり上げた。

テーブルとイス上の資料を、順に仕分けていく。文献類は元の本棚へ。図面などのデータ類は元の書類キャビネットへ。それでも残る資料類の山。どれも古そうな書類ばかりだ。どう整理するべきか、見当もつかない。さて、どうしたものか。

「段ボール箱に詰め込んで……あとで確認してもらおう」

まずは、段ボール箱を組み立てた。その中へと順に詰めていく。段ボール箱はたちまち満杯。資料類が山盛りになっている。だが、打ち合わせスペースは確保できた。取りあえず、この箱は部屋隅に置いておくとしよう。

では。

段ボール箱を抱え上げた。そろりそろりと壁際へと移動する。何となく嫌な予感がした。底に少し丸みがあるような気がする。でも、机から壁際まで移動するだけなのだ。問題ない。そう、そのくらいならば……。

ガサッ。

「ああっ、底が抜けた」

詰め込んだ物は床一面へ。ため息が出た。我ながら、あきれる。片付けようとして、更に散らかしてしまうとは。

「一からやり直しだな」

まずは、テーブルに段ボール箱を置き、底をテープで補強した。床へと屈み込む。バラバラに散らばった書類を、一枚ずつ集めていった。薄茶色の更半紙に、ガリ版印刷の書類。どれもこれも古い紙の匂いがする。それらをクリップで留め、段ボール箱の中へ。

次は、冊子類か。

再び、床へと屈み込んだ。これまた、どれも古めかしい。黒表紙で紐綴じ。日焼けし、所々に虫食いの跡があった。そんな冊子類を一冊ずつ拾い上げ、テーブル上の段ボール箱へ。そして、最後の一冊。

『事前協議関連資料』

これも黒表紙。紐で綴じてある。拾い上げて、段ボール箱へ。その時、何かが足元へと落ちた。冊子の間に挟まっていたらしい。慌てて、足元へと手をやる。

古写真だ。

写真は色褪せ、セピア色になっていた。写っているのは、どこかの海辺だろうか。

鉢巻き姿の女将(おかみ)さん達が、浜で手を振っていた。片隅に板桟橋と小舟も写っている。

不思議でならない。見知らぬ風景なのに、なぜか、懐かしいような……。

「どこの写真なんだろ」

写真を裏返してみた。達筆でこうある。

『初摘み祭。海苔(のり)桟橋にて』

海苔桟橋？

もう一度、写真を引っ繰り返し、よく観察してみた。晴れ晴れとした笑顔が並んでいる。どの人も威勢が良さそうで、自分など一喝されそうだ。特に列の真ん中にいる女将さんは、見るからに、そんな雰囲気を漂わせていて……。

――なに、しょぼくれた顔してんだい。

「え、辰(たつ)ばあちゃん？」

慌てて、古写真に目を寄せた。ピントは少し甘いが、辰ばあちゃんに間違いない。

この佇(たたず)まい、他の人に醸(かも)し出せるわけがないのだ。とすれば、この写真の風景は。

「ここなんだ」

今現在、アクアパークが建っている場所――千葉湾岸市の再開発地区。開発前の海に違いない。その風景が今、自分の手の中にある。

頭の中に、父の言葉が浮かんできた。

――その快適さは、いったい、何の代償なんやろな。

あの時、自分はどこか他人事として聞いていた。だが、このことは……他人事ではない。自分は確認せねばならない。何の代償として、アクアパークがここにあるのか。そして、それこそが間違いなく、アクアパークの。

「原点なんだ」

辰ばあちゃんは原点を知っている。その話を聞きたい。いや、何としても聞かなくてはならない。写真を胸元へしまい込んだ。そして、深呼吸。部屋を出る。廊下を走って、階段の方へ。廊下の先から、話し声が聞こえてきた。

先輩と修太さんか。

案の定、階段から先輩が上がってきた。傍らには修太さんもいる。

「おい、どこへ行くんだ。これから、打ち合わせだぞ」

「それが、その……辰ばあちゃんちに」

「辰ばあちゃんち?」

辰ばあちゃんは、今でも、焼ハマグリ屋の店番をしている。だが、昼過ぎに、いったん家へと戻るのだ。お店の邪魔をせずに済むには、この時間帯に訪ねるしかない。

「すみません。今日の打ち合わせは、お二人でお願いします。資料は整理しときました。ただ、昔の資料が未整理のまま段ボール箱の中に……古い資料ばかりですけど、意味があって……それが原点で」

自分でも何を言ってるか分からない。先輩は怪訝そうな顔をした。

「原点？」

「アクアパークの原点です。ああ、なんで、もっと早くに気づかなかったんだろ。ともかく、行ってきます。会って、話を聞かなくっちゃ」

先輩と修太さんは、顔を見合わせている。そんな二人に再度一礼。体を起こして、二人の横をすり抜けた。そして、足を階段へ。

写真を落とさないようにしなくては。

胸元を押さえて、写真を確認する。由香は階段を一気に駆け下りた。

4

辰ばあちゃん宅は、昔ながらの佇まい。外観は板塀に黒瓦（くろがわら）。屋内に入れば襖（ふすま）と畳。和室が連なっていた。昔の漁村を思わせる造りと言ってよい。

「よく来てくれたねえ、嶋さん。まあ、入っとくれ」

恐縮しつつ、廊下から和室へ。

辰ばあちゃんは室内を見回し、ため息をついた。

「散らかしてて、恥ずかしいねえ。見なかったことにしておくれ。孫娘が市民劇団にいてね。『舞台衣装を手伝ってくれ』って言うんだよ。で、この有様でねえ」

言葉の通り、部屋は雑然としていた。古今東西ありとあらゆる衣装が積まれている。壁の付け鴨居には、ちょんまげカツラまで掛かっていた。

「昔の写真はね、納戸の方に置いてあるんだよ。ちょっと取ってくるから、嶋さんは奥の座敷で待っておくれ。ああ、邪魔な衣装は踏んじゃって、構わないよ。大したもんじゃないから」

そう言うと、ばあちゃんは右手の襖を開け、廊下へと出て行く。自分は足を進め、奥の座敷へ。むろん、衣装を踏まないように注意しつつ。襖を開けた。

明るい。

縁側から、初夏の日差しが差し込んでいた。奥座敷は簡素にして整然。奥の壁全面に、布地の旗がかかっている。そこにはダイナミックな大波。その真ん中で、真っ赤な鯛が跳びはねていた。

「大漁旗だ」

自分は昔の海を知らない。だが、こうして向かい合っているだけで、当時の熱気が伝わってくる。目をゆっくりと閉じた。沖合の潮風、小気味良いエンジン音、大漁旗がはためき、威勢の良い声が飛び交う。

そう、海だ。千葉湾岸市の再開発地区は、昔、海だったのだ。

「おやおや。立ったままで、どうしたんだい。座っておくれ」

目を開けると、辰ばあちゃんが戻ってきていた。胸に何冊ものアルバムを抱えて立っている。

「ばあちゃん、この旗は？」

「うちのジイさんが使ってた大漁旗さあね。沖へと出る港は少し離れた所——今は旧港と呼んでる辺りにあったんだよ。うちのジイさん、組合長だったもんだから、なんでも一通りやらなくちゃならなくてね」

「一通り？」

「この辺りの主力は、海苔だったんだよ。時々、ハマグリもやったけどね。その場所はちょうど、この辺り。さっき、玄関で嶋さんが写真を見せてくれたろ。まさしく、それさあね。この家もね、昔は、浜へと歩いていける所に建ってたんだよ」

「あの、初摘み祭って、何ですか」

「初摘みは、その年、初めて採れる海苔のこと。これは別格なんだよ。口溶けが良くって、独特の甘みがあって。この辺りじゃあ、初収穫を祝うことにしててねえ。まあ、言葉だけの説明より、写真を何枚か見た方が早いかね。さあさあ、座っておくれ」

言葉に甘え、腰を下ろした。辰ばあちゃんは自分の右傍らへと腰を下ろし、畳にアルバムを置く。手を表紙へとやった。

「この辺りはね、こういった所だったんだよ」

セピア色の古写真が並んでいた。典型的な遠浅の海が写っている。海面には何本もの竹の支柱。その支柱の間には小舟。漁師さんが網を手にしていた。網目が少し大きい。十五、六センチの四角形と言ったところか。

「これは海苔網。これに海苔をくっつけて育てるんだ。これがまた、細かな作業が多くてねえ。網を常に調整しなきゃならないんだよ」

「網を調整?」

「海苔って、自然界では岩場で育つからね。潮の満ち引きで海水に浸かったり、乾いたりするんだよ。それを再現するために、支柱に張った網を上げたり、下げたり。そうしないと、いい海苔にならなくてね。だけど、これがまた寒くて」

「寒くて?」

「海苔の旬って、冬なんだよ。乾物として売られてるから、皆さん気にしてないけどね。水温が高いと、育たなくてねえ。この写真は、全部、冬の海さあね」

写真を見直した。確かに、漁師さん達は厚着で作業している。

「漁師って言うと、荒っぽいイメージなんだけどねえ。海苔漁師って、細かい作業が多いもんだから、理屈っぽいんだよ。たとえば」

ばあちゃんはアルバムをめくった。事務所らしき所に黒板がある。何やら設計図のようなものが書いてあった。

「これは支柱を建てる位置を決めてんだよ。水深や潮流を確かめた上で、支柱の位置を決めてくんだ。秋から春にかけての潮位も把握しとかなきゃね」

海苔の海は、遠浅の海。そんなイメージは漠然とある。だが、それはなぜなのか。考えたこともなかった。だが、よくよく考えれば当然のこと。遠浅でなければ、支柱が立てられない。

「細かなことと言えば、これも、そうさあね」

そう言うと、辰ばあちゃんはアルバムを次のページへ。

今度は倉庫のような場所の写真だ。片隅に事務机が置いてある。ねじり鉢巻きの人が、机で何かをのぞき込んでいた。のぞき込んでいる物は……顕微鏡か。

「海苔って、暑い夏の間は、牡蠣（かき）の貝殻の表面にいるんだよ。秋になって水温が下がってくると、飛び出して岩場にくっつくんだ。そのタイミングを狙って、網にくっつけるのさ。でも、目では見えないからね。こうやって確認するんだ」

「あの、顕微鏡で？」

「そうしないと、分からないからねえ」

辰ばあちゃんは自嘲気味に笑った。

「だから、理屈っぽいんだよ。酒に酔うと、誰彼構わず、議論を吹っかけたがるんだ。独特の気性だからね、ジイさん、まとめるのに、そりゃあ苦労したもんさ」

辰ばあちゃんは指を写真へ。懐かしそうに写真を撫でた。

「当時は、誰もが思ってたんだよ。こういう暮らしがずっと続くもんだってね。それが、ある日、突然、思いもしない話が飛び込んできた。それが臨海開発の話さあね。当時は、もう、大変な騒ぎでねえ」

ばあちゃんはアルバムをめくった。

威勢の良さそうな漁師さん達が、若い人を取り囲んでいる。その若い人は腕章を付けた背広姿。どう見ても場違いに思える。写真に目を凝らした。腕章のマークは……千葉湾岸市の市章か。

「ばあちゃん、この人は？」

「千葉湾岸市の担当さあね。地元との協議の場には、しょっちゅう顔を出してたんだ。当時は、ほんと、ひよっ子でね。漁師達に囲まれると、泣きだしそうな顔をするんだよ。けど、熱意はあって、いろんな所を駆けずり回ってた」

辰ばあちゃんはおかしそうに肩をすくめた。

「ちょっとズレたところがある子だったんだよ。漁業権の際どい話の最中に、いきなり立ち上がって、『この海は私が取り戻します』なんて言い出したりしてねえ。皆、あきれちまった。けど、そこまで言うなら、きちんとした形で残しておこうということになって」

辰ばあちゃんは顔を上げる。室内を見回した。

「皆、この部屋に集まったんだよ。で、書き上げたんだ。臨海公園の設立趣意書をね。うちのジイさんが案を書いて、皆であれこれ修正して、最後にこの子が清書したんだ。『子供の頃に書道を習ってた』って言ったから、任せたんだけどね。大したことは無かったねえ。たぶん、その時の写真もあるよ。めくってごらん」

アルバムをめくった。これか。

大勢の漁師さん達が中腰になって、座敷テーブルをのぞき込んでいた。その真ん中には、先程の担当者がいる。硯を横に置いて筆を持ち、半紙に向かっていた。

「世の中、分からんもんだよ。この子、臨海開発の仕事で評価されたんだろうね。トントン拍子に出世していったんだ。年を重ねてからは、助役になって、副市長になって。五年前には選挙に出た。今や、千葉湾岸市の市長だよ。信じられないね」

辰ばあちゃんの説明は続いた。その説明を聞きつつ、自分はアルバムをめくっていく。海苔の摘み取り、海苔網の張り替え。乾海苔の加工場、浜での神事。そして、祝い酒に騒ぐ人々――ここには生き生きとした海での暮らしがある。

だが、今はもう、無い。『時代の流れ』なんて言ってしまえば、それまでだろう。しかし、これはテレビ画面の中での出来事ではなく、この地で実際に起こったことなのだ。多くの喪失の代償として、アクアパークはここにある。

「辰ばあちゃん」

顔を上げ、辰ばあちゃんを見た。

「実は、この夏、七月末に……千葉湾岸市相手のプレゼン――アクアパークをどうするかの決定会議があるんです」

「知ってるよ。アクアパークの倉野さんが来てくれてね。状況を説明してくれたんだ。だけど、『ご支援を』とは決して言わないんだよ。なにやら、それが奇妙でねえ」

自分達は市の外郭団体の一つであり、かつ、市から運営を請け負っている立場なのだ。言いたくとも、言えないこともある。

「あの、ばあちゃん」

辰ばあちゃんの顔を見つめた。

「お願いごとがあるんです。その場に……プレゼンの場に、出て下さいませんか」

「それだよ、それ」

辰ばあちゃんは顔を綻ばせた。勢いよく胸を叩く。「任しとくれ」と言った。

「市長以下、偉いさん達にガツンと言ってやればいいんだね」

「いえ、その」

アルバムを閉じた。畳に手をつく。

「見守って下さるだけでいいんです。私達、存続を目指して、精一杯やろうと思っています。無様に負けるかもしれません。でも、でも……結果がどうなろうと……ばあちゃんに見届けてもらいたいんです」

お願いします、と言いつつ、頭を畳へ。辰ばあちゃんは、あきれたように息をつく。

「おやおや」と言った。

「何、やってんだい。頭をお上げ」

ゆっくりと身を戻した。

辰ばあちゃんは目を細めている。

「嶋さんがアクアパークに来て、どのくらいになるかね」

「ええと、この夏で……五年ちょっとです」

「あたしゃあ、あんたが来たばかりの頃を知ってるんだ。それはもう、たどたどしくって、見ちゃいられなかった。けど、行くたびに変わっていくからね、だんだん楽しみになっていったんだよ。けど、まさか……こんなに立派なことが、言えるようになるなんてねえ」

　ばあちゃんは手を目尻へとやる。「喜んで」と言った。

「行かせてもらうよ。あたしゃあ、関係者総会の名誉会員なんだ。出席するぐらいなら、何とでもなるから」

　そして、改めて、目尻を前掛けで拭った。「ちょっと待っとくれ」と言い、立ち上がる。そして、廊下へ。程なく、包みを手に座敷へと戻ってきた。再び腰を下ろし、その包みを畳へと置く。

「忙しいんだろ。精のつく物、食べなきゃね。持っていっておくれ」

　包みから、いい香りが漂ってきた。千葉湾岸市名物——焼ハマグリに違いない。そして、縁側からは潮の香り。これは海からの潮風だ。二つの香りが混ざり合っている。

　これが昔の香りなんだ。

　目をつむって、深呼吸。由香は胸奥深く香りを吸い込んだ。

5

　大粒の雨がガラス窓で潰れた。強い風が窓全体を揺らしている。そして、雷鳴。悪天候は梅雨明けの兆候らしい。だが……本当に梅雨は明けるのだろうか。

由香は唾をのみ込み、汗を拭った。

作戦基地の狭い部屋には、五人が顔を揃えている。テーブルの一方には、先輩と修太さん。向かいには、岩田チーフと倉野課長。そして、パイプイスには自分。

先輩が手元のプレゼン資料をめくった。

「これまでの運営スタンスを変える必要は無い——そう思っています。むしろ、更に、はっきりと打ち出していくべきかと」

由香は今日までの出来事を思い返した。

辰ばあちゃん宅から帰った翌日、自分達はプレゼン資料作りに着手した。『柱』となることを得て、バラバラだった材料がプレゼン資料へと形を為していく。だが、仕上がりが近づくにつれ、迷いが出てきた。

このまま進めてしまって、よいのだろうか。

プレゼン資料には、耳の痛い話ばかりが並ぶことになる。これが常連離れへとつながれば、どうなる？　いや、それ以前の問題だ。資料には千葉湾岸市の偉い人達にとって、おもしろくない事が入っている。プレゼンの場で市側を怒らせれば、どうなる？

先輩がつぶやいた。

「俺達だけじゃ決められないな」

額を寄せ合い、三人で再度検討。まずは、岩田チーフと倉野課長の意見を聞いてみることにした。かくして、五人が狭い作戦基地に顔を揃えている。だが、今のところ、二人からは何の言葉も無い。

先輩の説明が続いた。

「千葉湾岸市は、既に、アクアパークの詳細な運営データを持っています。ですから、企画書本体は必要最低限に留めました。ただし、付属資料としてQ＆Aを付けています。『悩ましい実例』を示し、それに対して『アクアパークはどう考えるか』を記したものです」

先輩の表情は硬い。

「博物学的な観点、倫理学な観点、それらを一般の方々にどう伝えるかという観点。全て『人工海岸に建つ水族館として、どう考えるべきか』に基づき、まとめてあります」

倉野課長が付属資料をめくった。

「随分と細かいな」

「付属資料は運営と直接関係しませんが……アクアパークの運営スタンスを、はっきりと示すために必要かと」

そう言うと、先輩は手を額へ。汗を拭った。冷静沈着に見えるが、先輩も緊張しているらしい。

「プレゼンの順番は『後攻』で確定しました。ただし、持ち時間が三十分であることは変わりません。持ち時間の冒頭で、企画書についてざっと触れ、残りの時間でライバルのプレゼン内容に突っ込んでいく。曖昧にして、ごまかしてる点を指摘するつもりです。それを通じて、アクアパークのスタンスを明確にできれば、と」

先輩は一通り説明を終え、向かいを見つめた。岩田チーフと倉野課長はそろって長い息をつく。まず、倉野課長が口を開いた。

「二つのプレゼンは、対照的なものになるな。向こうの母体には、広告代理店も入ってるんだ。派手な開発と企画を、美しく仕上げてくるだろ。それに対して、アクアパークのプレゼンは地味そのもの。おまけに、耳の痛いことばかりが並んでいる」

倉野課長は隣へと目をやる。

チーフは肩をすくめた。

「立入禁止の東の浜のことまで触れてあらあ。こりゃあ、市の偉いさん達が一番聞きたくないことだろ。プレゼンに勝てなくなるかもしれねえぜ」

先輩は表情を更に硬くした。続いて、修太さんも。もちろん、自分も。

チーフは笑うかのように息を漏らし「まあ」と言った。

「おだてて気分良くさせたところで、立場が良くなるわけじゃねえがな。むしろ、ライバルと同じ土俵に乗っちまえば、勝ち目はゼロだろ。それなら、向こうが絶対に口にしねえ……いや、多くの水族館が口にしねえテーマをぶつけて、アタフタさせる。で、そこに勝機を見出す。そんなところか」

「そんな……ところです」

再び雷鳴。外は荒れに荒れている。岩田チーフは腕を組んだ。沈黙の間。自分達は黙って次の言葉を待つ。

「いいだろ」

岩田チーフは腕を解いた。

「俺と倉野の考えも、おめえ達と大差ねえや。ただし、決定権を持っているのは千葉湾岸市の偉いさん。『水族館はどうあるべきか』なんて考えたこともねえ人達よ。そんな人達にどこまで言うか。耳にフタされちまえば、それまでだからな」

やはり、問題はそこか。

「そのリスクをどこまで取るか。もう、腹くくって決めるしかねえや。だがよ、事は存続に関わる。となりゃあ、内海館長の判断がいる。今の段階で、直接、館長の意向を確認しといた方がいいだろ」

「分かりました。では、私から内海館長にご説明を」

「いや、梶、おめえよりも」

チーフはいきなり自分の方を向いた。

「お姉ちゃん、おめえだ。おめえが内海館長に説明しな。それも、一人で、だ」

「あの、私？」

うろたえた。こんなことを言われて、落ち着いていられるわけがない。

「私、先輩のようには話せないです。たどたどしくって、聞いている方が嫌になります。そんな説明で、館長がうなずいてくれるとは」

「おめえは『証』なんだよ。アクアパークがやってきたことの」

何のことか分からない。怪訝な顔を返すと、チーフは言葉を追加した。

「五年ちょっと前まで、おめえは水族館と何の関係も無かった。『水族』という言葉すら、ピンと来なかったろうが。そんなおめえが、これだけの資料を作れるようになったんだ。つまり、おめえはよ、アクアパークの成果そのものなんだよ」

「あのう、実際に企画書を作ったのは、ほとんど、先輩と修太さんなんです。私はその手伝いをした程度でして」

「関係ねえよ。おめえは、今、ベテランがためらっちまうような事柄に切り込んでんだから。内海館長にとっちゃ、おめえが一人で説明に来ることに意味がある。その説明が流ちょうがどうかなんて関係ねえ」

「賛成だな」

倉野課長も腕を解いた。

「今週にでも館長に話した方がいい。ただ、最近、館内のスタッフ全員、おまえ達の動きを気にしてる。できることなら、人目につかないよう、館外でつかまえろ。そうだな、早朝の浜なんてどうだ？　最近、内海館長は早出をして、浜を走っている。悩ましいことがある時は、浜を走る——それがあの人の流儀だからな」

「けど、私のつたない説明で、館長が納得してくれないとなれば……」

「身内とも言える館長を、納得させられない。それで、千葉湾岸市の偉いさん達を、納得させられるのか」

言葉が無い。

チーフがテーブルに身を乗り出した。

「心配すんねえ。既に館長は、あらかた知ってるから。今、聞いた細かなことは、俺達からも伝えとく。けどよ、最終判断は分からねえ。理想を追いつつも、常に現実的。それが内海館長だから。言外のニュアンスまで含めて、おめえが直接、確認するしかねえな」

窓外の雨音は、ますます激しくなってきている。収まる気配は一向に感じられない。本当に、梅雨は……明けるのだろうか。

「分かりました。説明してきます」

由香は黙って下腹に力を込めた。

6

朝日がまぶしい。早朝の浜辺は爽やかそのもの。予報通り、梅雨は明けたらしい。

だが、自分の思いは、まだ晴れていない。

「嶋さん」

スウェットスーツ姿の内海館長は汗を拭い、浜奥の土手を指さした。

「立ち話もなんですから、あのベンチに座りましょうか」

館長と一緒に土手際のベンチへ。並んで腰を下ろすと、館長は感慨深げに息をつく。

「二回目ですねえ」と言った。

「ジョギング中に嶋さんにつかまるのは。以前にも、似たようなことがありました。確か、嶋さんがアクアパークに来て、初めてのお正月当番の時かな。出向から転籍への切り換え——その相談をされたように記憶してますが」

「その時も岩田チーフに言われたんです。重要な問題だから、内海館長に、直接、相談しろって」

確かに重要な問題だった。だが、所詮、自分一人の問題でもあった。今回は違う。

アクアパークの命運を決める問題だ。

「実は、館長、ご相談事というのは」

「分かってますよ。プレゼンの方向性についてでしょう?」

館長にはかなわない。慌てて、鞄から資料を取り出した。が、館長は笑って手を横に振る。「それも分かってます」と言った。

「私は小心者ですからね、館内LANでちょくちょく資料をのぞいてたんです。要所要所で、チーフ達から報告も受けてますしね。だから、あなた達が何に悩んでるかも分かっています。悩んでる人を前にして、言うのもなんなんですが……『おもしろい方向に進んでるな』と思ってました。なのに、改めて相談とは」

館長は真正面から自分を見る。

「急転直下、『ありきたり』で済ませることにしましたか」

「いえ、そういうわけでは」

館長は身を戻し、大きく伸びをする。空を見上げた。

「嶋さん、私はね、もう次の仕事のことを考えてるんです。早くそれに取りかかりたくて仕方ない」

「じゃあ、プレゼンは諦めて、次の仕事を……」

「そういう意味じゃありません」

館長は笑って顔を戻した。

「ライフワークと言うか何と言うか。私は人間に関する新しい切り口――大げさに言えば、新しい学問分野みたいものを立ち上げたいんです」

「新しい……分野？」

「人間は生き物です。当たり前だと思いますか？　そうでもないんです。なぜって、それを前提にしている学問って、あまりありませんから」

言葉そのものは分かる。しかし、その言葉が何を意味しているのかは、さっぱり分からない。

「その昔、偉大なる哲学者パスカルは言いました。『人間は弱い一本の葦に過ぎない。だが、それは考える葦である』。つまり、人間とは『思考する存在であり、それがゆえに特別な存在』。これが多くの学問の前提になっています」

「あの、哲学の話ですよね」

「いえ、いえ。文系の学問って、大半そうですよ。たとえば、法律や経済――どちらも人間が頭の中で作り出したものです。一例を挙げますと……経済学には貨幣論と呼ばれる分野があるんですが、『紙であるお札が、なぜ、価値を持つのか』なんて研究してる。つまり、自分達で作り出した概念やルールを、自分達で研究しているわけです。では、理系の学問は？」

館長は肩をすくめた。

「確かに、人間を生き物として研究する分野はあります。たとえば、生理学。けれど、ミクロな世界に入り込んでしまい、ヒトとしての姿が見えてきません。文系、理系にわたって『人類学』という学問はあるんですが、進化史や文化論のようなものが中心です。私の関心は、もっと、単純なんです。人間はヒトという生き物。じゃあ、ヒトの生態って、何なんだろう？」

「ヒトの……生態？」

「そうですよ。私達は水族館にいて、常に、水族の生態を考えています。なら、同じように、ヒトという生き物の生態を考えてみてもいいじゃないですか」

生き物ならば、生態があって当然だ。だが、こんな言葉は聞いたことがない。

「何か、いい例はないかな」

そう言うと、館長は頭をかいた。何やら考え始める。しばらくして、何か思いついたのか、「そうそう」とつぶやいた。こちらへと向く。

「実は、私には孫が二人おりまして」

なぜか、館長は世間話をし始めた。

「小学校三年生の女の子と、まだ幼い男の子です。お姉ちゃんは小学校でウサギ当番をしてましてね。春休みでも学校に行って、小屋の掃除をしなくちゃならない」

「まさしく今、その話をしています。すぐに分かりますから。ともかく、話の続きを。ある日、二人の母親から――私の娘なんですが――頼まれました。『所用があって出かけるので、二人の面倒を見てくれ』ってね。その日は、たまたま、お姉ちゃんのウサギ当番の日だったんです。弟くんだけを置いていけませんから、結局、二人を連れて小学校に行くことになったんですが」

館長は嬉しそうな表情で話していた。単なる好々爺の孫話に思える。この行為がヒトの生態という意味なのか。

「予定通り、お姉ちゃんは小屋を掃除し始めました。しばらくの間、弟くんはその様子を黙って見てたんですが、急に何を思ったか、自分も小屋に入っていきました」

「お姉ちゃんの掃除を手伝ったんですよね」

「いえ。弟くんは小屋隅の干し草を抱え上げて、ウサギにそれを与えたんですよ。むろん、誰もそんなことは教えていない。私はびっくりしてしまいました」

何を言われているのか、さっぱり分からない。

「おまけに、この弟くん、このあと、コイ池に移動しましてね、池の橋で泣き出してしまった。彼はコイに自分のパンをあげようとしたんですが、それをすると、自分の食べる分が無くなってしまう。幼い彼は混乱して、泣き出してしまったというわけです。これまた、私はびっくりしてしまった」

「あのう、何にびっくりされてるのか、よく分からないんですが」

「ありえないんです。自然界では、こんなこと」

瞬きをして、館長を見つめた。もう理解不能としか言いようがない。だが、どうやら、そんな思いが伝わったらしい。

館長はその理由を説明し始めた。

「他者のための行動を、一般に『利他的行動』と呼んでるんですが……実は、よく分かっていない行動なんです。研究者達はこれを『広い意味での自己利益のため』と解釈しています。生き物は自己の遺伝子を少しでも残す方向に行動するものだと。たとえば、親鳥が自己犠牲を顧みず、ひな鳥を守ろうとする行動とかですね」

その話なら聞いたことがある。

「ですが、弟くんのケースは、これでは解釈できない。弟くんはヒト。ウサギもコイも他の種です。遺伝子は関係しようがない。しかも、弟くん、自分のパンが無くなるという不利益まで覚悟したんですから、自己利益のためでもない。これはヒト独特の謎の行動なんです」

館長の口調は熱を帯び始めた。

「おそらく、彼はまずウサギの気持ちになり、次に、コイの気持ちになった。むろん、彼はウサギでもなく、コイでもありません。いわば、一方的な仮定のもと、己の情緒として感じ取った。『食べ物が欲しいんだ』って」

館長は息をつき、少し間を取った。が、すぐに話を再開する。「厳密に定義するならば」と言った。

「こんな感じでしょうか。『外部の対象物に対し、一方向的に自己を投影させて、その仮定の元で生じる情緒を、あたかも自己自身のものであるかのように感受する』

——ちょっと、難しいかな」

「難しい……です」

「でも、嶋さん、あなたは誰よりも分かってるはずなんですよ。これって、『感情移入』であり、『擬人化』そのものですから」

息をのんで、館長を見つめた。確かに、そうかもしれない。

「実のところ、外部の対象物は、生き物であることすら必要ではないのです。たとえば、使い込んだ物に対する愛着。これもまた理屈だけでは説明しきれません。ヒトという生き物にはね、非常に広範囲にわたる謎の『共感性』があるのです」

「謎の共感性？」

「そう。ありふれているのに、謎なんです。ある時には『感情移入』や『擬人化』と呼ばれます。また、ある時には『思いやり』や『親切』と呼ばれます。またまた、ある時には『愛着』や『親しみ』と呼ばれます」

「あの、それって、それぞれ別の事柄ですよね」

「先入観を捨てて、冷静かつ客観的に、考えてみましょう。ある個体が『別個体の内面』を、直接、感じることってできますか？　できませんよね」

「それは、そうですが」

「つまり、これらは全て『仮定による情緒』なんです。そして、それの『自己情緒化』でもあります。それがゆえ『一方向的』でもあるわけです。別々の事柄に見えますけどね、共通して、同じ構造的特徴を持っているんです」

館長の指摘は論理的だ。だが、そんなこと考えてもみなかった。

「謎の共感性は、ヒトの行動を動機づける強い要因になっています。なぜ、こんなものがヒトに存在するのか。よく分かっていません。ただ、その効能については、明白です」

館長は海を見つめた。

「謎の共感性のおかげで、ヒトは大きな群れを維持することができたんです。それはやがて『社会』と呼ばれるほどに育ち、複雑な構造を持つようになりました。互いに相手の立場に立つことができるならば、群れの維持は容易になりますから。分業も進み、効率的になりますね。と言うと、良いことばかりのようですが」

防波堤の端で海鳥が鳴き騒いでいる。

館長はため息をついた。

「逆に言うなれば……『同じ情緒を共有できない者は敵になる』ということでもあります。共有できるもの同士がグループを成し、グループ間で戦うようになる。ヒトほど、同じ種同士で徹底的に争い合う生き物も珍しい」

確かに、そういったことを雑誌で読んだことがある。

「そこで、ヒトは新しい方法を模索しました。情緒だけではなく、論理を共有する方法を考えたんです。簡単に言ってしまえば、『話し合い』ですよね。しかし、これには高度な言語能力が必要です。従って、これもまた、ヒト独特のものということになります」

手ひらに汗が滲んでくる。何気ない物事が、別の色を帯びて見えてきた。これが館長の考える新しい視点か。

「良かれ悪しかれ、この謎の共感性が、生き物ヒトの行動を決める一因になっていることは、間違いありません。では、その正体は何なのか」

館長は波打ち際へと視線を移した。

白い波が砂浜を洗っている。

「私はそれを明らかにしたいと思っています。生理学的にどんな内分泌物質(ないぶんぴつぶっしつ)が関わっているのか。人類の進化史の中で、どう変化してきたのか。その変化が、どう文明、文化に寄与してきたのか。そして、この視点を深めていけば……既存の学問も見直せるのではないか」

「見直せる？」

「人間の価値観や行動を、この文脈で再解釈するんです。私はね、今の世の中を見ていると、大哲学者パスカルの言葉を、こう言い換えたいんですよ」

館長は波打ち際に視線を向けたまま、目を閉じた。そして、暗唱する――「人間は考える葦である」と。そして、続けた。

「だが、それは弱い一本の葦に過ぎない」

言葉は元の至言と大差ない。順番を入れ替えただけだ。しかし、それだけで、ニュアンスは全く逆になってしまった。確かに、パスカルが今の世を見たならば……慌てて、同じように言い換えるかもしれない。

「つまり、理念的になり過ぎた『人間観』から『生き物ヒト観』への転換です。全ての大前提が変わります」

館長はゆっくりと目を開けた。

「そうすれば、生物学も行動学も人類学も倫理学も、全部、再解釈され、総合的に論じられる学際的な分野が生まれるはずです。私は今、それを目指しています」

館長の話はアクアパークに留まらない。幅広くて深い。この人は、いったい、どこまで行く気なんだろうか。

「ですからね、もう、まどろっこしくて仕方ない。私に言わせてもらえば、あなた達はまだ『入口の入口』辺りでウロウロしている。迷うところではない。いったい、何をためらっているんです」

「いえ、ためらっているわけでは」

いや、ためらっている。

館長は手のひらで両膝を叩く。「いいですか」と言った。

「ライバルは、間違いなく、人目を引くプレゼンをするでしょう。内容はまさしく良いことずくめ。でもね、物事には必ず、プラス面とマイナス面があるんです」

阿波先生にも、そう言われた。

「特に自然を巡る事柄は、人間の都合通りにはいかない。だからこそ、様々な問題が出てくる。このことについて、この数ヶ月、あなた方は痛感してきたはずです。今なら指摘できるでしょう。一見、良いことずくめの事業プラン――その裏側に何が隠されているかについて」

背にまで汗が滲んできた。

館長の話は、既に、夢から現実へと移ってきている。

「私達のプランがベストかどうかは分かりません。ですが、少なくとも、ごまかしてはいない。プラス面とマイナス面を、冷静かつ客観的に論じています。しかし、ライバルは、どうでしょうか」

　館長は腕を組む。眉をひそめ「もし」と言った。

「全てのプラスとマイナスを客観的に列挙した上で、正々堂々、『だからこそ、今はこの大規模開発が優先されるべき』と言うならば、ある意味、大したものです。論点が明確になりますから。でも、おそらく、そうはならない」

「じゃあ、ライバルは」

「出席者を『うっとり』させることに、力を注ぐと思いますね。なにしろ、向こうにはプレゼン技術に長(た)けた人達がそろっています。百花繚乱(ひゃっかりょうらん)の華麗なるプランで、出席者を魅了しようとしてくる。彼らにとっては、水族館が抱える矛盾や問題点など、どうでも良いのです」

「でも、そう断定することは」

「できません。しかし、楽観的観測でもありません。持ち時間は三十分。我々と違って、彼らは新しい事業について、一から説明せねばなりません。その上で魅了もせねばならない。となれば、悩ましい矛盾など、触れている暇はありませんから」

　館長は冷静にして明快だ。しかし、どうしても解決できないことは残る。決定権を持っているのは水族館関係者ではない。市の偉いさん達なのだから。

「けれど、千葉湾岸市へのアピールを考えていくと」

「心配は分かります。実際、論点整理が不十分なまま、物事が決まっていくことは結構あるんです。今回も、そうなるかもしれません。しかし、それも踏まえて、私はもう一つのことを考えてます」

「もう一つのこと？」

「我々の主張が理解されず、プレゼンに落ちた場合のことです」

息をのんだ。

「プレゼンの概要は、関係者総会を通じて、公表されることになっています。ありきたりの勝負をして負けた——こんな負けに、誰が注目しますか。しかし、『関係者が長年胸に秘めてきた葛藤を堂々と述べて、その是非を問い、その上で負けた』となれば、どうでしょう」

何を問われているか分からない。

館長は腕を解き、淡々と続けた。

「一般の方にとっては大差無いかもしれませんが……同業の人達にとっては明らかに違います。アクアパークは特徴のある、ちょっと『尖った』水族館になる。では、そこで働くスタッフは？　『ちょっと面倒くさそうな奴ら』であり、同時に『興味深い人材』。そんなところでしょうか」

館長の表情は変わらない。淡々と負けた場合のことを述べている。

「世の中には、水族館愛好者ばかりがいるわけではありません。無関心層も含め、そうでない人達の方が多いのです。そういった人達に対しても、自分達の存在意義を説明できる――そんな人材はあまりいないのですよ。となれば、得がたい人材。他の水族館が放っておくわけがありません」

なんて、人なんだろう。

先程まで自分のライフワークである夢を語っていた。嬉しそうに。が、今はプレゼンで負けた場合について分析している。淡々と。話について行くのが大変だ。しかし、あやふやな点は無い。筋が通っている。

「つまり、我々は、結果のいかんを問わず、堂々と正論を述べるべきということになります。それが可能性を広げることに繫がりますから。ただし、それは楽ではない」

館長はこちらを向く。視線が真正面から向かってきた。

「実のところ、『正論を語る』とは苦しいことなのです。口にしたとたん、周囲から一挙手一投足を見られ、時には厳しい言葉で揶揄（やゆ）される。そんな状況の中で、率先してやってみせねば、誰も納得しない。そこで、私は心配になる。あなた方にその覚悟はあるのだろうかと。黙っていた方が楽。それも一つの考え方です」

「黙っていた方が……楽」

「そうですよ。そちらを選択しても、私はとやかく申し上げません。判断はあなた方にゆだねたのですから。その場合は、そうですね……今この時点から、負けを想定して走り回りましょう。早々に善後策を打つのも手ですからね。いかがです。どうしますか」

似たことは阿波先生にも問われた。その時は、答えられなかった。だが、それ以来、ずっと考えてきたのだ。

「内海館長」

ベンチから立つ。改めて視線を受け止め、言葉を続けた。

「正直言って、今までは、よく分かっていませんでした。でも、今は違います。お願いします。この方向性でプレゼンに向かわせて下さい」

「いいんですか。苦しくなる選択かもしれませんよ」

「かもしれません。でも、いろんな人の思いを聞いてきて、三人で話し合って……やっぱり、これがベストだと思ったんです。今の今まで、少し迷いはありましたけど……それも館長のお話ですっきりしました。これで行こうと思います」

視線と視線がぶつかった。膝が震える。一秒、二秒……永遠の時間に思えた。だが、実際にはほんの数秒であったろう。

館長は笑うかのように息を漏らした。

「嶋さんらしい。でも、そうでなくっちゃね」

「はいっ」

大声で返答する。由香は内海に向かい深々と一礼した。

第六プール　プレゼンテーションの日

1

プレゼン会場のロビーは、人であふれかえっている。つい今し方、ライバルのプレゼンは終了した。今は休憩時間中。約二十分後、今度はアクアパークのプレゼンが始まる。

「急がないと」

由香は人混みから抜け出た。会場奥へと足を進めていく。奥の突き当たり、左側には小部屋のドア。そこには貼り紙がしてあった。

『アクアパーク控室』

室内に入って、後ろ手でドアを閉めた。ドアにもたれて、息をつく。身が震えた。緊張ではない。武者震い（むしゃぶるい）だ。

「ここまでは、思った通り……だよね」

ライバルのプレゼンは噂通りだった。

ゼロからの臨海地開発。現在の建物を全て取り壊し、敷地を東の浜へと拡張。水族館をメインとしつつも、大規模な遊園エリア、ショッピングエリア、フードエリアを併設。ど派手とも言える計画を、きらびやかな映像と音響を駆使して、出席者にアピールしていた。

「皆、ウットリしてたよな」

今もその映像は頭の中にある。『皆の憧れ。青い海』――そんなナレーションで企画映像は始まった。そして、銀色の魚影が登場。『自由気ままな戯れ』とのナレーションでは、イルカがジャンプ。アシカはボール遊び。ラッコはおなかで貝を割る。更には、砂浜で遊ぶ大勢の子供達と、その笑顔。ほのぼのとしたところで、CGで開館時の予想風景をぐるりと見せる。そして、圧巻のエンディングへ。ライバルはこでプロジェクションマッピングを用いた。会場全体が海辺となり、出席者を包み込む。波と波とが交錯する幻想的な世界。息をのむ映像美だったことは間違いない。

けれど。

一つ一つを丁寧に見ていけば、突っ込みどころ満載なのだ。たとえば『青い海』と言っていたが……あの背景は、間違いなく、ホリゾント仕様の壁だろう。色はブルーライトによるもの。どこかの大水槽で魚影を撮影したに違いない。

問題なのは『自由気ままな戯れ』のシーンだ。遊び好きなイルカはいい。だが、アシカには無理がある。階層意識の強いアシカ。投げてもらえる相手も無く、自らボール遊びをするだろうか。ラッコに至っては、誤解も甚だしい。おなかで貝を割るのは摂餌行為だ。生きるためにやっていること。別に、戯れているわけではない。

そして、イメージ映像では必ず入ってくる子供達の笑顔。確かに、海の遠景が映り、砂地で遊ぶ子供達が映れば、海辺に見える。だが、黒岩さんは教えてくれた。一般には知られていない映像技術の基礎について。

「ショットとショットを連続して見せるとな、人間の頭は勝手に二つを関連づけて認識してしまうんだ。あらゆる映像作品が、この原則にのっとって作られている」

どれだけの人が気づいただろう。片隅に小さくジャングルジムらしき物が映っていたことに。おそらく公園の砂場で撮ったに違いない。砂と海の遠景と合わせて、海辺に見せかけただけのこと。プレゼンの内容とは、何の関係も無い。映像の出来としても、手抜きレベルに違いない。

更には、エンディング。これは、確かに、秀逸と言ってよかった。部屋中が海辺となり、波と波とが交錯する幻想的な光景。が、先輩は傍らでつぶやいた。

「重ねて撮ってるな」

本物の波に、プロジェクションマッピングの波を重ねて撮る。そうすれば、物理的にありえない幻想的な波の交錯ができあがる。迫力を増すために、更に、その映像を部屋内へとプロジェクションマッピング。種を知ってしまえば、何でもない。

「黒岩さんが言ってた通りだ」

由香は胸を押さえた。深呼吸をする。

その時、背後から靴音が聞こえてきた。廊下からか。慌てて身を起こした。タイミング良くドアが開く。

「どうだった、追加した資料の方は？」

先輩が入ってきた。

「プレゼン開始に、間に合いそうかな」

「大丈夫です。事務局の方で配っておくって。それより、チーフ達は？」

「教育長と自治会長と話をしてる。出席の御礼だろ。二人は参考人的立場だけど、アクアパークのやって来たことを理解してくれてる人達だから。ただ」

「ただ？」

「辰ばあちゃんが、まだ来てない。自治会長に尋ねても、『来るはずだったんですが』と言うだけなんだ。おそらくだけど……周囲に出席を止められたんだな」

「止められた？」

「地元の人達、全員が同じ考えってわけじゃない。ライバルの案の方がいい人達だっているだろ。けど、辰ばあちゃんの意見は影響力が大きくて、その意見が地元の総意と受け止められかねない。だから、周囲が出席を引き留めた。そんなところだろうな」

「そんな」

「仕方ない。全部が予定通りに進むわけないんだから。ただ、俺達のやることは変わらない。ばあちゃんに朗報を届けられるよう全力を尽くす。それだけだ」

黙ってうなずく。

その時、また廊下の方から靴音が聞こえてきた。ドアが開く。

「音響テスト完了。バッチシ」

今度は修太さんが入ってきた。

「僕が調整してるとさ、臨海再開発事業体B3の担当が近づいてきて、『貧素なスピーカーですねえ』とか言うんだよ。で、『ウチのを使いますか』って。満面の笑みで『助かりますぅ』って返したら、接続までやってくれちゃった」

「向こうの奴ら、余裕、ぶちかましてんな」

目を丸くした。「ぶちかましてんな」――先輩がそんなこと言うの、初めて聞いた。

「で、その時、向こうの担当と少し話したんだよ。広告代理店の出身なんだってさ。

担当はもう一人いるけど、そっちは会計担当。水族館の現場経験がありそうな人、来てないみたいなんだよねえ」

「そんなもんだろ。向こうは企画段階で、まだ実体が無いんだから。プレゼンの段階なら、現場感覚なんて不要と思ってるんだろうな。完全に油断してる。思った通りだ」

「でもさ」

修太さんは部屋奥へと目をやった。そこにはプレゼン会場への内扉。扉の向こうから、会場の喧噪が聞こえてくる。

「まずい方も思った通りなんだよねえ。会場にさ、さっきの余韻がまだ残ってる。プロジェクションマッピングなんて、初めての人もいただろうしね。まあ、直接、会場内を見てみてよ」

そう言うと、修太さんは部屋奥へ。ほんの少し内扉を開けた。その隙間から、会場内をのぞき込む。その頭上から、先輩は目を隙間へ。自分は屈み込んで、目を隙間へ。

かくして、三人そろって、縦一列。内扉の隙間から、会場をのぞき込む。

なるほど。

開始前まであった緊張感は、もう、完全に無くなっていた。あちらこちらで、笑い声交じりの雑談。『これで決まったねえ』と言わんばかりの雰囲気が漂っている。

上の方で、先輩が言った。

「一般の人が魅せられちゃうのは仕方ないな。派手なプレゼンだったんだから。俺達が魅せられちゃったなら、まずいけど。でも、そうじゃないだろ」

すぐ上で、修太さんが言った。

「魅せられようないよねえ。よく出来てはいたけどさ、結構、ありがちな内容だったしね。水族館関係者なら、見飽きてる」

上から順にコメント。次は自分の番だ。

「私、もっとすごいのが来ると思ってました。とてつもない強敵ですから。だから、ちょっと拍子抜けかなと」

「拍子抜け？　さすがに言い過ぎだろ」

「由香ちゃん、強気だねえ」

「だって、ほら、アレ。私達、総合博物館の技術研究所に行って……トップレベルの技術者、岸さんから見せられたんですよ。あの、ぶっとんだ映像を」

「そうそう。部屋で悠々と泳ぐジンベイザメな」

「それと、尾ビレがボロボロの超巨大金魚もね」

「それが両方とも膨らんでパァン。生々しいのが、いきなり、デジタルの破片。ど迫力でシュール。かつ、強烈な皮肉付き。アレと比べると、さっきのプレゼンって」

「大したことはないな」

「子供だましだよねえ」

縦一列、三人そろってうなずく。

先輩が笑った。

「なんだか、俺達、意外に落ち着いてるな」

「うん、落ち着いてる」

「落ち着いてますよね」

プレゼン再開を知らせるベルが鳴った。

先輩が息をつく。

「本番だ。行こうか」

「そうだね、行こう」

「行きましょう」

先輩はドアを押し開けた。そして、会場内へ。修太さんが続く。二人の背を見つめつつ、自分は両手を両頬へ。自分で自分の頬を張った。

――正論を語るとは怖いことなのですよ。

「怖くなんかない」

由香は会場へと足を踏み入れた。

2

プレゼン会場には、大勢の人が顔を揃えている。

由香は会場の真ん中に屈み込み、周囲を見回した。

会場前方には、演壇とスクリーンがある。その脇に先輩と修太さんが控えていた。

そして、左方、窓側には長机が並べられている。市の偉いさん達が座っていた。まず、演壇に間近い端に、進行役の企画課長。奥へと順に市長と観光局長。少し離れて、奥隅にライバル臨海再開発事業体Ｂ３の担当者が座っている。

一方、その向かい、廊下側にも長机の列。参考人の人達が座っていた。諮問委員会の座長に、関係者総会の面々。ただし、辰ばあちゃんの姿は無い。空席のままになっている。

更に、会場の後方には、幾つものパイプイス。傍聴者の席となっていた。その中には、内海館長、チーフ、倉野課長の顔もある。見知らぬ顔もあるが、たぶん、ライバルの関係者か、市の職員だろう。

そんな出席者達の真ん中に、自分は一人、屈み込んでいた。傍らには、黒岩さんから借りた大小のスポットライト。それに、映写用の機材。手元には照明を操作できるリモコンもある。今回、自分の役割は、主に機材の操作係なのだ。こんな所に一人でいるのは恥ずかしいが、そんなことを言っている場合ではない。

進行役の企画課長がマイクを手に取った。

「これより、プレゼンを再開いたします。プレゼン時間は、先程と同じく三十分。では、アクアパークさん、どうぞ」

その言葉を受け、先輩が演壇へ。企画書の内容を説明していく。修太さんはその傍らにいて、必要資料を都度差し入れた。だが、誰も耳を傾けていない。

やっぱり、だめか。

説明を開始して約七分。先輩は早々に企画書を閉じた。そのまま黙り込む。何もしゃべらない。出席者達の顔に怪訝そうな表情が浮かび始めた。そして、次第に、その怪訝が焦れへと変わっていく。

「さて、ここで」

先輩はようやく口を開いた。

「先程のプレゼン――臨海再開発事業体B3さんのプレゼンのことなんですが……私達も拝見しました。いやあ、素晴らしかった。まさしく、感銘を受けました」

会場がざわめいた。ここでギブアップ宣言か。そう思われているらしい。

「特に、エンディング。あれはプロジェクションマッピングの技術ですね。素晴らしい出来上がりでした。波と波が交錯する幻想的なシーン。実は、素材として二つのものが使われてたんです。『本物の波』と『映像の波』。そこで、お尋ねします」

先輩は視線を窓側、千葉湾岸市関係者へとやった。

「お分かりになりましたか。どこまでが本物の波で、どこからが映像の波なのか。お分かりにならなかった？　では」

先輩は視線を戻した。

「本物なんていらない」

会場が再びざわめく。

「言いすぎでしょうか。それでは、こう言い直しましょう。何が対象であれ、本物が分からなくなる演出なんて不要。根本的に、演出の使い方を間違えている。私達はそう思います」

先輩はライバルに真っ向から挑戦状を叩き付けた。だが、ライバル担当者は、こっちの土俵にはのってこない。不機嫌そうな表情を浮かべているが、押し黙っている。

先輩は話を続けた。

「あのエンディング、実に幻想的でした。ですが、よくよく考えると、水族にも自然にも、あまり関係が無い。つまり、あのエンディングは『水族館の企画映像』ではない。『プロジェクションマッピングという光学系技術の披露』だったというわけです。

私は、そのことに気づいた瞬間、それまで感じていた気持ちが一気に薄れていきました。すると、もう、他の部分も気になって仕方がない」

先輩は演壇で頭をかいた。

「特に、海獣が登場していたシーン。どこかで見たような気がしてならないんです。しかし、臨海再開発事業体Ｂ３と私達は競合関係にあって、事前に目にしているわけがない。なのに、感じたんです。どこかで見たと」

先輩は室内を見渡した。

「おそらく、皆さんも、同じようなことをお感じになられたはずです。可愛らしくて、ほのぼの。けれど、拭えない既視感。しかし、イルカもアシカもラッコも、生息域は海です。皆さんが頻繁に目にされてるわけがない。では、どこで」

先輩は間を取り、ライバル担当者の方を一瞥した。それと分かる仕草で。

「答えに思い至った時、愕然（がくぜん）としてしまいました。確かに、私も皆さんも見てるんです、それも、何度も。いったい、どこで？　『テレビ画面の中で』です。可愛らしくて、ほのぼの――同じようなシーンばかりを何度も見てきました。つまり、あのシーンは『水族の紹介映像』ではない。『テレビ画面の再現』だったというわけです」

これには、ライバル担当者もたまりかねたらしい。思わず言葉を発した。

「さすがに、それは言い過ぎではないかと」

よし、かかった。

由香は照明リモコンへ手をやった。

天井の照明を落としていく。すぐに周囲は暗闇に。次いで、スポットライトをオン。暗闇の中に、照明スポットが二つ、浮かび上がった。先輩とライバル担当者。まるで舞台だ。その舞台で、先輩とライバル担当者が対峙している。

「では、おききします」

先輩はライバル担当者を見つめた。

「先程、『自由気ままな戯れ』と称して、アシカが出てきました。鼻面(はなづら)にボールを乗せバランスを取っていましたが……これって、ボールバランスと呼ばれる演技の光景ですよね。自由気まま？　私はよく理解できませんでした。アシカは自らボールバランスを始めたんでしょうか。でも、ボールを、どうやって？」

担当者は黙っていた。質問に答える義務は無い。だが、暗闇にスポット二つ。黙っていれば、自分の力量不足を認めるに等しい。

先輩の問いが続く。

「では、別の質問を。ラッコの『戯れ』。あれは生きるための行為です。ラッコは極めて神経質な生き物、すぐに食欲不振に陥る。極寒の中ですから、食欲不振となれば命を落とします。いわば、切実な場面なんですよ。『戯れ』と評して、それをどうお伝えになるんですか」

「細かなことですよ」

ライバル担当者は不機嫌そうに言った。

「私は企画の担当者。現場担当ではありませんから。むろん、現場では然るべき対応をしますよ。間違いなくね」

「確かに、細かな事柄です。ですが、これは、まさしく企画の仕事ですよ。『来場者にどう見せるか』――つまり、運営方針に関わる話ですから」

ライバル担当者は黙っていた。

「それに、先程、『然るべき対応』と仰せになりましたが……簡単にはいかないと思いますよ。何でも無いことのように仰せになったのは、実際の運営をご存じでないからだと思います。いつの間にか、自分まで溺れてしまっている――それが現場です。なにせ、身近にいますからね」

ライバル担当者は怪訝そうな顔付きをした。

「分かっていても溺れてしまうんです。イルカも、アシカも、ラッコも、可愛らしいですからね。いつの間にか、ペット感覚。時に、それは来場者にまで伝わってしまう。実際の声をお聞かせしましょう。今、会場の真ん中で機材を操作しているスタッフ――彼女は主に海獣類を担当してるんですが」

先輩は言葉を途中で止め、手を広げる。その手をこちらの方へ。勢いよく立ち上がった。そして、ミニ・スポットライトをオン。このライトは既に自分へと向けてある。

「感情移入が止まらないっ」

怒鳴るように一言。言い終えると同時に、スイッチをオフ。会場スポットは再び二つになった。先輩とライバル担当者だけが、真暗闇の中で浮き上がっている。

先輩は大仰に肩をすくめた。

「そう、止まらない。職業的訓練を受けても、ゼロにはならないんです。『かわいい』『きれい』――これらは人間の根源的な情感ですから。そして、意図するにせよ、せぬにせよ、作り出してしまう。人間にとって『心地良いイメージ』を、です。すると」

先輩は目をつむった。顔を少し上へと向ける。うっとりとした口調で「来るんですよ」と言った。

「拍手が。そして、歓声が。まるで舞台に立った俳優のように感じます。私自身、現場にいた時は、そうでした。そして、思ってしまった。もっと拍手を。もっと歓声を。もっと。もっと、もっと」

先輩はゆっくりと顔を戻し、目を開けた。

「同じことは、水槽でも起こります。ネット上のSNSにね、自分が作った水槽の写真が、幾つかアップされたりしますと、ちょっとした興奮状態に陥るんです。これも実際の声を、お聞かせしましょう」

言葉と同時に、修太さんに向けたミニスポットをオン。

スポットライトの中で、修太さんは照れくさそうに頭をかいた。

「ネットの画面を、写真にして残しちゃうんです。そんな気分のまま、水槽を作ると、必ず変な水槽を作っちゃうんですよねえ。いや、ほんと」

言い終えると同時に、スイッチをオフ。

会場スポットは再び二つになった。

「水族館という施設では、容易に『行きすぎ』が起こってしまう。これを、どう制御していくか。これは、まさしく組織の問題です。ですが、自らを正すことは簡単ではない。自分達は既に、酔いしれてるかもしれないのですから」

先輩は手を演壇へ。改めて、アクアパークの企画書を掲げた。

「私達は客観的な評価軸が必要だと考えました。大学や地元と連携して、検証委員会を立ち上げることにしています。『伝えるものは何か』『伝える方法は何か』『その結果として、伝わったものは何か』――まあ、一種の牽制組織ですね」

「そのことについては、私達も十分に留意しておりまして……」

「プレゼンでは一言もありませんでしたが」

「プレゼンは三十分だけ。全てが語れるわけではありませんから」

「私達はその三十分に入れて然るべきことと思っています。世の中には、水族に詳しい人だけがいるわけではありませんから」

「些細な話ですね」

ライバル担当者は言い切った。開き直ったらしい。

「実に些細な話です。そんな違いなど、来場者には分かりっこありませんよ。それに、私達の母体には、既に水族館を運営している企業も入ってます。経験は豊富。仰るような問題は出てきませんよ」

「なるほど」

先輩は手を演台へ。別の資料を手に取る。そして、掲げた。

「これは水族館の来場者アンケート集。最近、協会の方で、まとめられたものです。今、仰った水族館のアンケートも掲載されています」

先輩は付箋のページを開いた。

「一例を挙げますと……『照明と音楽、雰囲気最高』――なるほど。『テレビ番組のワクワク動物くんで流れてたシーンが、直接、見れました』――これまた、なるほど」

「おかしくはないでしょう。皆さん、水族館に楽しみを求めて来られてるんです。それに応えるのも、運営者の使命。満足した人はアンケートにそのことを書く。ならば、どうしても、そのような内容になるはずです。違いますか」

先輩は問いには答えない。ページをめくった。

「これはアクアパークのアンケートです。あるお父さんが娘さんを連れて来館なされた。その時の感想なんですが——『イルカの出産。娘が誕生した時のことを思い出した』です。どことなく博物学的な視点をお持ちになってる。ですが」

先輩は息をつく。

「実は、このお父さん、ご自分が子供の時にも、アンケートをお書きになってるんです。その時の内容は『テレビと、同じことやるんだなあ、と思いました。見ることできて、うれしかった』です。その現物は今も、アクアパークのスタッフが大切に保管しています。お分かりですか。ごくごく些細なことの積み重ねが、来場者の自然観や生物観を変えていったんです」

「それは、彼が大人になったからですよ。それだけのことだと思いますがね」

「そうでしょうか。一緒に来ていた幼い娘さんは、こう書いてくれました。『トンネルすいそうって、ゆがむの？』と。そう、我々はガラス越しに水族を見てるんです。当然、レンズ効果が入ってきます。彼女はそこに目を向けてる。どうです？　これなんて、自然科学的な視点そのものじゃありませんか」

ライバルは言葉を返してこない。

先輩は言葉を続けた。

「私達は痛感しました。試行錯誤の繰り返しでしたが、悩んできて良かった。テレビ画面の模倣を何度繰り返しても、こんな親娘は出てきませんから」

「アンケートなど、来場者の反応の一部に過ぎませんよ。都合の良い所をピックアップすれば、何とでも言えます」

「仰せの通り。では、誰の目で見ても明らかな客観的事実に話を変えましょう」

言葉と当時に、修太さんが資料を演台へと差し入れる。先輩はそれを手に取った。ライバルの企画書だ。

「先程のプレゼン映像は実に美しく、私も心惹かれました。ですが、その大前提となっていることに思い至って、心が重くなりました。何でしょうか」

先輩は真暗闇の中へと問いかけた。

「大規模な臨海開発です。これだけの規模となれば、当然、かなりの環境負荷が生じるはずです。しかし、説明では『配慮する』とあったのみ。この企画書では触れられてもいません」

ここで初めて、ライバル担当者は頬を緩めた。そして、小馬鹿にするような笑みを浮かべる。「そのことですか」と言った。

「いわゆる『環境アセスメント』の手続きですね。その点では、私達の方が圧倒的にプロですよ。なにしろ、千葉湾岸市再開発地区全体を手がけてきた企業が母体に入ってるんですから。我々の案に決まれば、法と条例に基づいて、粛々と進めます」

「定められた手続きをすることは、当然のことです。私などが申し上げるまでもない。私が申し上げたいのは……『どうして、今、この場で、それを語らないのか』です」

「それは」

ライバル担当者は言葉に詰まる。

先輩は再び真暗闇を見回した。

「私達は何も、開発そのものを全否定しているわけではありません。しかし、物事には必ず、プラス面とマイナス面があります。その最大のマイナス面については伏せ、プラス面のみをアピール。これでは判断しようがありません」

そう言うと、先輩はライバルの企画書をめくった。

「私達は、この企画書を隅から隅まで、読み込みました。しかし、あるべき環境負荷の見積もりは無い。その負荷を最小限に抑える工程の説明も無い。ダメージを受けた環境の回復計画も無い。非常に残念ながら」

先輩は手を止め、顔を上げる。つぶやくように言った。

「何も……無い」

「お待ち下さい。当然、我々は全てを綿密に検討してますよ。しかし、それは非常に技術的な内容でして、時間的にちょっと」

「技術的な内容？　そうでしょうか」

先輩はライバル担当者を見つめた。

「私は、このプレゼンにおける『最大の判断材料』だと思いますが。それに、『時間的に』と仰いますが、美しいイメージ映像を流す時間はあったわけですよね」

ライバル担当者は、再び、言葉に詰まる。だが、すぐに「繰り返しになりますが」と言った。

「千葉湾岸市の再開発地区一帯は、我々の母体企業が造成したんです。そして、この臨海公園を作り、人工海岸を作った。今回の開発はそのほんの一部。やり直しに過ぎません。当時の資料を見れば、影響はほぼ推測できる」

ライバル担当者は、額の汗を拭いた。

「我々は、全てを踏まえ、プランを練っています。そして、問題はクリアできると判断した。全てを把握できているからこそ、自信を持って、このプレゼンに臨んでいる。そういうことです」

「全てを把握して？　では、ご存じですよね。当時の海がどうであったか。お話し下さいますか」

「いや、それに関しては、また改めて詳しく……」

「お見せします。こうだったんです」

ついに、きた。

先輩の言葉と同時に、スポットライトをオフ。室内は再び真暗闇になった。そして、黒岩さんから借りてきたプロジェクターへと手をやる。そのスイッチをオン。

ゴ、ゴ、ゴ。

スピーカーから重低音が流れ始めた。部屋全体に灰色のものが立ちこめる。そして渦巻いた。煙ではない。

泥――泥底の海だ。

会場は暗い泥底の海となった。これこそ、アクアパーク流のプロジェクションマッピング。泥が激しく渦巻く。泥と泥の間を、別の泥が吹き上げた。重苦しく不安。おそらく、室内の全員がそう感じているに違いない。

ゴ、ゴ、ゴ……。

重低音は次第に収まっていく。泥底の海はゆっくりと薄れ、そして消えた。室内は再び真暗闇になる。その中に、緑色のものがぽつんと登場した。

さ、さ、さ。

爽やかな潮騒。その音とともに、ゆっくりと緑色のものは拡大し、部屋全体へと広がっていく。そして、出席者全員を包み込み、ゆったりと揺れた。

アマモ――海草アマモの海だ。

会場は明るいアマモの海となった。これもまた、アクアパーク流のプロジェクションマッピング。アマモが優しく揺れている。アマモとアマモの間を、ウミタナゴが泳ぎ回った。爽やかで、希望に満ちている。おそらく、室内の全員がそう感じているに違いない。

さ、さ、さ……。

潮騒は次第に収まっていく。アマモの海はゆっくりと薄れ、そして消えた。だが、もう真暗闇にはしない。室内照明を戻していく。スポットライトもいらない。

周囲はごく普通の会場へと戻った。

「念のため申し上げます」

先輩が演台に手をついた。

「これはプロジェクションマッピングの技術。映像効果と音響効果を踏まえて、作ってあります。私達はそんな『バーチャル』を感じていただくために、作ったわけではありません。この元となった素材は……開発直後の海の写真。そして、今の海の撮影動画です。その違い、お分かりいただけましたでしょうか」

先輩がゆっくりと息をつく。「ようやくです」と言った。

「ようやく、ここまで戻ったんです。地元の方々のご協力で。長い時間がかかりました。私達は、今、岐路に立っています。むろん、臨海再開発事業体B3さんの母体は、この分野ではトップクラス。様々な工夫により、影響を抑える工夫をなされることでしょう」

会場は静まり返っている。

「しかし、これだけの規模となれば……沿岸域での相当な負荷は避けられません。それを、どの程度まで覚悟するのか。それを決する場が、このプレゼン。私はそうとらえています」

先輩は演台から身を起こした。

「この公園には海があり、浜辺がある。だからこそ、『臨海公園』と呼ばれています。この臨海公園は再開発地区の主要施設。そして、その再開発地区は、千葉湾岸市の約三分の一の面積を占めます」

先輩は窓側の列へと目をやる。次いで、廊下側の列へと目をやった。更には、後方の傍聴席にも目をやる。

「つまり、この臨海公園は千葉湾岸市のアイデンティティそのものです。私達は、プラス面とマイナス面を客観的に、かつ、総合的に論じなくてはなりません。誰のためでもない。私達自身、千葉湾岸市民のアイデンティティを守るために、です」

先輩は手元を一瞥。プレゼンのまとめへと入った。

「最後に、先程の女性スタッフの言葉を、お聞きいただければと思います。彼女は五年半前まで、千葉湾岸市役所に在籍。今はアクアパークで働いています。双方の立場が分かるスタッフなんです。では」

そう言うと、先輩が自分の方を見る。

黙ってうなずき、プロジェクターの側を離れた。そして、足を会場の前方へ。残り時間は五分ちょっと。先輩がここまで進めてくれたのだ。自分は、このプレゼンをうまく締めねばならない。

締めに使う資料は、ここにある。

由香は胸元を押さえ、演壇へと足を進めた。

※　※

やはり、演壇に立つと緊張する。だが、それだけではない。

「市の職員だったころ、私はこう思ってました。水族館は臨海公園施設の一つに過ぎない。公園に人を集めるために、存在しているのだと」

由香は緊張しつつも、唖然としていた。

静まり返る室内に、異質な空間があるのだ。窓側の長机の一画。奥端に座るライバル達が不満げなのは仕方ない。だが、手前に座る市の関係者達は、このプレゼンの主催者なのだ。となれば、中立の立場を保ちつつ、臨海公園活性化に熱意を見せねばならない。しかし。

進行役の企画課長は弱り切ったような顔付きをしていた。しきりに頭をかき「余計なこと、しゃべらないで」と、今にも言い出しそうだ。もう中立でも何でもない。その隣に座る市長は完全に無表情。胸内を悟られまいとしている。熱意の欠片も見られない。更に、その隣、観光局長に至っては……居眠りをしていた。

おい、観光局長、起きろ。

「ですが、ある日、ふとしたことで気づいたんです。この地に建つ水族館は、単なる施設の一つであってはならない。なぜなら……」

観光局長、起きろって。

手を胸元へとやった。資料を取り出し演壇に置いた瞬間、会場後方で物音がする。後ろ側のドアが開いていた。ホテルのスタッフがメモを差し入れている。そのメモは手から手へ。所々で書き写されて、更に手から手へ。

前方でも物音がした。

今度は前側のドアが開き、倉野課長が修太さんにメモを渡している。修太さんはメモを目にすると、すぐに先輩へ。先輩は手に取ると、即座に立ち上がり、傍らへと来た。そして、メモを演壇へ。

走り書きのメモには、こうある。

『辰ばあちゃんが倒れた。救急搬送されたとの由』

先輩が耳元で言った。

「プレゼンを締めろ。質疑応答を終え次第、病院に行くぞ」

黙ってうなずく。

会場はざわめいていた。辰ばあちゃんを知らない人はいない。地元の生き字引とも言える人なのだから。そんなばあちゃんが連絡もせず欠席。そのことに違和感を覚えていたのは、自分だけではないだろう。

メモは市の関係者達にも回っていく。

傍聴者席にいた市の職員が、メモを手に長机へと歩み寄った。観光局長の肩を叩く。さすがに、局長は目を覚ましたが、メモをそのまま隣の市長へ。市長はしばらく手元を見つめていた。が、無表情のまま、メモを進行役の企画課長へ。企画課長は一読すると、慌てた様子でメモをポケットにしまい込む。そして、何も無かったかのような顔をした。

何なんだ、この人達は。

頭に血がのぼっていく。集まった血が渦巻き、逆流した。てめえら、人形か。ロボットか。ふざけんな。てめえらなんか、てめえらなんか……この場に、辰ばあちゃん……いたなら。

天井を仰ぎ見る。言葉が漏れ出た。

「辰ばあちゃん」

ばあちゃんのにこやかな笑顔が浮かんできた。

「何て……言う？」

ばあちゃんなら、何て言うか。ばあちゃんは、常に一本、筋が通っている。どんな時でも、筋違いを許しはしない。ならば、言うことは決まってる。

由香は演台に両手をついた。

真っ赤な顔で、肩をいからせる。その格好のまま、まずは室内を見回した。そして、最後に窓側の一列へと顔を向ける。右手で思い切り演台を叩いた。

バンッ。

「いいかいっ」

口調が辰ばあちゃんになっていた。

「今、話してんのは、他でもない、この臨海公園のことなんだ。何を計画したっていいさ。構いやしないさ。けどね、考えなくちゃなんない。その代償として、何を得る?」

ライバル担当は目を丸くしていた。だが、今、室内にいる人達の大半は、辰ばあちゃんに一喝されつつ、大きくなってきた人達ばかりなのだ。通じないはずはない。

「いろいろ、あんだろうね。まずは、きれいな水槽かい? カラフルなカクテル光線で、泳いでる魚の体色さえ分からない――そんな見栄えのいい水槽かい」

そんなわけない。

「それとも、アシカかい? ちょいと前まで日本の沿岸にも棲んでたのに、絶滅したことすら気づいてもらえない――そんな哀れな芸達者、アシカかい」

それじゃあ、納得いかない。

「それとも、イルカかい。生き物としての特徴は何も注目されず、スーパーアニマルに祭りあげられ、何をやっても『人間のお友達』で片付けられる――虚しいイメージキャラクター、イルカかい」

鼻息荒く、窓際の一列を見つめた。

もう一歩だって退く気は無い。

「全部、いいさ。悪くはないさ。だけどね、それだけじゃあ、駄目なんだよ。他の水族館ならいざしらず、『豊饒(ほうじょう)の海の代償として、この地に建つ水族館』は、それだけじゃあ駄目なんだよ。分かるかい、市長さんっ」

真正面から市長の顔を見据えた。

役所勤務時代は雲の上の人だった。いや、今も雲の上の人であることには変わりない。だが、そんなこと……知ったことか。

「市長さん、あんたァ、若い頃、臨海開発の担当者だったんだってね。地元の皆さんに頭を垂れて泣いた。『この海は私が取り戻します』って。その合意の証として、皆で臨海公園の趣意書を書き上げたんだ」

手を演台へ。締めのために用意していた書類を広げる。壇上に掲げた。

「これだよ」

高級半紙に墨字。多少、色褪せてはいるが、一文字とて欠けてはいない。

『千葉湾岸市臨海公園　設立趣意書』

「市長さん、これァ、あんたの手によるもんだ。あたしァ、そん時の写真を見た。ちょっと生真面目。熱意にあふれてた。豊饒の海はもう無い。その代償は臨海公園であり、人工海岸であり、海に面して建つ水族館であり。違うかいっ」

市長と目が合った。だが、ひるみはしない。

「市長さん、あんたァ、喪失の悲しみも創出の喜びも、全部、誰より分かってる。そのはずなんだ。分かっちゃいるが、分かってないふりをして、しらばっくれてる」

市長の頬が僅かに動く。だが、無表情であることは変わらない。

「その押し殺した表情の裏に何がある？　いいかい。若い頃、あんたが口にしたことは、まだ完了してないんだよ。自然の問題が、そんなに簡単に片付くもんかね。地道にコツコツ、世代を継いでいって、ようやく糸口らしきものが見えてくるんだ」

再び演台に手をつく。身を乗り出し、前のめりになった。

「市長さん、あんたァ、そのことを十分に分かってる。なのに、これまでのことを全部チャラにして、逃げようとしてんだ。違うかいっ」

前のめりのまま、渾身（こんしん）の力で二度目のバンッ。鼻息荒く市長を見据えた。その時、先輩が再び傍らへ。演台に続報メモを置く。

『ばあちゃん、命に別状無し』

「ああ」

安堵の息が漏れ出た。力が抜けていく。会場内にも続報メモが回っていた。室内に安堵の息が満ちていく。

身を戻して、天井を仰いだ。

「以上……です」

もう、力が入らない。

「関係者総会の名誉会員、辰さんならこう仰るような気がしています。とはいえ、実際にしゃべりましたのは、若輩者の私。不躾……失礼しました」

言わなくていいことまで言った。ここはプレゼン会場であり、公の場。市の関係者だけではなく、参考人の人達もいる。傍聴していた人達もいる。もはや、取り消すことはできない。

「これにて、プレゼンを……終わります」

目から涙があふれ出る。目尻から頬へ。

そして……ぽとり。床へと落ちた。

3

夕日が廊下を赤く染めている。辰ばあちゃんに会わねば。一刻も早く。

由香は病院の廊下を走っていた。

「ばあちゃん、どこ？」

プレゼン会場を出たのは、半時間程前のこと。プレゼンを終えて控室に戻ると、内海館長が部屋で待っていた。

「このあとの質疑応答は、私と倉野課長、それに今田君で対応します。嶋さんは梶君と一緒に、病院に向かって下さいな。もうチーフは病院に向かいましたから。辰さんは、ずっと、アクアパークのことを気にして下さってた。もし話ができる状況なら、『無事にプレゼンを終えた』とお伝えして、安心してもらわないとね」

「分かりました。すぐに」

軽く一礼。部屋隅の鞄を手に取り、ドアの方へ。

すれ違いざま、内海館長が「嶋さん」と言った。

「正論は言えましたか」

言葉に詰まった。正論を言うべく、発言の趣旨は事前に考えていた。だが、頭に血がのぼった瞬間、物言いが変わってしまい、言わなくて良いことまで言った。間違いなく、市の関係者は気分を害したことだろう。

「館長、申し訳ありません。私、あのメモを見たとたん、その、見境が……」

「見境？ いいんですよ。よくぞ言ってくれました。あなたが言った事柄は、本来、私が言うべき事柄です。だから、質疑応答は任せて下さいな。きちんと嶋さんの意をくんで、受け答えするつもりですから」

館長は微笑んだ。

「さあ、お行きなさいな」

かくして、今、病院の廊下を走っている。受付で聞いた病室番号を、頭の中で繰り返しつつ。だが、見つからない。病室の間にトイレがあったり、歓談室があったりして、必ずしも病室番号通りには並んでいないのだ。フロアの地図は無いのか、地図は。

「おい、行きすぎだ」

背後で先輩の声がした。

「たぶん、ここだよ。個室しか空いてなかったらしい」

慌てて廊下を戻り、個室の前へ。扉口のプレートに目をやった。確かに、辰ばあちゃんの名前が書いてある。

「プレゼンの報告は、おまえからの方がいいだろ。ただし、心配させるようなことは言うな。特に、ぶち切れてタンカを切ったことは黙ってろ。『全部うまくいきました。安心して』――そのくらいでいい」

黙ってうなずき、手を扉口へやった。息を整えてノックする。扉を開けて室内へ。

野太い声が飛んできた。

「よお、来たか」

ベッド際にチーフが立っていた。窓際のベッドには辰ばあちゃん。枕と毛布を背もたれにして、身を起こしている。

「おやまあ、どうしたんだい。二人そろって」

「辰ばあちゃんっ」

その元へと駆け寄る。

チーフが「心配すんねえ」と言った。

「出かけようとした時に息苦しくなって、体が動かなくなっちまったんだと。病院であれこれ調べたんだが、異常はねえ。医者が『随分とお若い体で』と驚いてたくれえだ。で、『たぶん、過呼吸。一時的なものでしょう』ってな。まあ、念のため、今晩は泊まっていくことになったらしいが」

「情けないもんだねえ」

ばあちゃんは肩をすくめた。

「あたしに言わせれば、過呼吸なんて若い娘の病気だよ。それなのに、この年で、なっちまうなんてねえ」

過呼吸は過度のストレスが続いた場合に起こりやすい——以前、そう聞いたことがある。それほどに、自分達はばあちゃんに気を遣わせていた。そういうことではないか。

「ばあちゃん」

膝がくずれた。

病室ベッドの柵をつかんで、下を向く。プレゼンのことを報告せねばならない。安心してもらえるように、言わなくてはならない。だが、言葉が出てこない。

「おやおや」

ばあちゃんはあきれたように言った。

「どうしたんだい。プレゼンを済ませてきたんだろ」

答えようとした。だが、やはり、言葉が出てこない。なんと、報告すれば良いのか。先輩の言ってたように「全部うまくいきました」だろうか。けれど、ばあちゃんには、偽りを言いたくない。だから、言葉が……無い。

「言うべきことは言えたのかい」

うなずく。ただ黙って、うなずく。

「なら、それでいいんだよ」

目が熱くなってきた。柵を握る腕に力が入る。そして、涙が一粒、二粒。自分は祖母を知らない。だが、あの父を育て上げた人なのだ。きっと、辰ばあちゃんのような人だったろう。

「おやおや」

辰ばあちゃんが、また、あきれたように言った。

「いけないね。花嫁さんになろうって人が。人前で涙なんか見せるもんじゃないよ。笑っとくれ。さあ、お立ち」

腕で涙を拭き、立ち上がろうとした。だが、足に力が入らない。よろけて、尻餅をついた。そのとたん、背後から、頭をはたかれる。振り返ると、そこには先輩がいた。

プレゼンの時の資料を丸めて持っている。

「何やってんだ。ぶち切れたり、泣き出したり。忙しいやつだな」

そう言うと、先輩は目の前に携帯を差し出した。

「事務室で院内通話専用の端末を借りてきた。出ろ。今、内海館長とつながってる。

『直接、嶋さんに言わなくてはならないことがある』ってことらしくてな」

慌てて、身を起こした。膝をついたまま、携帯にしがみつく。電話へと出ると、耳元に内海館長の声が聞こえてきた。

「すみませんねえ、無理を言って。市長さんから厳しく言われたんですよ。あの女性スタッフに、必ず直接、伝えてくれってね」

無表情な市長の顔を浮かんで来た。

あんなことを言われたのだ。それも末端のスタッフから。おもしろかろうはずはない。膝をたたんで、その場で正座。電話をしつつ「申し訳ありません」と頭を下げた。

「何も考えずにしゃべって……いえ、考えてはいたんです。でも、その、やっぱり考えが足らず……」

「まあ、落ち着いて。私の話を聞いて下さいな。市長はこう言ったんですよ――『千葉湾岸市は逃げない』ってね。『あの威勢のいい女性スタッフに、そう伝えてくれ』って、念押しされました」

「へ？」

「ごめんなさい。説明不足でしたね。質疑応答はすぐに済みまして、別室で市の関係者が協議を始めたんです。その場で、市長が『改めて論ずるまでも無い』って言い出したらしくてね。で、決まりました。『アクアパークで行く』と」

「アクアパークで行く？」

「存続決定ですよ。市長は、どうしても直接、あなたに言いたかったようですよ。かなり悔しそうな顔をしておられましたから」

声が出ない。いや、声は出るが、言葉にならない。アゥアゥと繰り返しつつ、ばあちゃんを見た。次いでチーフを見る。

チーフが笑った。

「早々に結論が出たんだな」

首を縦に振る。

「アクアパークに決まったんだな」

何度も首を縦に振る。

チーフが辰ばあちゃんの方を向いた。そして、肩をすくめる。「どうやら、そういうことみてえで」と言った。

「実は、こいつァ、今日、市長相手にタンカを切ったんでっさあ。周りをヒヤヒヤさせることをやっといて、今頃、腰、抜かしてやがるってわけで。もう、こっちは何がなんだか分からねえや」

それは違う。腰は抜かしていない。

「大丈夫です。腰は大丈夫」

バランスを崩して、尻餅をついただけではないか。即座に立ち上がって、腰を叩いてみせた。問題ないところをアピールする。

チーフはあきれたように首を振った。ばあちゃんは笑っている。

「おい。何やってんだ」

背後から、また資料ではたかれた。

「先輩、何するんですか。今日は乱暴ですよ。まるで、どつき漫才じゃないですか」

「何が『乱暴ですよ』だ。おまえが忘れてるから、注意してんだよ。館長との電話、まだ、つながってるんだぞ」

慌てて、電話へと戻った。病室の会話が聞こえていたらしい。館長は電話の向こうで笑いをこらえている。

「いいんですよ。辰さんによろしく伝えて下さいな」

「はいっ」

直立不動。由香は電話を耳に当てたまま、深々と一礼した。

第七プール　プロジェクトHDW

1

決まった時間に、決まった仕事。素晴らしきかな、ルーティンワーク。

由香は掃除バケツを抱え直した。

イルカ館を出て、足をプールサイドへ。更に、プールサイドを裏ペンギン舎の方へ。

ついに、この日がやってきた。現場復帰、第一日目。まずはペンギン舎の掃除から。

夏のペンギン舎は抜けた羽毛だらけで、どうにも面倒くさいのだ。けれど、心が浮き立つ。

まさか。

「掃除が楽しみになるなんて」

当然、イルカプールの仕事も楽しみでならない。ただし、赤ちゃんトレーニングは咲子から引き継ぎを受けてから。今日、咲子は海遊ミュージアムに戻っているが、明日には帰ってくる。そうすれば、引き継ぎ開始。ああ、仕事が増える。けれど、嬉しい。何なんだろう、この感覚は。

「どうなってんだろ、私」

もう頬は緩みっぱなし。鼻歌を口ずさみつつ、裏ペンギン舎への連絡通路へ。柵の戸を開けて、狭い通路へと入った。イルカ館の壁に沿いつつ、足を進めていく。

中程で、人の声が聞こえてきた。

「そりゃあ、焦ったぜ。この先、どうなるんだってな」

「焦ったって……プレゼンのことでっかいな」

チーフの声、それに吉崎姉さんの声ではないか。通路の先へと目をやると、裏ペンギン舎の擬岩（ぎがん）に二人が座っていた。のんびりと世間話をしている。

「馬鹿言え。そんなことで焦るかよ。俺が焦ったのは、四年半ほど前。お姉ちゃんがいきなり『出向から転籍へ切り換えたい』と言い出した時のことよ。あん時ゃあ、俺ァ、ほんとに焦ったぜ。あんなことは初めてよ」

慌てて、壁のくぼみへと身を隠した。なぜ、隠れる？　だが、こうしてしまうのが、人のサガというもの。おそらく、自分だけではない。

胸にバケツを抱き、聞き耳をたてた。

「考えてもみろよ。役所本体に籍があるんだぜ。なのに、自分から外郭団体アクアパークへ。出向と転籍じゃあ、何もかも大違い。人生が変わっちまう。俺ァ、頭、抱えちまった。お姉ちゃんを勘違いさせちまったんじゃねえかってな」

「勘違い？」

「来たばかりのお姉ちゃんは、素人同然だったろ。生き物のこと、自然のこと、何も知らねえ。当然、俺もいろいろ教えたわけよ。だがよ、それが結果として、勘違いにつながっちまったんじゃねえか。で、お姉ちゃんの人生を狂わせちまったんじゃねえか。そう思うと、もう飯も喉を通らなくてよ」

「ああ、そのことね」

姉さんは笑った。

「似たような思いは、うちにもありましたわ。この子、ほんまに分かって、決断したんやろか。いらん夢、見とるんと違うかって。普通やったら、出向期間を終えたら、役所へ戻りますやん。そやのに、転籍。そら、驚きますわ。わあ、えらいことになってしもうた。もしかして、うちが余計なこと言うたせいと違うかってねえ」

「そうだろ？　どうしても、こっちは、そう思っちまうんだよな」

「仕方ありませんわなあ。世間の一般の価値観で言えば……役所本体にいた方が幸せな人生なんやろうから。こっちも、責任みたいなモン、感じてしまいますわなあ」

壁のくぼみで、バケツを強く抱く。動けない。

「だがよ」

チーフは後ろ手をついた。

「いきなり、結婚しますってきたもんだ。それも、相手は梶。おかげで、思い悩んでたことが、全部、吹っ飛んじまった。不思議なんだがな」

チーフは空を見上げた。

「なにやら、心の底から思えてくんだよ。『ああ、これで良かったんだ』ってな。まるで最初から分かってて、ずっと目指してきてたような……そんな気さえしてくんだよ。いい加減と言えば、いい加減。だがよ、これがまた、いい気分でな」

「それも、なんとのう分かりますわ。ほんま不思議やねえ」

「けどよ、ここまでくりゃあ、あとは気楽なもんよ。もう楽しみだけだから」

「楽しみ？」

「あの暴走娘が、いっちょまえに結婚すんだぜ。やっぱり、花嫁姿が見てえじゃねえか。むろん、あの二人が、どんなつもりでいるかは分かんねえんだがよ。お姉ちゃんの花嫁姿が見れるなら、俺ァ、もう思い残すことはねえや」

「チーフ。なんか、自分の娘の話みたいでんな」

「馬鹿を言うんじゃねえや。自分の娘に、ここまで手をかけるかよ。放っとかあな」

「そら、そうや」

　通路に二人の笑い声。胸元のバケツが鳴る。

　由香は身を隠したまま、鼻をすった。

2

　歩道を行く人々は、家路を急いでいる。街路灯がついた。ファミリーレストランの窓外は、夕闇に包まれつつある。

　由香は緊張しつつ、立っていた。

　ここは、以前、作戦会議を開いたファミリーレストラン。その窓際の席に、先輩と並んで立っている。甘いムードは無い。なぜって、向かいに座ろうとしているのは……。

「突然、呼び出して、悪いな」

　黒岩さんが仕事鞄を置いた。

「俺がこっちにいるのは、今日までなんでな。それで無理を言わせてもらった。まあ、座ってくれ」

　黒岩さんから電話がかかってきたのは、今日の昼過ぎのこと。電話に出ると、いきなり切り出された――「話がある」と。

「梶と修太も連れてこい。ただし、アクアパークの中では、話しにくい。どこか館外の方がいいんだが」

本日、修太さんはいない。御礼行脚の旅に出ているのだ。かくして、先輩と二人、ここに来て、黒岩さんを迎えている。だが、まだ、その趣旨は分からない。プレゼンの反省会だろうか。しかし、アクアパーク内で話しにくいとは、いったい、何なんだ。

「そんな顔するな」

黒岩さんは苦笑いしつつ、仕事鞄の横に腰を下ろした。

「今回の件では、俺は汚れ役なんだ。言いたくないことも、言わなくちゃならない。今日の内容は修太にも伝えといてくれ」

黒岩さんはコーヒーを注文。そして、手を仕事鞄へ。中から分厚い資料束を取り出し、手元へと置いた。

「どんなプレゼンだったのか――あらましは聞いた。俺のいい加減なアドバイスを、そこまで仕上げるとは思ってもみなかった。大したもんだよ。だが、言っておく。アクアパーク存続そのものは、プレゼンで決まったわけじゃない」

瞬きを繰り返しつつ、向かいを見つめた。黒岩さんが皮肉屋であることは分かっている。だが、プレゼンは最終選考の場だったのだ。そこで決まったのでなければ、いったい、どこで決まったのか。

「いいか」

黒岩さんはテーブルに身を乗り出した。

「地元の水族館はどこが運営してるのか——普通は、誰も知らない。運営主体が入れ替わったとしても、看板が同じなら、誰も気づかないだろう。運営方針や企画内容が大きく変わったとしても、だ。梶なら分かるだろ。全国各地、いろんな水族館を見てきたんだから」

先輩は黙ってうなずく。

黒岩さんは話を続けた。

「今回も、その可能性はあった。考えてみてくれ。『アクアパーク』という名前を引き継いで、ライバルが運営し始めたとしよう。そのことに誰が気づく？　せいぜい『最近、ちょっと派手になったね』くらいだろう」

唾をのみ込んだ。それはある。

「だがな、今回は少し様相が違った。プレゼンの実施要項が公表された辺りから、ちょっとした地元トピックスだったんだ。多くの人が関心を持って、事の成り行きを見守っていた。まあ、これを見てくれ。ほんの一部だが、主なものをまとめてみた」

黒岩さんは資料を先輩の方へ。

先輩は資料を手に取った。自分は横からのぞき込む。一番上の資料は、地元紙の夕刊記事。アクアパークの写真が載っていた。

『アクアパーク廃館か？　存続を巡り地元紛糾』

先輩はページをめくっていく。

次のページは、地元コミュニティ紙の記事。更にめくれば、地元の自治会報。そして、近隣小学校の手作り壁新聞。商店街の人達による手作り『ふんばれ、アクアパーク』ポスターもあった。ネット上のSNS投稿をまとめたリストも付いている。

「次のページからは、俺の知り合い関係だな。主にメディアだ」

まずは、ラジオインタビューの紙面収録。そして、ローカルテレビ局の特集要約。更には、ケーブルテレビのニュース原稿が続く。

「普通なら、こんなことにはならない。市の広報誌の数行で告知。誰も気にしないまま事態は進み、『いつの間にか、新しくなってた』で済まされる。だが、今回は違った。多くの人の目に触れたんだ」

そのことは理解している。由香は顔を上げた。

「それは黒岩さんが、いろいろ動いて下さったから」

「評価してくれるのはありがたいが……俺を呼んだのは、誰だ？」

言葉に詰まる。

黒岩さんは言葉を続けた。

「俺は呼ばれて、アクアパークに来たんだ。誰に？　内海さんに、岩田の親父に、倉野さんに、だ。中でも、倉野さんに依頼されて、動くことが多かったかな。倉野さん自身も『運営状況のご説明』と称して、あちこちを回ってた」

そう言われれば……辰ばあちゃんも倉野課長から聞いたと言っていた。

「ここで、ちょっと考えてほしいことがある。多くの人の目に、この問題――アクアパークの存続問題はどう映ったか、だ。どう思う？」

問われていることの趣旨が、よく分からない。先輩と顔を見合わせた。先輩も同じ思いらしい。取りあえず、自分が返答した。

「映ったも何も……もう、そのままですよね。もしかすると、アクアパークは無くなるかもしれない。そんなところではないかと」

「それは単なる事実に過ぎないな。多くの人達の受け止め方は、たぶん、こんな感じだったと思う――『地元密着のまじめな水族館が、今、容赦ない巨大商業パワーにのみ込まれようとしている』。違うか」

「そうだったかもしれませんが」

「次に、ライバル側の視点で、この事態を考えてみろ。いつの間にか、自分達が悪者になってるんだ。歓迎されるはずなのに。ライバル母体の偉いさん達は、このことに気づいて、撤退を考え始めた。なにしろ、タイミングが悪すぎる」

「タイミング？」

黒岩さんは先輩が持っている資料へと目をやった。

「末尾に地図を付けてる。見てみろ」

先輩が折りたたまれた地図を広げていく。

『千葉湾岸市再開発地区　エリア区分図』

この地図なら、何度も目にしたことがある。アクアパークが建っている場所なのだから。地図にはライバルが企画した臨海開発のエリアが青色で囲ってあった。と同時に、地図の左上辺りが赤色で囲ってある。その面積は青色エリアとは、比べものにならない。

『B3再開発区』

確か、倉野課長が小会議室で言っていた。再開発地区に残された最後の空き地。大規模商業施設の予定地ではなかったか。

「まもなく、このB3エリアの開発について、地元との協議が始まる。彼らにとっては、地元感情を損ねたくない時期なんだよ。かくして、水面下の動きは一転。逆方向へと向かい始めた。そんなところに、あんた達のプレゼンだ。状況は一気にアクアパーク存続へと傾いた」

黒岩さんは、いったい、何の話をしている？　むろん、自分達が参加したプレゼンの話だ。だが、まるでドラマの話のようではないか。

「あんた達は気づかんかったろうが、後ろのパイプイスに、ライバル側の母体役員が、二人、座ってたんだ。あの日、市の関係者が集まる部屋へ、その二人が入っていく姿が目撃されてる。傍聴席にいた複数の人から聞いた話だから、まず間違いない。もしかすると、その時に撤退を申し出たのかもしれないな」

胸を押さえた。これはドラマの話ではない。まさしく、自分達の話なのだ。だが、どうにも息が詰まりそうでならない。

黒岩さんの話は続いた。

「逆に言うなれば……もし、周囲の市民が無関心であったなら、間違いなく、あんた達は外されていた。だからこそ、倉野さん達は関心を喚起することに躍起になったんだ。だが、これは賭けだ。関心を持った市民がアクアパークを支持するとは限らないから。目新しいライバル案に熱狂する可能性だってあった」

注文したコーヒーが運ばれてきた。黒岩さんは口をつぐみ、ウェイターが離れるのを待っている。自分達は、ただ次の言葉を待つ。

ほどなく、黒岩さんは話を再開した。

「だが、ライバルはやりすぎた。物事を善悪白黒で判断したがる世間は、どう考えたか。判官（ほうがん）びいき的な感覚で、なんとなく、アクアパークを支持したんだ。他の水族館とアクアパークをきちんと比較した人が、どれだけいる？　『アクアパーク、かわいそう。がんばれ』――その程度の人達が大半だったはずだ」

何も言い返せない。

「これが世間だよ。曖昧で移ろいやすい。どこに行くか分からない。そんなフワフワしたモンの上に、あんた達は乗っかっている。だから、常に自分達の運営姿勢を説明し、メッセージを発信し続け、存在意義を訴える――そうして理解を得続けないと、生き残れない」

黒岩さんはコーヒーを数口飲んだ。そして、おもむろにカップを置く。テーブルの資料に目を向け「それはやる」と言った。

「それに加えて、もう一つ」

そう言うと、手を胸元へ。封筒を取り出した。テーブルの上へと置く。

「封筒にはメモリーカードが入ってる。今回、俺が撮りためた映像ファイルだ。撮ったままの状態で、編集はしていない。だから、様々な矛盾に満ちている」

そうかもしれない。いや、未編集なら、きっとそうだろう。

「俺なら、いかようにも仕上げられる。『涙のプロジェクト物語』にしてもいい。『皮肉な社会ドキュメンタリー』にしてもいい。だが、どれも、やめておく。映像は外には出さない。全てあんた達にやる。参考にしてくれ」

「あの、どうしてですか。半年かけて、撮りためた映像ですよね」

「手慣れた作業で、見慣れた内容。所々に教訓めいたシーンを入れる。心が少しだけチクチクするシーンをな。お手のものだよ。だが、馬鹿馬鹿しい」

「馬鹿馬鹿しい？」

「そんな物を作って、何の役に立つ？　あんた達は、今後、実際にやっていかなくちゃならない。矛盾した事柄に立ち向かい、筋道を立てて組み上げ、新しい水族館を作り上げるんだ。その邪魔はしたくない」

　黒岩さんは封筒を押しやる。今度は自分の方へ。

「受け取れ」

　苦い勝利だったということか。

　封筒を手に取る。由香は黙って、目をつむった。

3

　夜の生暖かい風。どこかで風鈴が鳴っていた。網戸にして、冷房を切る。

　由香はベランダ際で振り返った。

先輩は壁にもたれて、床に座り込んでいる。そして、天井を見つめていた。膝の上には、今日、黒岩さんからもらった資料束。アパートに帰ってきてから、ずっと、この格好でいる。動こうともしない。

キッチンから、おいしそうな匂いが漂ってきた。

間もなく、ご飯が炊き上がる。晩ご飯を一緒に食べてから帰ろうと思っていた。だが、今日は早々に帰るべきかもしれない。

「先輩、私、今日は……」

言いかけると、ようやく、先輩は顔を戻した。自分の方を見る。そして、「なあ」と言った。

「黒岩さんの話のことなんだけど……おまえ、どう思った？」

「どう思ったって……驚きましたけど、まあ、そんなこともあるかな、と」

「俺もそうだ。プレゼンに関しては、自分でも意外なくらい冷静に聞けていた。それよりも話の後半──『曖昧で移ろいやすい』とか『そんなフワフワしたモン』とかの話が気になった」

先輩はため息をついた。

「実は、俺も同じことを感じてたんだ。基準作りプロジェクトで、いろんな水族館を見て、痛感した。水族館は変化してきている。特に、ここ数年はすごい変化だよ。俺が水族館に入った頃とは別物になりつつある」

「似たようなこと、チーフから聞いたことがあります。昔、大規模水族館ブームのようなものがあって、その頃辺りから、水族館のイメージが大きく変わったって。でも」

由香は首を傾げた。

「先輩が水族館に入ったのって、ブームのあとですよね。入った時は、既にどこも、今みたいな感じだったんじゃ」

「いや、まだ、昔の雰囲気みたいなものは残ってた」

「昔の雰囲気？」

「どう言えばいいんだろうな」

先輩は頭をかく。そして、つぶやいた。

「無理やり表現すると……地味で、アカデミックで、職人的。中小規模であっても、実質、公的な施設。教育機関的なイメージも手伝って、地味だけど安定。ベテランの人はよく言ってた。『水族館も博物館。そんなもんだろ』って」

「チーフもよく口にしてます。昔は地味で目立たなかったって」

「今はどうだろ。きらびやかで華やか。規模も大きくなって、人の流れを生む中核施設。その分、世間の気分みたいなものに、運営が大きく左右される。そして、公営から民営へ。その流れに乗れないと、廃館リスクが高まる。こんな感じかな。手を引きたがっているのは、なにも、千葉湾岸市だけじゃない」

先輩は、また、ため息をついた。

「確かに、今回のプレゼンはうまくいったよ。けど、また、別の形で問題が出てくるだろ。背景にある根本原因は、何も変わっていないんだから」

黙って、唾をのみ込む。そこまでは考えてみなかった。

「別に、また、水族館論を語ろうとしてるわけじゃない。これは俺達自身の身近な問題なんだ。考えたくなくとも、考えなくちゃならない。生活に直結してくるから」

「生活に直結？」

「水族館を職場として考えてみると……俺達は同じ職場で共働き。今のところ、日々の生活資金に問題は無い。けど、いったん職場に事があると、どうなる？　俺達に蓄えはほとんど無い。一気に生活が危うくなる」

そのことは自分も、心底、感じている。つい、先日まで、その危機に直面していたのだから。

「俺は何としても二人の新生活を守りたい。だから、無理は禁物。身の丈に合わせて、生活を考え直す必要がある。当面の課題は結婚に関する事柄かな。根本から見直さないと」

「見直すって、いったい……」

「まず、新居を探し回るのは、やめだ。引っ越してこい」

先輩は手のひらで床のカーペットを叩いた。

「新居は、この部屋でいい。大家さんには、俺が言っとく。下の階には夫婦も住んでるから、大丈夫だろ。入りきらない荷物は、アクアパーク近くのトランクルームを借りればいい」

プレゼンの準備期間中、半分以上は、ここで寝泊まりしていた。が、支障を覚えたことは無い。

「分かりました。では、早々に引っ越しの準備を。でも、それだけじゃないですよね。他の事柄は？」

「新婚旅行かな。どうだろ？　これは完全に見送らないか。時間ができた時に、一緒に全国の水族館巡りでもすればいい。他の水族館の運営を見て、二人で意見交換。文句を言いまくるんだ。悪くないだろう？」

床に手をつく。由香は身を乗り出した。

「いいですね。賛成。次は？」

「指輪かな。婚約指輪は省略しよう。でも、結婚指輪はきちんと作る。結婚の証なんだから。むろん、あくまで、俺達の身の丈レベルでな。ほどほどの金額の物にしないと」

「大賛成。次は？」

「日を選んで、婚姻届を二人で出しに行こう。記念になる日だし、二人一緒に休みを取ってもいいかなって思ってる」

滞っていたことが、一気に片づいていく。痛快ではないか。

「了解。次は」

「次は」

ここで、先輩は言葉に詰まった。言葉を探しているように見える。その姿に、胸が騒いだ。残された大きな項目は一つしかない。結納から挙式、そして披露宴までの結婚式事の一切。それしかない。

由香はおそるおそる尋ねた。

「あの、結婚式のもろもろ？」

「俺なりに考えてみた。世間で言われてるような内容にすれば、俺達の蓄えはゼロになる。いや、足りない。アクアパークのスタッフ向けローンは使えると思うけど、それをすれば、新生活の基盤が更にもろくなる」

「じゃあ、ゆっくり貯めてから、結婚準備に取りかかりますか」

「それも考えた。けど、俺達は、アクアパーク存続問題もあって、ずっと結婚準備を先延ばしにしてきた。これ以上、先延ばしはしたくない。お互いの年齢もあるしな」

「それも、そうですが」

「こういう場合、世間では実家に支援をあおぐんだろうな。おそらく、ヤッさん……おまえの親父さんは考えてると思う。万事に計画的な人だし、役所に長年勤めていた。それなりの準備もあるだろう。けど」

先輩はため息をついた。

「俺の方は無理だ。親父は船を下りて以来、世捨て人のような暮らし。そもそも絶縁解消も昨年の夏、まだ一年もたってない。結婚関係の書物には、必ず『両家のバランスを考えて』なんて書いてある。でも、それは無理なんだ」

先輩は苦悶の表情を浮かべた。

「このことを無理に推し進めようとすると、俺達の場合、結婚自体がおかしなことになりかねない。だから、考えた。俺達の身の丈って、何なんだろう。どうすればいいんだろうって」

父の言葉が頭に浮かんできた。

——梶君が板挟みになるようなことは、しとうないんや。

あの時、父は既に見通していたのだ。そして、付け加えた——優先順位をつけて、何かを我慢するっちゅうことも必要なんやで。

「考えに考えた。俺なりに出した結論を、今、ここで、おまえに言う」

そう言うと、先輩は壁から身を起こした。膝上の資料を床へと置く。膝を折って座り直し、こちらへと向いた。そして、いきなり手をつく。

「すまん」

先輩は深々と頭を下げた。

「結婚式が一生の思い出になることは、分かってる。おまえが楽しみにしていることも、分かってる。でも、考えに考えて……思った。新生活を守るために、見送ろうって。そのお金は新生活を守る予備費にしたい。許してくれ。俺にはこれしか思いつかない」

先輩は頭を下げ続けている。こんなことさせちゃいけない。

「何、やってんですか」

わざと元気よく、先輩の背中を張った。

「知ってるでしょ。私、お調子者なんですよ。今さら着飾って人前に出て、どうするんですか。調子に乗って破いちゃうのが、オチですよ。それに、黙ってましたけど、最近、おなかが少し出てきてるんです。おなか締め付けるのも嫌だし、かと言って、出てるのを見られるのも嫌だし」

先輩は動かない。

「私、嬉しいんです。先輩が、新生活のこと、そこまで考えてくれてるって分かって。だから、お願い。頭を上げて。そんなの、先輩らしくないです」

先輩が頭を上げた。自分の顔を、真正面から、黙って見つめている。だが、何もしゃべろうとしない。

沈黙の中、風鈴が鳴る。

先輩は目を伏せ、ゆっくりと息をついた。かすれ声で「すまん」とつぶやく。そして、また、深々と頭を下げた。

4

本日は休日。自宅アパートの窓からは夏の風。セミの声を伴って、吹き込んでくる。これから一人で部屋の片付け。なんとか午前中に、目処をつけなくてはならない。

由香は段ボール箱を部屋の中央に置いた。

「底が抜けないようにしないと」

一昨日、二人で、館長とチーフに報告した。結婚式等の見送りについて。籍を入れる日に向けて、もう、実務を進めていくのみ。まずは部屋の片付けからと思い、早起きしたのだ。けれど。

部屋を見回し、ため息をついた。この部屋には役所勤めの時から住んでいるのだから。おまけに、忙しかった半年の間に、やたらと物が増えた。それらを仕分けし、荷物の量を減らすところから始めねばならない。引っ越し作業を、はかどらせるためにも。

部屋隅へと目をやった。

「まず、あのカゴだな」

部屋の隅には、洗濯カゴが三つ積んである。洗濯物は入っていない。入っているのは、「取りあえず」で放り込み、そのままになっている雑多な物ばかり。当初は一つだったカゴも、いつの間にか、三つに増えている。

何はともあれ、あのカゴの山を空にせねばならない。いらない物は段ボール箱に放り込んでいくのだ。それしかない。

段ボール箱を手に取った。そして、足を部屋隅へ。段ボール箱を床へと置き、その横に一番上のカゴを置く。

カゴに手を入れ、雑多な物を仕分けしていった。

まずは、プレゼンの資料集。これは、取っておかねばならない。箱には入れず、床の上へ。お次は、千葉湾岸市のキャラクター『カモメやん』の首振り人形。なぜ、こんな物がある？

「ヒヨロに押しつけよう」

人形は箱の中へ。

更に、お次はレシピ本『手抜き料理バンザイ』。手抜きは大切なことだ。取っておこう。本は床の上へ。手をカゴに戻せば、今度は臨海公園の案内パンフレット。これは、いらない。箱の中へ。

次から次へと、仕分けしていった。

「いる」

床の上へ。

「いらない」

箱の中へ。

手にして数秒、要否を決めていく。じっと見つめてはならない。なぜって、また「取りあえず、取っておくか」なんてことになるから。ともかく床の上か、箱の中へ。いる、いらない、いる、いらない……。

手が止まった。

カゴの中で、純白ドレスの女性が微笑んでいる。

『ウェディングドレス大特集～選び方からコーディネイトまで』

ウェディング雑誌の特集号だ。確か、買ったのは昨年の夏のこと。先輩にプロポーズしてもらった直後、本屋で見かけて衝動買いしたのだ。雑誌には、様々なウェディングドレス。ページをめくりつつ、何度も想像した。ウェディングドレスに身を包んだ自分の姿を。

「楽しかったなあ」

だが、そのすぐあとに、繁忙期がやってきた。最初は赤ちゃんの離乳トレーニング。次いで、アクアパーク存続問題。夢に浸る暇は無い。何かもかもが中途半端になりそうに思えてきて、雑誌をカゴへと放り込んだ。そして、そのまま……。

「忘れちゃったんだ」

雑誌を手に取る。表紙のモデルはブーケを手に持ち、自分を誘っていた。一緒にドレスを選びましょ。一生の思い出だもの。素敵なドレスにしなくっちゃ。さあ、早く。素敵なドレスが待ってるわ。さあ、さあ。

手が震えた。雑誌が滲んでいく。

——お姉ちゃんの花嫁姿が見れるなら、俺ァ、もう思い残すことはねえや。

見てもらいたかった。そして、自分自身の夢でもあった。幼い頃から、ずっと夢見ていたのだ。清楚な純白ドレス。いつの日か、きっと自分も、と。大人になれば、きっと自分も身につけるのだと。

ぽとり。

表紙に涙が落ちた。ブーケを滲ませている。また、ぽとり。今度はドレスを滲ませている。見ちゃあいけない。手にして数秒、要否を決めねば。

「いらないっ」

声を張り上げ、雑誌を箱の中へ。必要無い物は箱の中へ入れる——そう自分で決めたのだ。考えちゃいけない。

これでいいんだ。

空いた手を目尻へとやる。由香はその手で涙を拭った。

5

水族館における『三つのジ』——調餌（ちょうじ）、給餌、掃除。よく言われる言葉であって、基本中の基本と言っていい。休館日でも欠かすことはできない。

「まあ、こんなもんでしょ」

由香は柄ブラシを肩にかけ、汗を拭った。

今日は特別休館日。通常ならば、夏休みの期間中には、休館日を設けない。だが、今年は特別なのだ。プレゼンの結果次第では、スタッフ全員を集め、意見を集約する予定だったから。結局、取り越し苦労となったが、設定した休館日は取り消せない。

かくして、のんびり一人で掃除。悪くはない。

今回の休館日は、いろんな意味で、特別なのだ。通常の休館日なら、普段はできない大点検作業などを必ず入れる。だが、今回は誰も大きな作業を入れていない。だから、真昼間でも、館内は静寂そのもの。どことなく不思議な雰囲気が漂っている。

「なかなか、経験できないよな」

今、イルカプールには自分しかいない。ヒョロと咲子は、西の浜へと行った。海洋プールの最終チェックをしているのだ。当然、ニッコリーも西の浜へ。一昨日、ノリノリで海洋プールへ移動していった。

「はしゃぎ過ぎないでね、ニッコリー」

昨年のことを思い返して、ため息をつく。

その時、突然、聞き慣れぬ音がした。ガ、ガ、ガ。そして、スピーカーの反響音。更には、マイクを動かす音が続く。どうやら館内放送らしい。

「ア、ア、ア。練習中、練習中……え、もう入ってる？　そんなァ」

ヒョロの声ではないか。

「業務連絡、業務連絡。え？　休館日だから業務連絡に決まってる？　そんなこと言われても……ともかく業務連絡。これよりプロジェクトコードＨＤＷ。なんか格好いいなあ。ＨＤＷ。あ、これ、言っちゃだめ？」

耳にしたことがないプロジェクト名ではないか。もしかして、アクアパーク存続危機は、まだ続いているのか。

「もういいや。ともかく皆さぁん、仕事の手を休めて、海洋プール前の浜辺に集まって下さぁい。全館ミーティングみたいな感じで。持参品は無し……え、繰り返せ？　持参品は無しッ……ああ、全体を繰り返すんですか？　ええと、業務連絡、業務連絡」

いたずらか。

いや、そんなこと、ヒヨロにできるわけがない。館内放送のやり方すら知らないのだから。それに、内容を聞く限り、ヒヨロの後ろに管理部の人がいるようだ。止めようとしていないのだから、いたずらのわけがない。とすれば、やはり。

「内々のプロジェクトがあったんだ」

アクアパーク存続問題関連か。いや、ヒヨロが「集まれ」と言っているということは、海洋プール関連か。いずれにせよ、行かねばならない。だが、イルカプールを留守にするわけにもいかない。どうする？

頭をかく。プール奥から声がかかった。

「行っといで」

磯川先生だった。裏柵の戸口を開けている。

「今日は特別休館日だからね、寄ってみたんだよ。プールには僕がいるから、行ってきていいよ。大ごとだと、まずいだろう？　もし、海洋プール関連の問題なら、去年、経験してる君がいないとね」

「お言葉、甘えますっ」

先生に一礼して、柄ブラシを壁へ。プールサイド隅の階段を駆け下りる。観客スタンド横の関係者通路へ。通路を駆け抜け、外へと出た。人気は無い。胸騒ぎがしてならない。

「急がないと」

もう、浜辺までの最短距離を行くのみ。通路も植栽も関係ない。通路を突っ切って、メイン展示館の方へ。更には、その角を曲がり、正面玄関の方へ。正面玄関も一気に駆け抜ける。浜へと出た。

「なに、これ」

西の浜には、既に、大勢のスタッフが集まっていた。問題があるようには思えない。それどころか、お祭りのような雰囲気が漂っている。海洋プールの方でも、ニッコリーが気ままに泳いでいた。これまた、問題があるようには思えない。

「よお、来たか」

人混みの中で、チーフが手を上げていた。

慌てて、その元へと駆け寄る。

「チーフ、これは、いったい」

「細けえことは、俺も分かんねえんだよ。吉崎と奈良岡に聞いてくんな。二人が何とかしてくれんだろ。おめえは言われるがままにしてりゃいいや」

「言われるがままって」

いきなり背後から腕をつかまれた。

咲子ではないか。

「由香先輩、来て。急がないと」

「急ぐって、どこへ」

咲子は答えない。有無を言わせず腕を引っ張った。そして、浜の奥へ。目を向けて、またまた驚いた。土手の手前に、テントが二つ立っている。

「咲子、いつの間に、こんなもの」

「テントの中で、吉崎姉さんが待ってるんです。早く」

引きずられるようにして、左側のテントへ。更には、出入口の幕を開けて、テントの中へ。確かに、中では吉崎姉さんが待っていた。

「やっと来たか。もう待ちくたびれたがな」

「姉さん、これって、どういうこと？」

「どういうことって……ええか。こういうことは、どんな形であれ、やっておいた方がええの。それで、皆で話し合うてな。特別休館日なら、ちょうどええやろって」

「あの、こういうことって？」

「結婚式やがな」

姉さんはテントの奥へと目をやった。その視線を追って、息をのむ。テント奥には思いもしない物があった。

純白のウェディングドレスではないか。

「咲子ちゃんが辰ばあちゃんから借りてきたんや。ばあちゃんのお孫さん、市民劇団で活動してはるそうでな。で、その衣装ってわけや」

辰ばあちゃん宅の光景を思い返した。確かに、様々な衣装を見た記憶はある。部屋には所狭しと積まれていた。

「けど、あり合わせのモンと違うで。お孫さん夫婦、本職は仕立屋さんやから。つまり、プロが仕立てた本格的なドレス。『なんなら、嶋さん用に作りましょうか』とまで言うてもろたんやけど、それやと特別休館日に間に合わんから」

「じゃあ、プロジェクトは？　ヒヨロが館内放送で『コードネームＨＤＷ』とか言ってたんですけど」

姉さんが肩をすくめて、咲子の方を見やる。

咲子が笑いながら答えた。

「ＨＤＷ――『浜辺でウェディング』の略なんです。ヒョロくんの発案。『何か格好いい名前をつけなくっちゃ』って。略の仕方が変だなと思うんですけど、ヒョロくん、もう気に入っちゃって」

「そういうこっちゃ」

姉さんも笑った。

「疑問が解けたなら、着替えよか。着付けはウチや。まあ、何とかなるやろ。親戚の娘相手にやったことあるから。この手のドレスは、うまく着付けんと、ズレてくるし、きれいに見えんのや。下手かもしれんけど、まあ、隣のテントよりはマシやと思うて」

「隣のテント？」

「梶が入っとる。着付けはヘイさん。もう着替え終わる頃やと思うで。あんたも急がんと。取りあえず、ドレスの横に立って」

姉さんに手を取られる。

由香はうなずき、テント奥へと足を向けた。

※　※

テントの中で、着替えは完了。出入口の手前で、咲子と姉さんが目を細めている。

「由香先輩、すっごく、きれい」

「馬子にも衣装とは、このこっちゃで。ま、孫の衣装やけどな」

照れる……と言いたいところなのだが、そんな余裕は無い。もう頬が強張って仕方ないのだ。

「姉さん、これから、私、どうすれば」

「準備完了の連絡はしたから、もうすぐ始まるやろ。冒頭の進行はヒョロくんが担当。途中からはウチが担当。ヒョロくんはいろいろと役割があるから。まあ、あんたは言われた通りにしとけば……」

パパパ、パァン♪

突然、テントの外でトランペットのファンファーレ。このメロディには、聞き覚えがある。結婚式でよく耳にする曲。確か、結婚行進曲ではなかったか。そして、この音質は……イルカプールで使っているラジカセか。

外からヒョロの声が聞こえてきた。

「では、梶さん、由香先輩、出てきて下さぁい」

姉さんが目をテント出口の幕へ。「さあ、行きぃ」と言った。

「自分の足でしっかり踏みしめて行くんやで。人生と一緒や。けど、途中で梶が手を取ってくれる。これも人生と一緒や」

黙ってうなずく。咲子がテントの幕を開けた。

まぶしい。

目の前に、夏の浜辺が広がっていた。自分の身を、その中へ。そして、一歩。また一歩。だが、砂地にロングドレスなのだ。歩きにくいこと、このうえもなく……。

「痛て」

早くも転けた。華麗なる結婚行進曲は続いている。このギャップは恥ずかしい。コントのオチで流れる情けないトランペット音の方が合いそうな気がする。だが。

めげてなるものか。

砂地に手をつき、体を起こした。真っ赤に染まった顔を上げる。

人の気配がした。

「大丈夫か。つかまれ」

先輩だった。目の前に手がある。

「波打ち際に、館長とヒョロがいる。一緒に行こう」

うなずいて、手を取った。そして、気づいた。先輩はモーニングコートでもなければ、タキシードでもない。紋付き羽織袴姿だ。

「先輩、その格好……」

「洋装は無かったんだ。でも、こっちの方がしっくりくる。俺は漁村育ちだから。さあ、つかまれ。行くぞ、二人で」

立ち上がって、先輩の腕を取った。再び一歩。また一歩。拍手に包まれつつ、二人で砂地を歩む。

周囲はアクアパークの人達だけではなかった。地元の人達もいる。その中には、辰ばあちゃんの姿があった。更には、常連さんの姿も、ボランティアの人達の姿もある。そして、その隅には黒岩さん。カメラを回してくれていた。プロ中のプロによる撮影だ。ぜいたくなこと、この上ない。

流れる結婚行進曲は徐々に小さくなっていく。

ヒヨロがメモを見つつ「ええと」と言った。

「それでは、始めます。立会人式、いや、人前式でしたっけ？　どっちでもいいや。ともかく結婚式。立会人の代表は内海館長。お二人に一言もらいます。では、内海館長、どうぞ」

ヒヨロの言葉を受けて、館長が自分達の前へ。海を背にして立った。そして、珍しく照れたように咳払い。「嬉しいことです」と言った。

「ここにお集まりの皆さん全員が、同じ思いでいらっしゃると思います。ようやく、ここにたどり着きました。しかしながら、私が知る限り、ここに至るまでの道のりは平坦なものではなかった」

内海館長は視線を先輩へ。「梶良平君」と言った。

「君は、昔、アクアパーク一番の無愛想男。人付き合いが苦手で、ぶっきらぼうそのもの。周囲をヤキモキさせていましたが……今や、どうです？　全国を股にかけ、リーダーシップを発揮している。素晴らしい変貌と言うしかありません」

次いで、館長は視線を自分へ。「嶋由香さん」と言った。

「あなたは、昔、アクアパーク一番のお気楽娘。走り出したら、どこに行くか分からない。周囲をヒヤヒヤさせていましたが……今や、どうです？　周囲を明るく照らし、活力を与えている。これまた、素晴らしい変貌と言うしかありません」

館長は微笑んで、間をとる。独り言のように「はてさて」と言った。

「二人は、どうやって、このような変貌を遂げたのでしょうか」

そして、ゆっくりと周囲を見回した。

「皆さん、二人は水族館という職場にいます。水族に接する仕事です。自然に接する仕事です。そして、多くの人々に接する仕事です。そこには、多くの困難と矛盾がある。二人はそれに何度も直面してきました」

館長の背後には夏の海。まぶしいほどに、きらめいている。

「そして、思い悩み、助けあい、手を取りあって、困難を乗り越えてきた。そうやって、二人は互いを成長させあい、強い絆を築いてきたんです……と言うと、いかにも結婚式用の美辞麗句に聞こえますが」

海からの風が、浜を吹き抜けていく。

館長の白髪が揺れた。

「そうではありません。私達は全員、ヒトという生き物。ヒトは『共感性』という謎めいた特性を持っています。『他者を思いやり、助けあい、それを自らの成長の糧にまでしてしまう』という、極めて不思議な特性です。二人はその特性を見事に発揮したのではないか。私には、そう思えてならないのです。そこで」

館長は再び咳払い。改めて、周囲を見回した。

「皆さんに提案させていただきたい。この結婚式は人前式でして、本来ならば、私達、立会人に向かって誓うことになります。ですが、ここは浜辺でして、真正面に海。左右それぞれに立会人である私達。少々やりにくい。そこで、どうでしょう」

館長は少し身を引く。海に向かって、手を広げた。

「この大海原に向かって、誓ってもらっては。不思議な共感性を持つヒトという生き物として。私達は、同じ仲間として、かつ、立会人として、それを見届ける。やや異例かもしれませんが、水族館スタッフ同士の結婚にふさわしいと思うのです。いかがでしょうか」

周囲から一斉に賛意の拍手。館長が「では」と言い、横を見た。そこに、もうヒヨロはいない。ヒョロに代わって、吉崎姉さんがいた。

「ほな」

姉さんは飄々(ひょうひょう)と受けた。

「そのやり方でいきましょ。皆さん、二人の誓い、よう聞いてやって下さいや。ええか、新郎新婦。一生の誓いやで。ほな、よろしゅうに」

そう言うと、姉さんは自分達に向かって手を広げた。誓いの言葉を促している。

先輩が小声で言った。

「どうする？　俺、何も考えてきてないぞ」

「私もです」

「何かしゃべってくれ。イルカプールで慣れてるだろ」

「何かしゃべって下さい。プレゼンで慣れてますよね」

「もう『本日はありがとうございました』って言っちゃうか」

「勝手に締めちゃまずいですよ。そもそも、誓いになってないし」

小声での相談。冷や汗は出てきても、誓いの言葉は出てこない。

海の方で水音がした。

「梶さん、こっち」

館長の背後、浅瀬にヒョロがいた。肩で息をしつつ、ボードを掲げている。イルカライブで時々使用する説明ボードのようだ。誓いの言葉が書いてある。

カンニングペーパーか。助かった。

先輩はおもむろに咳払い。誓いの言葉を読み上げ始めた。

「私、梶良平は嶋由香さんを妻とし、愛し敬い……彼女がトボケた時には、すかさず突っ込み……え？」

先輩は言葉に詰まり、自分の方を見る。また小声で言った。

「どうする？　おまえのオトボケ、天然だぞ。いつ、突っ込んだらいいのか分からない」

「じゃあ、常に突っ込んで」

「了解」

先輩は軽くうなずく。誓いを再開した。

「……常に突っ込み、支え、力をあわせて明るい家庭を作ります」

先輩は誓いを終えて、安堵の息をつく。そして、自分の方を見た。次は、当然、自分の番。だが、ヒョロのボードに新婦用の言葉は書かれていない。

再び水音した。

「由香先輩、こっち」

今度は吉崎姉さんの背後、浅瀬に咲子がいた。肩で息をしつつ、ボードを掲げている。新婦用のカンニングペーパーらしい。助かった。

先輩と同じように、おもむろに咳払い。誓いの言葉を読み上げ始めた。

「私、嶋由香は梶良平さんを夫とし、愛し敬い……常にドジを忘れず……え？」

言葉に詰まり、先輩の方を見る。小声で言った。

「あのう、別に、しようとして、してるわけじゃないですよ。私、常に本気なんですから」

「じゃあ、常にドジしとけ」

「了解」

軽くうなずく。誓いを再開した。

「……常にドジを忘れず、支え、力をあわせて明るい家庭を作ります」

誓いを終えて、自分も安堵の息をつく。

またまた、浅瀬から声が飛んできた。

「二人で一緒に」

ヒョロと咲子が手を取りあって、ボードを掲げている。まだあるらしい。先輩と声をそろえ、読み上げた。

「私達は、互いに伴侶として、信じあい、慈しみあい、支えあうことを、ここに誓います」

なんとか、誓いは完了。

ヒョロは満面に笑みを浮かべ、ボードを放り投げた。浜へと駆け寄ってこようとする。だが、足をもつらせた。そして、つんのめる。咲子が慌ててヒョロの背中をつかんだ。が、支えられるわけがない。二人仲良く、顔から浅瀬へ。
ケ、ケ、ケ。
ニッコリーが身を振り、からかうように鳴いている。

「何やっとんの」

姉さんがあきれたように首を振った。

「まあ、ええわ。放っておきましょ。皆さん、何はともあれ、二人は誓いを済ませました。では、新郎新婦は、浜の方へと方向転換。皆さんに一礼して」

先輩と二人、ぎこちなく動いていく。浜へと向いて、まずは西側の人達に一礼した。再びぎこちなく動いて、東側の人達にも一礼する。祝福の拍手に包まれた。イルカプールで受ける拍手とは一味違う拍手だ。もっとも、何が違うのか言えないのだが。

「これにて」

背後で吉崎姉さんが言った。

「結婚は成立。めでたし、めでたし。二人とも、婚姻の書類、出すのを忘れたらあきませんでえ。とにもかくにも、私ら立会人も一安心。さあ、ここからは気楽に祝いましょ。ということで、岩田チーフ。出番でっせ。よろしゅうに」

「分かってらあな」

チーフが人混みから出てきた。手に何やら瓶らしき物を持っている。シャンパンではない。日本酒だ。

チーフは日本酒の瓶を抱え上げた。

「昔から、浜辺での慶事となりゃあ、日本酒よ。こりゃあ、まさしく、浜辺での慶事。もう、これしかねえや」

チーフに続いて、西側の人混みの中から、何人か出てきた。修太さんをはじめとする面々。続いて、東側の人混みからも、何人か出てきた。浦(うら)さんをはじめとする面々。皆、手に日本酒の瓶を持っている。

「待って、ボク達も」

海からヒョロと咲子が上がってきた。全身から海水を滴(した)らせつつ。そして、倉野課長から、日本酒の瓶を受け取る。

チーフがおもむろに周囲を見回した。

「そんじゃ、皆さん、栓を抜いてくんなせえ。合図をしたところで、一斉にお願いしますぜ」

あちらこちらで小気味良い音がする。ポン、ポン、ポン。チーフは「では」とつぶやき、日本酒の瓶を肩口へ。思い切りよく瓶を振った。

「ほらよっ」

しぶきが飛んできた。チーフの瓶からだけではない。全ての瓶から。シャンパンシャワーならぬ日本酒シャワーか。だが、これでは。

「あの、ドレスが。お借りしたドレスが」

「心配すんねえ。辰さんに、許可、もらってっから」

「構いやしないよ」

ばあちゃんの声だ。

「そのドレスと紋付き、二人にあげるから」

しぶきは次から次へ。もう全身、ずぶ濡れ。自分のドレスから、日本酒が滴っている。むろん、先輩の紋付きからも。

「こんなもんかな」

ようやくシャワーがやんだ。

「じゃあ、皆さん、瓶は安全なところに置いてくだせえ。次は修太。おめえの出番よ。交替しな」

おそるおそる顔を上げた。

名指しされた修太さんが自分達の方へ。いきなり声を張り上げた。

「辰ばあちゃん、人手をお願いしまっス。梶は、結構、重いっス」

「任せときな。若い衆、行っとくれ」

人手？

その意味を考える間も無い。地元の人達が先輩を取り囲んだ。自分の周りにはアクアパークスタッフがにじり寄る。その中にはヒョロと咲子もいた。二人とも、なぜか、目を爛々（らんらん）と輝かせている。

この目は……獲物を狙う目ではないか。

「修太さん、これから、いったい何が」

「浜辺の慶事――お祭りって、全国各地にあってねえ。御輿を海に乗り入れて、祝うところって多いんだよ。となれば、やんないわけにはいかないでしょ」

そう言うと、修太さんは腕まくり。あわせて、周囲の人達も腕まくり。胸の鼓動が早くなった。まさか……胴上げ？

慌てて、手のひらを修太さんに向けた。なんとか、制せねばならない。

「ま、まずは……落ち……落ち着きましょう。ここは海洋プールで、ニッコリーがいます。怯えると、まずいので」

「怯える？　はしゃいでるけど」

けら、けら、けら。確かに、ニッコリーは楽しそうに鳴いている。

おい、やめろって。

「修太さん、何卒ここは冷静に。私、ロングドレスです。先輩は袴。胴上げには向いてませんし、皆さんに失礼ではないかと。ということで、お気持ちだけ、いただきます。ね？　先輩」

同意を求めて、先輩の方を見やった。だが、先輩はすっかりあきらめ顔になっている。笑うかのように息を漏らし、空を見上げた。

「空って……青いな」

「ちょっと、何を言ってんで……」

言い終える前に、修太さんが手を上げた。と同時に叫ぶ。

「胴上げ、スタートッ」

合図と共に、一気に包まれた。そして、海の中へ。浅瀬で抱え上げられた。自分は皆の腕の中へ。すぐ近くで先輩も。もう、任せるしかない。

ワッショイ。

体が浮いて、舞い上がった。青い空に真っ白なドレス。揺らめいている。

ワッショイ。

海水も一緒に舞い上がった。青い空に透明な水しぶき。きらめいている。

ワッショイ。

声に合わせて、ニッコリーが跳んだ。そして、青い空で一回転。あれ……この光景はどこかで……そうか。役所内の応接室で、だ。出向の内示を受け、アクアパークのパンフレットを見た。確か、その表紙にはイルカ。空高くジャンプをしていた。

『アクアリウムにようこそ』

人生って、不思議だな。

笑いが漏れ出てくる。由香は広い青空を満喫した。

エピローグ

秋の空に、いわし雲。今日は赤ちゃんのお披露目ライブ。冒頭で、赤ちゃんの愛称募集の告知をした。そのせいか、来場者の目は赤ちゃんに集中している。

「さあ、行って」

由香はプールサイドでサインを出した。

赤ちゃんはうなずくように体を振る。そして、勢いよく身をひるがえした。イルカプールを助走して、ぎこちなくジャンプ。だが、戻ってくると、得意げに身を振る。ねえ、見た？　見た？　見た？

「見たよ。ベリーグッド」

胸元の笛を吹き、ご褒美の切り身を赤ちゃんへ。

由香は笛を掲げ、観客スタンドへと向いた。

「この笛は『いいね』の合図なんです。人間の言葉は通じませんから、こうやって、意思疎通を図っています。笛はコミュニケーションの最重要ツール。そして、ご褒美の切り身もコミュニケーションの手段なんです。お子様の教育で、ご褒美にお菓子。そんな感じですね」

今日の最前列は小学生達が半分。もう半分は家族連れ。お母さん達が納得したように首を振っている。

「お次は、ニッコリーの登場です。事前にご案内の通り、前から三列目までの方はご覚悟下さいね。それでは、先輩の格を見せてもらいましょう」

足元にいるニッコリーにサインを出した。ニッコリーは即座に助走を開始する。そして、アクリル壁の前でスピンジャンプ。更には背面で着水。派手なしぶきが舞い散り、観客席から嬉しそうな悲鳴が上がる。

ニッコリーは得意満面の様子で戻ってきた。

いつもより、水かけちゃった。

「実は、皆さんの反応もご褒美なんです。ニッコリーはわざとアクリル壁の近くでジャンプをし、皆さんに水をかけ、その反応を楽しみます」

ニッコリーが楽しそうに身を振っている。

おもしろいよ。お姉さんもやる？

「一度、ライブ以外の時間に、イルカプールをのぞいてみて下さい。魚があろうと無かろうと、イルカ達は気ままにジャンプしてますから。でも、今はライブ本番です。

予定通り、ご褒美の魚をあげることにしましょう」

かがみ込んで、手を給餌バケツへとやる。大好物のアジをニッコリーへ。だが、ここで、ニッコリーは思いもしない行動に出た。投げたアジをキャッチしたのだ。そして、前後に大きく身を振る。アジは口から離れて、自分の方へ。

ビシャ。

顔面に命中した。アジはゆっくりと剝がれ、足元へ。当然、観客スタンドは大爆笑。小学生達は嬉しそうに騒ぎ始めた——やっぱり、ドジトレ姉だ。そして、楽しそうに大合唱。

「ドジ、ドジ、ドジ」

由香は手を上げ、大合唱を制した。

「いえ、いえ、違うんです。私がドジなのではありません。イルカが気まぐれで、遊び好きなのです。実は、これこそが、まさしくイルカの一大特徴でして」

生態における『遊び』とは何か。

他の水族と比較しつつ、話していく。その間に、プールサイドにいた赤ちゃんはルンの元へ。仕方ない。まだ、赤ちゃんに『待て』のサインは通じないのだから。だが、これもまた、ライブの醍醐味なのだ。

「ご覧下さい」

由香は赤ちゃんとルンを指さした。

「今、赤ちゃんが母イルカのルンの元へ。仲睦まじく一緒に泳いでいます。ですが、父イルカ勘太郎の元へとは向かわない。勘太郎も淡々としたものです。『おチビちゃんの仲間』ぐらいの感じでしょうか。イルカって、母系の社会なんですね」

勘太郎は常にマイペース。自分が話題になっているとも知らず、のんびりとプール隅を泳いでいる。そして、潮を吹いた。

「お気づきになりましたか。今、勘太郎は潮を吹きました。これがイルカの呼吸です。イルカも人間と同じく肺呼吸。頭の上の穴は、いわば『鼻』なんです。この部分を水の上に出して、空気を吸ったり吐いたり。当然、その時に水しぶきが飛びます。私達は今、それを目撃しています」

ルンと赤ちゃんも潮を吹く。

これまで、どれだけの人がイルカの呼吸に注目してきただろう。イルカは産まれ出た瞬間、海面へ浮上せねばならない。自力で呼吸せねばならないから。そして、これは生きている間、ずっと続く。溺死との戦い——これはイルカの宿命なのだ。

当たり前と言えば、当たり前なのかもしれない。だが、その『当たり前』を、どれだけの人が意識しているだろうか。

「イルカって、ウシや羊に近いんです。一番、近いのはカバ辺りかな。そう言われれば、なんとなく似てる気がしますよね。イルカって、陸棲の仕組みのまま、水中暮らしに適応しちゃったんです。そこから、様々なミステリーが始まります」

そう、イルカはおちおち眠ってもいられない。完全に寝てしまうと、溺れてしまうから。そこで、びっくりの睡眠方法を編み出した。脳を半分ずつ眠らせる。半分は起きたまま、半分はぐっすり。

だからといって、スーパーアニマルなどと持ち上げたくはない。同じ仕組みは、渡り鳥にもあるのだから。別に人間に褒めてもらいたくって、そうなったわけじゃない。生きていくために、そう進化してきた。それが生き物イルカなのだ。

「ちょっと、不思議ですよね。でも、これがイルカなんです」

観客スタンドから、驚きの声が漏れている。

でも、こんな驚きはイルカだけのことではない。分かっているつもりで、分かっていない。そんな生き物がいっぱいいるところ——それが水族館なのだ。

だからこそ、伝えたい。

ありのまま、生き物としての姿を。作られたイメージなんかじゃない。躍動感あふれる生き物としての魅力を。むろん、自分は未熟だ。知識も技術も物足りない。でも、忘れてはいないのだ。アクアパークに来た時に感じた新鮮な驚きを。あの驚きを、今、少しでも多くの人に伝えたい。

ライブのフィナーレBGMが流れ始めた。

「ちょうど、時間となりました」

イルカ達はプールサイドに勢ぞろい。サインを出すと、そろってアクリル壁前へと泳いでいく。そして、観客スタンドに向かって立ち泳ぎをした。勘太郎、ルン、ニッコリー。赤ちゃんも真似をして、立ち泳ぎをしている。

「じゃあ、皆さんにご挨拶」

イルカ達が胸ビレを大きく振った。

また、来てね。バイバイ。

「皆さん、どうも、ありがとうございましたっ」

帽子を手に取る。

由香は来場者に向かい、深々と一礼した。

参考文献とあとがき

『水族館学』（東海大学出版会）
『うみと水ぞく』及びメールマガジン（須磨海浜水族園）

その他、多くの水族館、水族園の広報物を参考にさせていただきました。様々なご示唆とご教示に、改めて厚く御礼申し上げます。

※　※

本作は、当初、単行本『アクアリウムにようこそ』として、二〇一一年春に出版されました。その三年後に改題の上、文庫化され、現在に至っています。

シリーズ構想のきっかけは老舗水族館『須磨海浜水族園』の広報物に記載されたコラムでした。『当園ではイルカに愛称を付けていません』という一行の記述です。当時は、水族館現場に昔を知る方が大勢いらっしゃいました。語られるアカデミズムに心躍らせたものです。それゆえ、参考文献は九十年代のものが多いと思います。

一方、物語の時間軸は五年半程度です。昨今のテーマを取り込もうとすると、三十年近い時勢の移り変わりを、五年半に圧縮することになります。物語中、主人公達は様々な問題に次から次へと直面していきますが、実は、背景にそのような事情があるのです。多少、裏話めいた事柄ではあるのですが。

もっとも、偉そうなことを言えるほど、水族館の魅力を描き切れたわけではありません。その魅力は幅広く、かつ、奥深い。また、陸棲の人間にとっては、水族という存在そのものが、実に興味深い。共に、筆に尽くしがたいものがあります。

おそらく集めた資料のうち、半分も消化できていないでしょう。実際、先日、引退なされた元スタッフの方に、こう言われました。

「俺があんたに話してあげたこと、こんなもんじゃねえよな」

ご意見、お寄せ下さい。『＃水族館ガール』にて、ネット上でつぶやいていただければ、拝見させていただきます。水族館の世界は万人のもの。つまり、皆さんのものであるわけですから。

この原稿が仕上がりましたら、海へ行こうと思っています。久し振りに浜へと座り、あれこれ考えようかな、と。本シリーズを始めた時も、よく、そうしていました。そして、いつの間にか、眠ってしまうことも。今回も、そうなるかもしれません。
ただ、それもまた良し――今はそう思えるのです。

木宮条太郎

本書は書下ろしです。
本作品はフィクションです。
実在する個人・団体とは一切関係ありません。（編集部）

実業之日本社文庫　好評既刊

木宮条太郎
水族館ガール6
派手なジャンプばかりがイルカライブじゃない——アクアパークのイルカ・ルンのおなかに小さな命が。出産に向けて前代未聞のプロジェクトが始まった！
も46

木宮条太郎
水族館ガール7
出産後、母親が病気にかかったイルカ親子は別々のプールに。離れ離れの親子を対面させるため由香が思いついたアイディアは……超感動いきもの小説！
も47

木宮条太郎
水族館ガール8
いつまでも一緒にいたい——絶滅危惧種の保護問題に直面しつつ、進む由香と梶の結婚準備にさらなるハードル。そしてアクアパークにまたもや存続の危機が？
も48

阿川大樹
終電の神様
通勤電車の緊急停止で、それぞれの場所へ向かう乗客の人生が動き出す——読めばあたたかな涙と希望が湧いてくる、感動のヒューマンミステリー。
あ131

阿川大樹
終電の神様　始発のアフターファイブ
ベストセラー『終電の神様』待望の書き下ろし続編！終電が去り始発を待つ街に訪れる5つの奇跡を、温かな筆致で描くハートウォーミング・ストーリー。
あ132

実業之日本社文庫　好評既刊

五十嵐貴久
年下の男の子
37歳、独身OLのわたし。23歳、契約社員の彼。14歳差のふたりの恋はどうなるの？　ハートウォーミング・ラブストーリーの傑作！（解説・大浪由華子）
い31

五十嵐貴久
ウエディング・ベル
38歳のわたしと24歳の彼。年齢差14歳を乗り越えて結婚を決意したものの周囲は？　祝福の日はいつ？　結婚感度UPのストーリー。（解説・林 毅）
い32

五十嵐貴久
可愛いベイビー
38歳課長のわたし、24歳リストラの彼。年齢、年収、キャリアの差……このカップルってアリ？　ナシ？　大人気「年下」シリーズ待望の完結編！（解説・林 毅）
い33

五十嵐貴久
学園天国
新婚教師♀と高校生♂はヒミツの夫婦!?　平和な学園生活に忍び寄る闇にドタバタコンビが立ち向かう。懐かしくて新しい！　痛快コメディ。（解説・青木千恵）
い34

五十嵐貴久
あの子が結婚するなんて
突如親友の結婚式の盛り上げ役に任命？　複雑な心境で準備をはじめるが、新郎の付添人に惹かれてしまい――!?　アラサー女子の心情を描く、痛快コメディ！

い35

実業之日本社文庫　好評既刊

五十嵐貴久
マーダーハウス
希望の大学に受かり、豪華なシェアハウスで暮らすことになった理佐の平穏な日々は、同居人の不可解な死で壊れていく。予想外の結末、サイコミステリー。
い36

伊坂幸太郎
砂漠
この一冊で世界が変わる、かもしれない。一瞬で過ぎる学生時代の瑞々しさと切なさを描いた一生モノの傑作長編！　小社文庫限定の書き下ろしあとがき収録。
い121

伊坂幸太郎
フーガはユーガ
優我はファミレスで一人の男に語り出す。双子の弟・風我のこと、幸せでなかった子供時代のこと、「アレ」のこと。本屋大賞ノミネート作品！（解説・瀧井朝世）
い122

乾ルカ
あの日にかえりたい
地震の翌日、海辺の町に立っていた僕がいちばんしたかったことは……時空を超えた小さな奇跡と一滴の希望を描く、感動の直木賞候補作。（解説・瀧井朝世）
い61

乾ルカ
森に願いを
いじめ、恋愛、病気…希望を失い森に迷い込んだ人々に、森番の青年が語り掛けた言葉は——思わず深呼吸したくなる癒しのミステリー。（解説・青木千恵）
い62

実業之日本社文庫　好評既刊

小野寺史宜
人生は並盛で
従業員間のトラブル、客との交流、店長の恋の行方……牛丼屋をめぐる悲喜交々は24時間・年中無休。要注目作家が贈る異色の連作群像劇！（解説・藤田香織）
お71

大山誠一郎
アリバイ崩し承ります
美谷時計店には「アリバイ崩し承ります」という貼り紙がある。店主の美谷時乃は、7つの事件や謎を解決できるのか!?（解説・乾くるみ）
お81

佐藤青南
白バイガール
泣き虫でも負けない！　新米女性白バイ隊員が暴走事故の謎を追う、笑いと涙の警察青春ミステリー！　迫力満点の追走劇とライバルとの友情の行方は――？
さ41

佐藤青南
白バイガール　幽霊ライダーを追え！
神出鬼没のライダーと、みなとみらいで起きた殺人事件。謎多きふたつの事件の接点は白バイ隊員――？　読めば胸が熱くなる、大好評青春お仕事ミステリー！
さ42

佐藤青南
白バイガール　駅伝クライシス
白バイガールが先導する箱根駅伝の裏で、選手の妹が誘拐された!?　白熱の追走劇と胸熱の人間ドラマで一気読み間違いなしの大好評青春お仕事ミステリー。
さ43

実業之日本社文庫　好評既刊

佐藤青南　白バイガール　最高速アタックの罠

SNSで拡散された過激な速度違反動画を捜査するなか、謎のひき逃げ事件が発生。生意気な新人白バイ隊員・鈴木は容疑者家族に妙に肩入れするが――。

さ44

佐藤青南　白バイガール　爆走！五輪大作戦

東京オリンピック開幕中に事件発生！　謎の暴走事故の捜査のカギはスタジアムに!?　スピード感100パーセントのぶっ飛び青春ミステリー！

さ45

佐藤青南　白バイガール　フルスロットル

女性白バイ隊員の精鋭が、連続して謎の単独事故を起こした。一方、横浜市内でも銃撃事件が――疾走感満点の人気青春ミステリーシリーズ、涙の完結編！

さ46

知念実希人　仮面病棟

拳銃で撃たれた女を連れて、ピエロ男が病院に籠城。怒濤のドンデン返しの連続。一気読み必至の医療サスペンス、文庫書き下ろし！（解説・法月綸太郎）

ち11

知念実希人　時限病棟

目覚めると、ベッドで点滴を受けていた。なぜこんな場所にいるのか？　ピエロからのミッション、ふたつの死の謎…。『仮面病棟』を凌ぐ衝撃、書き下ろし！

ち12

実業之日本社文庫　好評既刊

実業之日本社文庫 も49

水族館ガール9

2022年7月25日　初版第1刷発行

著　者　木宮条太郎

発行者　岩野裕一
発行所　株式会社実業之日本社
〒107-0062　東京都港区南青山5-4-30
emergence aoyama complex 3F
電話［編集］03(6809)0473［販売］03(6809)0495
ホームページ　https://www.j-n.co.jp/
DTP　ラッシュ
印刷所　大日本印刷株式会社
製本所　大日本印刷株式会社

フォーマットデザイン　鈴木正道（Suzuki Design）

ISBN978-4-408-55738-0（第二文芸）